SANDRA BROWN

Schöne Lügen

Buch

Viele Jahre mußten verstreichen, bis es Erin O'Shea endlich gelang, ihren verschollenen Bruder Ken ausfindig zu machen. Doch was sie nach dieser langen Zeit vorfindet, ist alles andere als ermutigend. Vor ihr steht ein intriganter, jähzorniger Mann, den zu lieben ihr schwerfällt. Sie ahnt jedoch nicht, daß ihr ein Abenteuer bevorsteht, im Verlauf dessen wohlgehütete Familiengeheimnisse aufgedeckt werden. Schließlich führt die dunkle Vergangenheit ihres Bruders sie zu dem attraktiven Fahnder Lance Barrett. An seiner Seite gerät sie immer tiefer in die Abgründe von Kens Machenschaften und riskiert dabei Kopf und Kragen. Doch die heranreifende Zuneigung zwischen den beiden rettet ihnen schließlich das Leben …

Autorin

Bevor sie mit ihrem ersten Roman sofort zur Bestsellerautorin avancierte, arbeitete Sandra Brown als gefragtes Model, Schauspielerin, Geschäftsfrau und Fernsehstar. Alle ihre Romane feierten in den USA spektakuläre Erfolge und erreichten ausnahmslos die ersten Plätze der Bestsellerlisten. Sandra Brown wurde mehrfach mit dem *New York Times Award* ausgezeichnet. Sie lebt mit ihrer Familie in Arlington, Texas.

Bei Goldmann liegen von Sandra Brown bereits vor:

Ein Hauch von Skandal. Roman (42063) · Trügerischer Spiegel. Roman (42209) · Glut unter der Haut. Roman (35548) · Feuer in Eden. Roman (42482) · Schwelende Feuer. Roman (42216) · Sündige Seide. Roman (35553) · Scharade. Roman (42863) · Celinas Tochter. Roman (35002) · Wie ein reißender Strom. Roman (42779) · Die Zeugin (35012) · Tanz im Feuer. Roman (42539) · Jenseits aller Vernunft. Roman (42778) · Blindes Vertrauen. Roman (44821/35134) · Im Haus meines Feindes. Roman (35289) · Nacht ohne Ende. Roman (35442)

Als gebundene Ausgabe:

Kein Alibi. Roman (107)

SANDRA BROWN

Schöne Lügen

Roman

Aus dem Amerikanischen
von Elke Iheukumere

GOLDMANN

Dieser Roman wurde erstveröffentlicht
unter dem Autorenpseudonym Rachel Ryan.
Die Originalausgabe erschien unter dem Titel
»A Tresure Worth Seeking«
erstmals 1982 by Dell Publishing Group, Inc., New York.
Die Neuauflage wurde 1992 bei Warner Books, Inc., New York
veröffentlicht.

Umwelthinweis:
Alle bedruckten Materialien dieses Taschenbuches
sind chlorfrei und umweltschonend.
Das Papier enthält Recycling-Anteile.

Deutsche Erstveröffentlichung Juni 1996

Umschlaggestaltung: Design Team München
Umschlagfoto: Giorgio Balmelli, Zürich
Satz: deutsch-türkischer fotosatz, Berlin
Druck: Elsnerdruck, Berlin
Verlagsnummer: 42536
Lektorat: Silvia Kuttny
Redaktion: Barbara Gernet
Herstellung: Heidrun Nawrot
Made in Germany
ISBN 3-442-42536-0

7 9 10 8 6

1. Kapitel

Trotz der Gelassenheit, die sie nach außen hin ausstrahlte, zitterte Erin O'Shea vor Nervosität, als sie den Finger auf den Klingelknopf legte. Sie hörte das melodische Läuten im Inneren des Hauses, das wunderhübsch in einer der mittelständischen Wohngegenden von San Francisco lag.

Über die Schulter hinweg warf Erin einen Blick auf die Nachbarhäuser, die alle einen sehr gepflegten Eindruck machten mit ordentlichen Vorgärten, die zwar nicht protzig, doch makellos und sehr geschmackvoll aussahen. Das Haus, vor dem sie stand, war taubengrau gestrichen und mit Weiß abgesetzt, typisch für die Architektur von San Francisco, wie auch die anderen Häuser in dieser Straße; in die Garage konnte man direkt hineinfahren, der Wohnteil lag ein wenig höher. Steile Betonstufen führten zur Eingangstür, die mit einem altmodischen geätzten Glasfenster versehen war.

Erin versuchte, durch das undurchsichtige Glas etwas zu erkennen oder eine Bewegung im Inneren des Hauses zu sehen, während sie auf Schritte lauschte, die sich vielleicht näherten, doch es rührte sich nichts, und auch Geräusche drangen nicht heraus.

Wenn nun niemand zu Hause war? An diese Möglichkeit hatte Erin überhaupt nicht gedacht. Eigentlich hatte sie an gar nichts mehr gedacht, seit sie das Flugzeug aus Houston verlassen hatte, nur noch daran, dieses Haus zu finden. Ihre Gedanken, während sie die malerischen Straßen San Franciscos entlanggefahren war, hatten sich zielbewußt nur um eines gedreht: Der heutige Tag war das Ende einer drei Jahre andauernden Suche. Sie hatte über staubigen Archiven gebrütet, endlose Ferngespräche geführt, hatte erlebt, daß man ihr die Tür vor der Nase zuschlug, war enttäuscht gewesen über falsche Hinweise, bis sie jetzt endlich angekommen war.

Heute würde sie zum ersten Mal in ihrem Leben ihren Bruder sehen. Heute würde sie ihrem einzigen Blutsverwandten von Angesicht zu Angesicht gegenüberstehen.

Ihr Herz machte einen Hüpfer, als sie im Haus Schritte hörte, die sich der Tür näherten. Seine Frau? Eine Hausangestellte? Ihr Bruder? Sie schluckte.

Die Tür wurde sehr langsam geöffnet. Er stand vor ihr. »Mr. Kenneth Lyman?« fragte sie.

Er antwortete nicht. Statt dessen betrachtete er sie von Kopf bis Fuß. Seine schnelle Musterung konnte nicht mehr als nur den Bruchteil einer Sekunde gedauert haben, doch hatte Erin das Gefühl, als wäre ihm kein Deut entgangen.

»Mr. Kenneth Lyman?« wiederholte sie.

Er nickte kurz.

All ihre Aufregung war plötzlich verschwunden und wurde ersetzt durch ein heißes Glücksgefühl, als dieser Mann bestätigte, ihr Bruder zu sein. Er sah umwerfend gut aus! Sie war überrascht, in seinen Gesichtszügen nichts zu finden, das den ihren ähnelte. Vom Typ her war er hell, sie dagegen dunkel. Vor ihrem inneren Auge hatte sie immer ein Gesicht gesehen, das die männliche Ausgabe ihres eigenen

Gesichtes darstellte, aber dieser Mann war so ganz anders, als sie ihn sich vorgestellt hatte.

Sein Haar wies ein sandiges Braun auf, aber als ein schwacher Schein des matten Februarlichtes darauf fiel, leuchtete es golden. Seine Brille in der schmalen Hornfassung hatte er nach oben auf den Kopf geschoben. Die Brauen auf der breiten Stirn waren dicht und genauso golden wie sein Haar. Blaue Augen, von dichten kurzen Wimpern beschattet, die am Ansatz dunkel, an den Enden jedoch hell waren, musterten sie eindringlich.

Seine Nase war gerade und schmal, der Mund darunter fest und breit, und sehr ernst. In dem kräftigen Kinn entdeckte sie ein bezauberndes Grübchen, das von einem eigensinnigen Willen zeugte.

»Entschuldigen Sie, daß ich Sie so anstarre«, begann Erin, doch selbst dann noch studierte sie ihn regelrecht. Würde sie je müde werden, dieses Gesicht zu betrachten, nach dem sie so lange gesucht hatte?

Noch immer war kein Wort gefallen. Seine Augen gingen zu einem Punkt hinter ihr, als erwarte er, dort noch jemanden zu entdecken. Er warf einen Blick auf den weißen Mercedes, den sie am Flughafen gemietet hatte, auf das Haus auf der anderen Straßenseite, die ganze Gegend, ehe er wieder bei ihr anlangte. Es war beunruhigend, daß er noch nichts gesagt hatte, aber er wußte ja auch gar nicht, wer sie überhaupt war.

»Ich habe einen weiten Weg zurückgelegt, um Sie zu sehen«, begann sie. »Darf ich reinkommen und einen Augenblick mit Ihnen reden?«

»Worüber sollten wir beide reden?«

Ein süßer, ziehender Schmerz in ihrem Herzen machte

sich beim Klang seiner tiefen, melodischen Stimme bemerkbar. Aber die Freude verwandelte sich recht schnell in Befangenheit bei dem etwas groben Ton. Wahrscheinlich glaubte er, sie wolle ihm etwas verkaufen. »Ich ... nun ja, die Angelegenheit ist ziemlich persönlich.« Sie wollte sich ihm nicht vorstellen, solange sie noch vor der Tür stand.

»Okay, es ist wohl besser, wenn Sie reinkommen.« Er tat einen Schritt zur Seite, und sie ging zögernd durch die Tür. Noch einmal warf er einen Blick nach draußen, ehe er die Tür schloß und sich dann ihr zuwandte.

Erst jetzt, als sie so nahe vor ihm stand, wurde ihr bewußt, wie groß er war. Für eine Frau war Erin ziemlich aufgeschossen, doch er überragte sie bei weitem. Oder vielleicht trug auch seine anmaßende Haltung zu diesem Eindruck bei. Eine Aura von Macht und Überlegenheit umgab ihren Bruder. Er war kein muskelbepackter Mann, doch strahlte er eine Kraft aus, die sie einschüchterte.

Erin betrachtete seinen kräftigen Hals hinter der gelockerten Krawatte. Die Ärmel seines Hemdes waren bis zu den Ellbogen aufgerollt und zeigten gebräunte, muskulöse Unterarme. Der weiße Stoff des Hemdes spannte sich über einem breiten Oberkörper und einem flachen Bauch, und seine langen Beine zeichneten sich durchtrainiert unter der grauen Flanellhose ab. Vielleicht spielte er ja Basketball. Oder Tennis? Sicher trieb er Sport, da er einen so athletischen Körper besaß. Sie wußte, daß er dreiunddreißig Jahre alt war.

Wieder hatte er das entnervende Schweigen aufgenommen und starrte sie mit der gleichen Unverfrorenheit an, mit der sie ihn betrachtete. Als sie ihre Handtasche von der Schulter nahm und sie unter ihren Arm klemmte, spannte sich jeder einzelne Muskel seines Körpers an, obwohl er sich nicht bewegt hatte. Er sah aus wie eine Katze kurz vor dem Sprung. Leicht macht er es mir nicht gerade, dachte Erin. Vielleicht wollte er gar nicht wissen, was aus seiner jüngeren Schwester geworden war, von der er vor dreißig Jahren getrennt worden war. Vielleicht wußte er ja nicht einmal, daß es eine Schwester gab.

»Meine Name ist Erin O'Shea«, stellte sie sich vor.

»Miss O'Shea.« Der Klang ihres Namens aus seinem Mund mit dieser tiefen Stimme rührte sie an. Seine blauen Augen ruhten noch immer auf ihrem Gesicht. Erins Zungenspitze fuhr über ihre trockenen Lippen.

»Dürfte ich mich setzen?« fragte sie.

Mit der ausgestreckten Hand deutete er auf ein Zimmer zu ihrer Linken, und sie steuerte darauf zu. Ihr entging nicht die Einrichtung des Hauses, es war gemütlich, wenn auch nicht besonders kostspielig eingerichtet. Irgendwie paßte diese Einrichtung gar nicht zu dem ersten Eindruck, den sie von ihrem Bruder hatte. Sie hätte geglaubt, daß er eine nüchterne Ausstattung bevorzugte, die besser zu seiner wortkargen Persönlichkeit paßte.

Was tue ich überhaupt? fragte sie sich. Ich bin erst einige Minuten mit ihm zusammen, und schon beginne ich seine Psyche zu analysieren! Dennoch, das Haus, dieses Zimmer, in dem sie mittlerweile auf einem bunt gemusterten Sofa saß, schienen nicht zu diesem Mann zu passen. Wahrscheinlich hatte seine Frau das Haus eingerichtet.

»Ist Melanie zu Hause?« fragte sie höflich.

Er antwortete ein wenig zögernd, mit einem vorsichtigen Blick. »Nein. Sie hat etwas zu erledigen.«

Erin lächelte und entspannte sich ein wenig. Sie war froh, daß sie einige Zeit mit ihm allein sein konnte. Wenn sie sich ihm zu erkennen gab, war es vielleicht ein wenig unangenehm, dabei einen Zuschauer zu haben. »Wenn ich recht überlege, ist es ein wenig überraschend, daß ich Sie an einem Tag mitten in der Woche zu Hause antreffe. Ich hätte geglaubt, daß Sie in der Bank sind.« Sie wußte, daß ihr Bruder in einer Bank arbeitete.

Die Augen, die sie noch immer eingehend betrachteten, wanderten jetzt zu ihrer braunen Wildledertasche, die sie neben sich auf das Sofa gestellt hatte. Er hatte so eine Art, sie zu durchleuchten, daß man glaubte, ihm würde nichts entgehen. »Ich bin heute früher nach Hause gekommen«, erklärte er.

»Kenneth – ich darf Sie doch Kenneth nennen?« Als er nickte, sprach sie weiter. Jetzt war es so weit. »Kenneth, was ich Ihnen zu sagen habe, wird Sie vielleicht überraschen«, ihr Lachen klang nervös, »oder sogar schockieren.« Sie blickte auf ihre Hände, die fest zusammengepreßt in ihrem Schoß lagen, dann hob sie den Kopf und sah ihm direkt in die Augen. »Wußten Sie, daß Sie adoptiert wurden?«

Die blauen Augen zogen sich ein wenig zusammen, noch immer betrachtete er sie. Nur an einem beinahe unmerklichen Senken des Kinns mit dem Grübchen merkte Erin, daß er genickt hatte.

Sie holte tief Luft. »Ich suche schon seit Jahren nach Ihnen, Kenneth. Ich bin Ihre Schwester.«

Sein Gesicht zeigte keinerlei Regung. Sie rührte sich nicht und wartete auf eine Reaktion. Erin hatte sich vorgestellt, daß er aufspringen, auf sie zulaufen und sie in seine Arme nehmen würde, oder daß er lachen würde, weinen, fluchen, Bestürzung zeigen, doch niemals, daß er einfach sitzen bleiben und sie anstarren würde, als trüge er eine Maske.

Schließlich griff er nach der Brille auf seinem Kopf und nahm sie ab. Er drehte das Gestell in der Hand. »Meine Schwester?« fragte er.

»Ja!« Sie nickte begeistert, und ihre kurzen dunklen Locken hüpften dabei auf und ab. »Ich weiß, es ist unglaublich, aber es stimmt! Darf ich Ihnen erzählen, was ich herausgefunden habe?«

»Bitte.« Er zeigte noch immer keine Gemütsbewegung über ihre Enthüllungen, doch wenigstens reagierte er jetzt. Mehr als alles andere wünschte sie sich, ihn dazu zu bringen, daß er seine Reserviertheit ihr gegenüber aufgab.

»Wir wurden adoptiert, aus einem kleinen katholischen Waisenhaus in Los Angeles. Wußten Sie das?«

»Ungefähr«, antwortete er zurückhaltend.

»Sie sind drei Jahre älter als ich. Unsere Mutter gab uns zur Adoption frei, als ich erst wenige Monate alt war. Ich wurde von einem Ehepaar mit dem Namen O'Shea adoptiert. Kurz darauf zogen sie nach Houston in Texas, wo ich aufwuchs. Erst als ich in die High School kam, begann ich mir Gedanken darüber zu machen, wer ich war und woher ich stammte. Ich denke, das geht allen Heranwachsenden so, aber da ich adoptiert wurde, war es für mich umso wichtiger, meine Wurzeln zu finden, wenn man es so nennen will. Ich bin sicher, Sie verstehen dieses Gefühl.«

»Ja«, sagte er. Er saß lässig auf dem weich gepolsterten Sessel, die Arme hatte er vor der Brust verschränkt. Es war eine entspannte Haltung, doch Erin fühlte, daß er diese Sorglosigkeit vortäuschte. Ihr Bruder konnte sich vielleicht überhaupt nicht entspannen.

»Erst Jahre später war ich endlich in der Lage, finanziell und auch sonst, eine wirkliche Suche nach meiner wahren Identität zu beginnen. Es gibt Organisationen, die adoptierten Kindern helfen, ihre natürlichen Eltern oder verlorene Geschwister zu finden. Glauben Sie mir, inzwischen kenne ich diese Organisationen alle. Ich habe nichts unversucht gelassen. Vor beinah vier Jahren ...«

Sie hielt inne, als das rote Telefon auf dem Schreibtisch läutete. Mit der Geschmeidigkeit einer angreifenden Schlange erhob er sich aus dem Sessel und war mit wenigen großen Schritten beim Telefon. Er riß den Hörer hoch und meldete sich mit einem knappen »Ja«. Einen Augenblick lauschte er, dabei ließ er den Blick nicht von Erins erstauntem Gesicht. »Ja. Nein, alles in Ordnung. Wir bleiben in Verbindung.« Er legte den Hörer auf, ging zu seinem Sessel zurück und gab ihr ein Zeichen weiterzusprechen.

Erin war verwirrt durch seine abrupten, zackigen Bewegungen. Sagte man nicht üblicherweise »Entschuldigung«, wenn man einen Anruf beantwortete, während man sich mit jemandem unterhielt? Und warum hatte er sich förmlich auf das Telefon gestürzt, anstatt ein normales Gespräch zu führen? Ein merkwürdiges Verhalten ...

»Nun ja, ich ...«, stotterte sie. Wo war sie gerade stehen geblieben? Er schien mißtrauisch zu werden, weil sie den Faden verloren hatte.

»Sie sagten gerade: ›Vor beinah vier Jahren ...‹«

»Ach ja.« Sie war verunsichert. »Vor beinah vier Jahren begann ich eine ausgedehnte Suche nach unseren leiblichen

Eltern. Meine Adoptivmutter verstand meinen Wunsch, daß ich sie finden wollte, und sie hat mir den Namen des Waisenhauses in Los Angeles genannt, wo man mich betreut hatte. Ich war schrecklich enttäuscht über die Entdeckung, daß es einige Zeit nach unserer Adoption durch ein Feuer zerstört und alle Unterlagen vernichtet worden waren. Das hat mich um Monate zurückgeworfen. Schließlich ist es mir aber gelungen, eine Nonne zu finden, die diesem Waisenhaus angehörte, als wir uns dort aufhielten. Von ihr habe ich zum ersten Mal erfahren, daß ich einen Bruder habe.« Zu ihrem Entsetzen begann ihre Stimme zu zittern, und sie fühlte, wie Tränen in ihre dunklen Augen traten.

»Können Sie verstehen, wie glücklich ich an diesem Tag war? Ich hatte einen Bruder! Es gab einen Menschen, mit dem ich meine Herkunft teilte. Ich begann, Gesichter in der Menge zu studieren. Jeden Mann Ihres Alters habe ich angestarrt und mich gefragt, ob Sie es vielleicht sein könnten. Ich will Sie nicht mit all den ermüdenden Einzelheiten aufhalten, aber zuletzt habe ich Ihre Adoptiveltern ermitteln können. Das war relativ einfach, da sie in Los Angeles geblieben sind. Es tut mir leid, daß sie verstorben sind. Sie kamen vor einigen Jahren um, nicht wahr?«

»Ja.«

»Ich habe auch meinen Vater verloren, Mr. O'Shea, als ich im College war. Ich hoffe, Sie hatten genauso viel Glück wie ich mit der Familie, die Sie adoptiert hat. Die O'Sheas haben mich geliebt, als wäre ich ihr eigen Fleisch und Blut. Und ich liebe sie auch.«

»Ja, meine Eltern, oder richtiger, die Lymans, waren großartig.«

»Oh, das freut mich so.« Erin war begeistert. »Eine der Agenturen, von denen ich Ihnen erzählt habe, hat mir geholfen, Sie hier zu finden. Ich habe einiges über Sie gehört, aber bei weitem nicht all das, was ich wissen möchte. Ich würde gern mehr über Sie erfahren, über Ihr Leben.«

Die Brille klebte jetzt gefährlich am Rande seiner Nasenspitze, und er starrte sie über das Brillengestell hinweg an. Dann nahm er sie ab und legte sie auf den Tisch neben sich. »Das ist eine ziemlich lange Geschichte«, meinte er. »Wir sehen einander nicht unbedingt ähnlich. Würden Sie glauben, daß wir Bruder und Schwester sind?«

Sie lachte, erfreut, daß er endlich auf sie einging. Die Linien um seinen Mund hatten sich etwas geglättet. Sie mußte geduldig sein mit ihm. Immerhin hatte sie ihm einiges zugemutet. »Das gleiche habe ich auch gedacht, als Sie an die Tür kamen. Wir sehen einander überhaupt nicht ähnlich.«

Seine Augen betrachteten jede Einzelheit ihres Gesichts, und sie blieb ganz still sitzen bei dieser Musterung, ließ ihm das gleiche Recht wie er ihr zuvor.

Er sah auf die wilden schwarzen Locken, die sie aus dem Gesicht gekämmt hatte. Dunkle Brauen wölbten sich wie Schwingen über ihre Augen – Natalie-Wood-Augen, hatte einer ihrer Freunde in der High School sie genannt. Sie waren rund, groß und so dunkel wie Ebenholz. In ihrer New Yorker Zeit hatte sie ein Kosmetikstudio konsultiert, das ihr beigebracht hatte, sie richtig zu betonen, mit einem Hauch Lidschatten und Lidstrich. Das Resultat war atemberaubend für jemanden, der sie zum ersten Mal sah. Ihre Augen drückten viel von dem aus, was Erin fühlte und dachte, mehr, als es mit Worten möglich war.

Doch daß ihr Bruder sie so eingehend betrachtete, mit solch aufrichtigem Interesse, machte sie verlegen. Seine Augen ruhten außergewöhnlich lange auf ihren Lippen, die sanft und feucht waren und gern lächelten.

Und als sein Blick dann von ihrem Kinn über ihren Hals schweifte, schien er auch ihre sanfte Haut zu begutachten, die in hellem Kontrast stand zu dem dunklen Haar und den dunklen Augen, und es sah aus, als überlege er, ob sie wohl über ihren Hals hinaus noch sanft war.

Erin strich sich umständlich einige unsichtbare Falten aus ihrem Wollrock, als seine Blicke weitergingen. Die smaragdgrüne Bluse, die sie unter der Jacke des Kostüms trug, schien ihr plötzlich viel zu eng, ganz besonders, als seine Augen auf der Korallenkette ruhten, die auf ihrer Brust lag. Sie stellte ihre übergeschlagenen Beine nebeneinander, als seine Prüfung ihre Knie bis hin zu den braunen Wildlederpumps einschloß.

Dann schaute er ihr wieder ins Gesicht, stand auf und kam herüber. »Nicht jeder Mann hat das Glück, mit einer Schwester gesegnet zu sein«, stellte er fest, »aber erst in der Mitte des Lebens von der Existenz einer solchen zu erfahren, grenzt an ein Wunder. Und wenn sie dann noch so hübsch ist wie Sie, ist das sogar ein Vergnügen.«

Sie errötete über und über. »Danke, Kenneth«, flüsterte sie glücklich: Er war stolz auf sie! Vielleicht würde dieser Fremde sie mit der Zeit besser kennenlernen und sie sogar mögen – vielleicht könnten sie einander ja sogar lieben lernen.

»Möchten Sie etwas trinken?« Er streckte ihr die Hand entgegen, und sie nahm sie, ohne zu zögern und ließ sich von ihm von der Couch ziehen. Seine Hand, die sich um ihre Finger schloß, war warm.

»Ja, danke. Das Flugzeug war voll besetzt, und ich war viel zu aufgeregt und zu sehr in Eile, um noch irgendwo anzuhalten unterwegs. Ich hoffe, Sie finden nicht, daß es unhöflich von mir war, einfach hereinzuschneien. Ich dachte, es wäre das beste, wenn ich Sie gleich persönlich kennenlerne und mich nicht lange telefonisch anmelde.«

»Sie hatten recht. Ich bin froh, daß Sie gekommen sind.«

Er führte sie durchs Haus – über den Flur, durch ein Eßzimmer – in eine sonnige Küche. Sie sah aus dem Fenster. Kenneths Haus lag auf einem Hügel, doch leider hatte man von hier aus keine Aussicht auf die Bucht oder die Golden Gate Bridge oder sonst ein Wahrzeichen dieser herrlichen Stadt. Statt dessen sah man nur die Dächer der Häuser, die etwas tiefer lagen.

Kenneth bot ihr einen Stuhl an dem kleinen runden Tisch an, der mitten in der Küche stand. »Was möchten Sie? Coke? Bier? Wein?«

»Coke, bitte«, sagte sie. »Ich kann es kaum erwarten, Ihre Frau kennenzulernen. Weiß sie, daß Sie adoptiert wurden?«

Er ignorierte ihre Frage und öffnete eine Büchse Coke, dann holte er zwei Gläser aus dem Schrank über der Anrichte. Während er Eiswürfel in die Gläser zählte, meinte er: »Melanie müßte eigentlich bald wieder hier sein. Sie hatte nur einige Dinge zu erledigen.«

»Wie lange sind Sie denn schon verheiratet?«

Er hielt inne, dann reichte er ihr das Glas. »Ein paar Jahre«, antwortete er ausweichend. Er lächelte charmant, und zum ersten Mal sah Erin zwei Reihen perfekter, strahlendweißer Zähne. Er sah wirklich außerordentlich gut aus, wenn er nicht gerade diese mißtrauische Miene aufsetzte. »Sie sind auch verheiratet, wie ich sehe«, meinte er lässig und setzte sich ihr gegenüber an den Tisch.

Sie folgte der Richtung seines Blickes zu dem großen Diamantring an ihrem Finger. »Nein«, murmelte sie. »Ich bin verlobt.« Aus irgendeinem Grund wollte sie jetzt nicht über Bart sprechen. Bart hatte ein besonderes Talent, eine Unterhaltung zu beherrschen, und sie wollte ihn nicht einmal erwähnen, um nicht diese ganz besondere, seltene Intimität ihres ersten Treffens mit ihrem Bruder zu zerstören. »Erzählen Sie mir von Ihrer Arbeit«, wechselte sie daher rasch das Thema.

»Was möchten Sie denn davon hören?« fragte er nüchtern. Erin stellte zu ihrem Erschrecken fest, daß er sie wieder mit diesen zusammengekniffenen Augen ansah, mit diesem Blick, der ihr das Gefühl gab, als sei sie ein Versuchskaninchen in einem Labor.

»Was genau arbeiten Sie? Ich weiß nur, daß Sie bei einer Bank angestellt sind.«

»Ja.« Er zuckte mit den Schultern. »Ich denke, ich mache ein wenig von allem.«

»Verstehe«, meinte sie, doch in Wirklichkeit verstand sie gar nichts.

»Und Sie?« fragte er. »Was arbeiten Sie?«

»Ich besitze eine Firma in Houston.«

Die goldenen Brauen zogen sich fragend in die Höhe. »Was für eine Firma?« wollte er wissen. Er stützte die Ellbogen auf die Tischplatte und legte das Kinn auf die Fäuste. Seine Handrücken und die Finger waren mit krausen blonden Härchen bedeckt. Er hatte lange schlanke Finger, nicht dicke kurze wie Bart. Seine gepflegten Nägel fielen ihr auf.

Erin hob den Blick und sah ihn an. Sie konnte kaum die

blauen Augen sehen unter den dichten Wimpern. Sein frappantes Äußere lähmte sie. Beinahe war sein Aussehen eine Barriere, die sie daran hinderte, ihn besser kennenzulernen. Aus einem unerfindlichen Grund erschien ihr eine Intimität zwischen ihnen gefährlich.

»Ich ... äh ... meine Firma organisiert Modenschauen und führt sie auch durch«, gab sie Auskunft.

»Von so einer Firma habe ich noch nie gehört«, zögerte er.

Sie lachte. »Das ist es ja gerade, was uns so einzigartig macht!« rief sie und legte unwillkürlich ihre Hand auf seine.

Genauso schnell, wie er sich zuvor bewegt hatte, legte er jetzt seine Hand auf ihre und hielt sie fest. Endlose Augenblicke lang starrten sie einander nur an. Als er dann sprach, vibrierte seine Stimme.

»Vor ein paar Minuten hast du gesagt, du wolltest mich besser kennenlernen. Ich möchte dich auch kennenlernen. Wir sollten gleich damit beginnen, findest du nicht?«

Sie schluckte verlegen und wünschte, er würde ihre Hand loslassen. Es wäre vergebens, sie ihm entziehen zu wollen. Seine Finger hielten ihre stählern fest. Sie sah ihr Spiegelbild in den Pupillen seiner Augen, und dieser Anblick machte ihr angst. »Womit sollten wir beginnen?« brachte sie stoßweise heraus.

»Damit, einander besser kennenzulernen.«

Ehe sie noch etwas sagen konnte, war er schon hochgeschnellt und um den Tisch gehechtet. Im nächsten Augenblick hatte er sie gepackt und seine Arme um sie geschlungen. Mit einer Hand griff er in ihre Locken, zog ihren Kopf zurück und sah ihr ins Gesicht.

»Wie könnten wir einander besser kennenlernen als mit einem Kuß geschwisterlicher Zuneigung?«

Das Gesicht, das ihrem immer näher kam, zeigte keine Anzeichen brüderlicher Freundlichkeit. Das war Erins letzter bewußter Gedanke, ehe sie fühlte, wie seine Lippen sich auf ihre legten. Seine Finger hatten sich so in ihrem Haar verkrallt, daß ihr Tränen des Schmerzes in die Augen traten und sich dort unter die Tränen der Demütigung mischten. Mit dem anderen Arm drückte er sie energisch an seinen kräftigen Körper.

Sie wand sich, doch ihre Bewegungen bewirkten nur, daß er sie noch fester hielt. Tief in ihrem Hals löste sich ein Schrei, ein Schrei, der von seinem Mund erstickt wurde. Ihre Lippen prickelten unter seinem Ansturm, und sie war machtlos gegen seine Zunge, die sich tief in ihren Mund schob.

Nie zuvor in ihrem Leben war Erin so geküßt worden. Es war abscheulich. Es war eine schreckliche Sünde. Da er um ihre Beziehung zueinander wußte, war die Art, wie er sie küßte, dekadent und abstoßend.

Doch es erregte sie auch.

Sie bemühte sich, die Kontrolle über ihre Sinne nicht zu verlieren – nicht etwa die körperliche Kontrolle. Ihre Arme konnte sie sowieso nicht bewegen, und zu allem mußte sie sich auch noch gegen ihn lehnen, damit sie nicht umfiel. Sie kämpfte einen verlorenen Kampf gegen ihren eigenen Willen und wehrte sich gegen das eigenartige Gefühl, das ihr über den Rücken lief. Es war schuld an der zitternden, hingebungsvollen Wärme in ihrem Bauch, die sie so gern ignoriert hätte. Ihre Augen, die sich vor Überraschung und Entsetzen geweitet hatten, schlossen sich jetzt ganz von selbst, sie gehorchten nicht länger dem Kommando ihres Gehirns, offen zu bleiben und diesen verabscheuungswürdigen Mann mit zornigen Blicken zu bestrafen.

Das Klirren eines Schlüssels in der Hintertür rettete Erin vor der Erniedrigung, sich ihm völlig zu unterwerfen. Sie versuchte noch einmal loszukommen, und diesmal gelang es ihr auch, ihn von sich zu stoßen, als er den Kopf hob und seine Arme etwas lockerte. Er blickte zur Tür, doch mit einer Hand hielt er immer noch Erins Arm fest.

Die Frau, die hereintrat,war zierlich, jung und blond. Sie lächelte kindlich, trotz der Traurigkeit in ihren braunen Augen.

Die beiden Menschen, die mitten in dem Zimmer standen, waren erstarrt in ihrer Haltung. Der Ausdruck der hübschen Fremden verriet Unbehagen, ihr Gesicht war verzerrt und blaß.

Der Mann hielt das Kinn vorgereckt. An ihn wandte sich die junge Frau mit fragendem Blick.

»Hallo, Mrs. Lyman.«

»Mr. Barrett«, antwortete sie ein wenig schüchtern. »Was ...?«

»Mrs. Lyman, kennen Sie diese Frau?« unterbrach er sie. »Haben Sie sie schon einmal gesehen?«

Die junge Frau, die von dem Mann, der eigentlich ihr Ehemann sein sollte, mit Mrs. Lyman angesprochen wurde, schüttelte den Kopf. »Nein, Mr. Barrett, ich habe sie noch niemals gesehen.«

Barrett! Barrett!

Erin hob den Kopf und sah den Mann, der noch immer ihren Arm umklammert hielt, ungläubig an. Die blauen Augen über ihr blickten kalt und unerbittlich.

»Wer sind Sie?« fragte sie.

2. Kapitel

»Das wollte ich gerade Sie fragen, Lady«, fuhr er sie an, als er sie durch die Küche schubste. Er rief der verdutzten Melanie Lyman über die Schulter hinweg zu: »Mrs. Lyman, rufen Sie doch bitte auf der anderen Straßenseite an und bitten Sie Mike rüberzukommen und sich um das Telefon zu kümmern. Sagen Sie ihm, er soll den Wagen vor dem Haus überprüfen lassen. Ich bin im Arbeitszimmer, aber ich möchte nicht gestört werden, es sei denn, es ist etwas Wichtiges. Und bitte, gehen Sie nicht nach draußen, ohne einen der Jungen mitzunehmen.«

»Ist in Ordnung«, hörte Erin sie leise sagen. Offensichtlich war sie daran gewöhnt, von diesem Rohling Befehle entgegenzunehmen, doch Erin O'Shea war das nicht. Sobald wie möglich würde sie ihre Wut an ihm auslassen, und er würde nicht wissen, wie ihm geschähe.

Er stieß sie in ein kleines Zimmer und schlug die Tür hinter ihnen zu, dann drehte er den Schlüssel im Schloß. Sie wirbelte herum, bereit zum Kampf. Zu ihrem Entsetzen riß er ihr grob die Jacke von den Schultern und hob sie über ihre Arme hinunter. Er warf sie quer durch den Raum auf das Ledersofa. Erin war viel zu überrascht, um zu protestieren, als er ihr dann die Bluse aus dem Rock zog. Er schob sie zur nächsten Wand, drehte sie mit dem Gesicht dorthin und hob ihre Arme hoch über den Kopf.

Erin keuchte auf vor Erniedrigung und Entsetzen, als er seine Hände in ihre Achselhöhlen legte und dann über ihre Seiten hinunterstrich. Unerbittlich tastete er sie ab, über ihre Rippen, ihre Brüste, zwischen ihren Brüsten hindurch glitten seine Hände bis hinunter zur Taille. Er schob die Hände unter ihren Rockbund, über ihren Bauch und abwärts. Als seine Hände dann an der Außenseite ihrer Schenkel angekommen waren, drehte er sie zu sich herum.

Erin konnte sich nicht daran erinnern, ein einziges Mal in ihrem Leben so zornig gewesen zu sein. Das Blut kochte in ihren Adern, ihr Herz raste, und der Kopf dröhnte. Sie blinzelte, um wieder klar sehen zu können, weil die Empörung ihren Blick getrübt hatte.

»Wollen Sie mir nicht die Kleider vom Leib reißen, um mich zu durchsuchen?« fauchte sie.

»Nur, wenn ich glaube, daß das absolut nötig ist. Im Augenblick glaube ich das noch nicht. Aber Sie sollten sich nicht zu früh freuen.«

Seine selbstgefällige Antwort machte sie nur noch böser, sie schob ihn von sich, um Abstand zu schaffen. Überraschenderweise trat er einen Schritt zurück.

»Wer, zum Kuckuck, sind Sie eigentlich, daß Sie es wagen, mich so zu behandeln? Ich verlange eine Erklärung von Ihnen, augenblicklich!« Sie wußte, daß ihre Worte auf diesen groben Kerl keine große Wirkung haben würden. Selbst in ihren eigenen Ohren klangen sie abgedroschen, melodramatisch und kindisch, doch in ihrem Kopf herrschte Panik, und gegenwärtig konnte sie sich nicht klarer ausdrücken.

»Ganz ruhig, Lady. Ich werde mich Ihnen zu erkennen geben, dann sparen wir uns weitere Temperamentsausbrüche und finden heraus, wer Sie wirklich sind – das ist nämlich das Gebot der Stunde.«

Er nahm eine Brieftasche aus seiner Jacke und hielt sie vor ihre Nase, Erin las: Lawrence James Barrett, Finanzministerium der Vereinigten Staaten.

Gütiger Himmel! Wo war sie da hineingeraten?

»Erfreut, Sie kennenzulernen, Miss O'Shea«, meinte er voller Sarkasmus. Wieder griff er nach ihrem Arm und hielt ihn nicht weniger fest als zuvor, dann schob er sie zur Couch. »Setzen Sie sich, und rühren Sie sich nicht«, befahl er.

Erin war viel zu benommen und verwirrt, um zu widersprechen; instinktiv gehorchte sie und sank auf das Sofa. Mr. Barrett nahm ihre Jacke und durchsuchte die Taschen. Als er nichts fand, warf er ihr die Jacke wieder zu. Erin faltete sie abwesend und legte sie neben sich. Sie dachte gar nicht daran, sie wieder anzuziehen oder die Bluse in ihren Rock zu stecken. Eine Art Fieber schien sie ergriffen zu haben, ihre Haut prickelte und war ungewohnt heiß.

Er streckte den Kopf durch die Tür. »Mike?«

»Ja, Lance?«

»Bring mir bitte die Tasche, die auf dem Sofa im Wohnzimmer liegt.«

»Sofort«, antwortete eine anonyme Stimme aus dem Hintergrund.

»Und sieh mal nach, ob du meine Brille findest.«

»Die liegt auf dem Tisch neben dem Sessel, in dem Sie gesessen haben«, antwortete Erin automatisch. Überrascht wandte er sich zu ihr um. Am liebsten hätte sie sich die Zunge abgebissen. Jetzt wußte er, daß sie ihn beobachtet hatte.

»Sieh mal auf dem Tisch neben dem Sessel nach«, rief er durch die Tür.

Während er darauf wartete, daß sein Untergebener seine Befehle befolgte, beobachtete Lance Barrett Erin. Unter seinen Blicken rutschte sie unbehaglich auf dem Sofa hin und her, und fühlte sich wieder wie ein Objekt, das geröntgt wurde. Sie versuchte, seinen Blicken standzuhalten, doch wußte sie, daß sie dabei kläglich versagte. In ihrem ganzen Leben hatte sie sich noch nie so nervös und verwirrt gefühlt wie durch die Wendung, die die Dinge jetzt genommen hatten. Um es mit einer Redensart ihrer Mutter zu sagen, sie war platt.

Mike war jünger als sein Vorgesetzter, kleiner und hatte schwarzes Haar. Sein Gesicht sagte nichts aus, für diese Art Arbeit der richtige Mann, dachte Erin. Niemand würde sich an ihn erinnern, in einer Menge würde er leicht untertauchen können.

Mr. Barrett nahm seine Brille und auch Erins Tasche von dem jüngeren Mann entgegen. »Der Wagen?« fragte er.

Mike warf Erin einen Blick zu, doch sein Gesicht zeigte keine Regung. Noch ein charakteristischer Zug für seinen Beruf, dachte Erin. »Sauber, Lance. Er wurde heute kurz nach Mittag im Internationalen Flughafen von San Francisco gemietet.«

»Okay, danke.« Mike wandte sich zum Gehen, doch Mr. Barrett hielt ihn zurück. »Bring mir alles, was du im Wagen findest – Taschen, Gepäck, alles, was dir wichtig erscheint. Ist er noch offen?«

Mike nickte, dann ging er und schloß die Tür hinter sich.

Mr. Barrett trat Erin gegenüber und bedachte sie noch einmal mit einem seiner langen, kompromißlosen Blicke. Dann setzte er seine Brille auf. »Also gut, Miss O'Shea«, erteilte er ihr das Wort. »Reden Sie.« Er ging zum Tisch hinüber und schüttete den Inhalt ihrer Handtasche darauf.

»Ich werde gar nichts sagen, ehe Sie mir nicht erklären, worum es hier überhaupt geht. Mit welchem Recht beleidigen Sie mich und fragen mich aus? Was ist geschehen? Und, Mr. Barrett, ich beabsichtige, mich bei Ihren Vorgesetzten über Ihr unhöfliches und unnötig grobes benehmen zu beschweren.«

Er zog eine seiner goldenen Augenbrauen hoch und schien durch ihren Anflug von Mut belustigt. »Nur zu, beschweren Sie sich! Wir sind daran gewöhnt, uns werden jeden Tag noch viel schlimmere Dinge vorgeworfen. Und hier steht mein Wort gegen das Ihre. Außerdem, Lady, befinden Sie sich nicht gerade in einer Lage, wo Sie ein Ultimatum stellen können. Schon im nächsten Augenblick könnte ich furchtbar wütend auf Sie werden. Glauben Sie mir, wenn Sie schlau sind, vermeiden Sie das lieber.« Seine Augen glitten unverfroren über ihren Körper, und Erin errötete, als sie daran dachte, wie er sie geküßt hatte. Warum hatte er das nur getan? »Also, fangen Sie an«, mahnte er sie mit einem drohenden Unterton.

Also gut, Mr. Regierungsbeamter, ich werde Ihr kleines Spielchen eine Weile mitspielen, dachte Erin. Aber später werden Sie es noch bereuen, daß Sie mich so behandelt haben. »Was wollen Sie wissen?« fragte sie bissig.

»Ihren Namen.«

»Den habe ich Ihnen schon genannt.«

»Dann nennen Sie ihn noch einmal.«

Sie seuzfte. »Erin O'Shea.«

»Adresse.«

»4435 Meadowbrook Road, Houston, Texas.«

»Das steht auch auf Ihrem Führerschein. Sehr gut«, meinte er. Während der ganzen Zeit, in der er mit ihr sprach, hatte er sich den Inhalt ihrer Handtasche vorgenommen. Er hatte den Führerschein kontrolliert, das Geld in ihrer Geldbörse, ihr Scheckbuch, ja sogar die Liste der ausgestellten Schecks. »Weiter«, sagte er.

»Was ...«

»Was tun Sie hier?«

»Das habe ich Ihnen auch schon gesagt«, antwortete sie verärgert. Ihre Geduld mit diesem Schuft neigte sich dem Ende zu. Sie war das Spiel Räuber und Gendarm allmählich leid.

Er sah sie mit seinen verhangenen Augen an. »Wiederholen Sie es trotzdem«, meinte er. Seine kalte, stahlharte Stimme duldete keinen Widerspruch.

»Ich wurde adoptiert, als ich noch ein kleines Kind war. Seit einigen Jahren schon habe ich nach meinen leiblichen Eltern gesucht und nach meinem Bruder, von dem ich erfahren hatte. Wir wurden getrennt, als wir von verschiedenen Familien adoptiert wurden. Offensichtlich waren die Ämter damals in diesen Dingen noch nicht so feinfühlig.«

Er hatte ihre durchsichtige Make-up-Tasche geöffnet und untersuchte jetzt ihre Lippenstifte und die anderen Dinge darin. Er schnüffelte anerkennend an einem Parfümzerstäuber mit Estée-Lauder-Parfüm, öffnete ein Tablettendöschen und nahm eine kleine weiße Tablette heraus.

»Das ist Penicillin«, verteidigte Erin sich.

Er nickte und schloß das Döschen wieder. »Ich habe Ihnen ja keinen Vorwurf gemacht«, sagte er. »Erzählen Sie weiter.«

»Kürzlich habe ich erfahren, daß Kenneth Lyman mein Bruder ist. Ich bin aus Houston hergekommen, um ihn kennenzulernen. Das ist alles. Den Rest wissen Sie. Bitte, sagen Sie mir, was ist hier eigentlich los?«

Er zog den Reißverschluß der Kosmetiktasche zu und warf sie auf den Tisch. Nachdem er die Brille wieder auf den Kopf hochgeschoben hatte, lehnte er sich an die Tischkante und verschränkte die Arme vor der Brust. Er beobachtete sie bei seinen nächsten Worten ganz genau. »Kenneth Lyman hat vor zehn Tagen siebenhundertfünfzigtausend Dollar von der Yerba Buena Nationalbank unterschlagen. Seitdem hat man von ihm nichts mehr gehört.«

Seine offenen, deutlichen Worte trafen Erin wie ein Keulenschlag. Die Wirkung war so heftig, daß sie einen Augenblick lang nicht mehr atmen konnte. Und als sie wieder Luft bekam, war es ein schnelles, ruckartiges Schnappen.

Noch ehe sie zu dieser schrecklichen Nachricht etwas äußern konnte, wurde die Tür geöffnet, und Mike brachte ihre beiden Gepäckstücke sowie den Ledermantel. Er verließ den Raum genauso schweigend, wie er gekommen war.

»Wir wollen noch einmal ganz von vorn anfangen, Miss O'Shea, wenn das wirklich Ihr richtiger Name ist«, sagte Mr. Barrett. »Wie lange kennen Sie Kenneth Lyman schon?«

Erin sah ihn niedergeschlagen an: »Ich ... ich habe ihn noch nie in meinem Leben gesehen. Ich habe Ihnen doch gesagt, daß ...«

»Ich weiß, was Sie mir gesagt haben, Miss O'Shea. Aber Sie müssen zugeben, daß es eine sehr unwahrscheinliche und weithergeholte Geschichte ist. Kommen Sie schon, sagen Sie mir die Wahrheit. Haben Sie diese Sache zusammen mit Lyman geplant?«

»Wie bitte?« Erin sprang von der Couch auf. »Sind Sie noch bei Troste?«

»Setzen Sie sich«, schnauzte er. Sie wich Schritt um Schritt zurück, weg von diesem finsteren, drohenden Gesellen, bis sie gegen das Sofa stieß und darauf niedersank. »Ich habe meinen Bruder noch nie gesehen«, wiederholte sie langsam.

Er kniete auf dem Boden neben ihrem Gepäck und öffnete es. Feine Damenunterwäsche und Nachthemden kamen zum Vorschein, als er den Inhalt des Koffers durchsuchte. Er hob jedes einzelne Teil hoch und untersuchte es.

Ein durchsichtiges blaues Nachthemd mit einem Spitzenoberteil weckte sein besonderes Interesse. Langsam ließ er es über seine Hand gleiten. »Sehr hübsch«, sagte er. Erin wurde vor Verlegenheit, aber mehr noch Zorn, ganz rot. »Ich warte«, meinte er und fuhr fort, ihren Koffer zu durchwühlen.

»Worauf? Auf ein Geständnis?« Ihre Stimme triefte vor Entgegenkommen.

Er war schon aufgesprungen und neben ihr, ehe noch das letzte Wort aus ihrem Mund geschlüpft war. »Verdammt, ich bin Ihre hinterhältigen, scharfzüngigen Antworten langsam leid. Ich möchte die Wahrheit von Ihnen hören und zwar auf der Stelle. Haben Sie mich verstanden?« Er hatte die Hände zu beiden Seiten ihrer Hüften aufgestützt und sie so gefangen. Sie fühlte seinen Atem warm und eindringlich auf ihrem Gesicht. Seine Augen waren unglaublich blau, sie blitzten wie polierte Messer.

»Ja«, quetschte sie zwischen zusammengebissenen Zähnen heraus.

Langsam richtete er sich auf und trat dann ein paar Schritte zurück. War er so übel gelaunt, daß er für einen Augenblick die Kontrolle über sich verloren hatte? Er schien Mühe zu haben, das kühle, unpersönliche Äußere eines Regierungsvertreters zurückzugewinnen.

»In was für einer Branche arbeiten Sie?«

»Das habe ich Ihnen doch schon ge ...« Sie hielt inne, als sie sah, daß sich seine Stirn umwölkte. Sie schluckte ihren Stolz und auch ihre Wut hinunter. »Meine Firma hat den Namen Spotlight. Wir organisieren Modenschauen für Kaufhäuser, Verbände, Privatleute, oder wer sonst unsere Dienste in Anspruch nehmen möchte. Wir erledigen alles, von der Anstellung der Models, der Auswahl der Kleidung bis hin zur Bestellung der Blumen und Erfrischungen.«

»Sie werden entschuldigen, Miss O'Shea, aber kein durchschnittlich arbeitendes Mädchen mietet sich einen Mercedes, trägt fünfhundertsechzig Dollar in bar mit sich herum und kleidet sich in Oscar de la Renta Kostüme.«

Wie war es ihm nur möglich gewesen, die Scheine zu zählen, die er sich nur so nebenbei angesehen hatte? Woher wußte er, welcher Markenname in ihrem Kostüm eingenäht war? Sie blickte zu der Jacke, die neben ihr auf dem Sofa lag, und sah, daß das Etikett für jemanden mit den Augen eines Adlers und der Schläue eines Fuchses durchaus zu erkennen war.

Er hatte ihr Erstaunen bemerkt. »Ich mag ja vielleicht ein ungehobelter Agent sein, aber sogar ich habe schon von Oscar de la Renta gehört, und ich weiß auch, daß das Kostüm, das Sie tragen, Sie so viel gekostet haben muß, wie ich in einer ganzen Woche verdiene. Woher haben Sie das Geld, Miss O'Shea?«

»Das habe ich verdient!« Sie kreischte fast. »Ich bin kein durchschnittlich arbeitendes Mädchen, Mr. Barrett. Ich besitze eine eigene Firma und beschäftige zwölf talentierte Mitarbeiter. Meine Firma ist außerordentlich erfolgreich.«

»Meine Glückwünsche«, spottete er. »Und woher hatten Sie das Kapital, um eine solche Firma zu gründen?«

»Von meinem Mann.«

Ihre Antwort schien ihn zu irritieren, er kniff drohend die Augen zusammen. »Sie haben mir doch eben erklärt, Sie seien nicht verheiratet.«

»Das bin ich auch nicht«, sagte sie. Doch als sie sah, daß er einen Schritt auf sie zumachte, hob sie die Hände. »Ich bin Witwe.«

Seine Reaktion auf ihre Worte traf sie völlig unvorbereitet. Er warf den Kopf zurück und brüllte vor Lachen. »Oh, Junge, Sie lassen auch nichts unversucht, nicht wahr? Ich kann es kaum erwarten, auch noch dieses Märchen zu hören.« Er lachte noch immer.

»Aber es ist wahr!« rief sie.

»Bitte, erzählen Sie weiter. Ich bin schon ganz kribbelig vor Erwartung.« Frech verbeugte er sich vor ihr.

»Sofort nach dem Abschluß vom College bin ich nach New York gefahren und habe dort zwei Jahre lang als Model gearbeitet. Ich war nicht gerade sehr erfolgreich als Reklamemannequin, deshalb entschied ich mich, für eine Bekleidungsfirma als Hausmodel zu arbeiten.«

An seinem skeptischen Gesichtsausdruck erkannte sie,

daß ihn ihre Erklärung nicht befriedigte. »Sie müssen wissen, jede Modefirma, jedes Modehaus hat ein Model, nach dem die Kleidergrößen genormt werden. Ich besaß genau die Maße der Größe acht, und alle Schnitte für diese Größe wurden nach mir angefertigt – wenigstens, solange ich genau die korrekten Maße besaß.«

Sie leckte sich nervös über die Lippen, denn er betrachtete sie, als versuche er abzuschätzen, ob ihre Maße perfekt waren oder nicht. »Es ... es war ein guter Job, denn wenn ich von den Designern oder den Näherinnen nicht gebraucht wurde, lernte ich so viel wie möglich über das Geschäft – über Design, Farben, Stoffe, Accessoires, ja sogar über den Versand und das Rechnungswesen.«

»Ich habe bis heute geglaubt, alle Models seien dürr und flachbusig. Aber Sie, Miss O'Shea«, er grinste anzüglich, »sind groß und schlank, und trotzdem nicht flachbusig.«

Erins Wangen brannten, eine heiße Röte war in ihr Gesicht gestiegen. »Ich habe Ihnen doch gesagt, ich war nicht gerade erfolgreich in der Werbung«, murmelte sie.

Nach einem peinlichen Schweigen fragte er: »Und was passierte mit diesem märchenhaften Job?«

»Ich habe geheiratet.«

»Ach ja, beinahe hätte ich Ihren Ehemann vergessen.«

Erin verkniff sich eine patzige Antwort. »Der Eigentümer der Firma hat mich geheiratet«, erklärte sie mit ausdrucksloser Stimme. »Wir waren erst wenige Monate verheiratet, als die Ärzte bei ihm einen unheilbaren Krebs feststellten. Er ist gestorben. Und er hat mir sein Geld vererbt. Ich bin dann nach Houston gezogen und habe meine Firma Spotlight gegründet.«

»Er war älter als Sie?«

»Beträchtlich.«

»Also leben Sie jetzt von Ihrem Erbe und mieten mit seinem Geld einen Mercedes?«

»Nein, Mr. Barrett, das tue ich nicht«, gab sie aufgebracht zurück. »Er hatte zwei erwachsene Kinder aus einer früheren Ehe. Der größte Teil seiner Hinterlassenschaft ging an sie. Ich hatte nur um genug Geld gebeten, damit ich eine eigene Firma gründen konnte.«

»Wie großzügig von Ihnen.« Er sah sich jetzt den Inhalt des kleineren Koffers an. Es waren lauter weibliche Dinge, die er darin fand, und Erin war wütend über den Eingriff in ihre Privatsphäre. Sie würde vor diesem abscheulichen Menschen keine Geheimnisse mehr haben.

Er hielt eine Packung Tabletten hoch und gab sich wissend: »Anti-Baby-Pillen?«

Sie kochte vor Wut über so viel Unverschämtheit. »Nein, das sind Penicillintabletten. Ich hatte in der letzten Woche eine Halsentzündung.«

»Aber die gibt es normalerweise nicht in einer solchen Verpackung.«

»Ich habe sie von meinem Arzt bekommen, aus seinem Mustervorrat. Er hat mir damit einen Gang in die Apotheke erspart.«

Diese Antwort schien ihn zufriedenzustellen. Während er an einem Stück parfümierter Seife roch, blaffte er: »Sie müssen wirklich glauben, daß ich dumm bin, Miss O'Shea. Sie haben Ihren Mädchennamen wieder angenommen, nicht wahr?« Sie nickte nur. »Warum? Haben Sie sich etwa geschämt, einen alten Mann mit Krebs geheiratet zu haben, um dann sein Geld zu erben, als er passenderweise ins Gras biß?«

Erin fühlte, wie alles Blut aus ihrem Kopf wich und dann in einem Schwall dorthin zurückfloß. Sie schoß von dem Sofa hoch, machte ein paar große Schritte durch das Zimmer und hob die Hand, um ihm eine wohlverdiente, schallende Ohrfeige für seine Infamie zu verpassen. Doch ihre Hand wurde mitten in der Bewegung festgehalten und ihr Arm schmerzhaft nach hinten gedreht.

Er zog sie an sich, hielt sie so, daß sie sich weder verteidigen noch bewegen konnte. »Ich würde so etwas nicht noch einmal versuchen, wenn ich an Ihrer Stelle wäre«, drohte er. »Und jetzt erklären Sie mir, warum Sie nicht mehr den Namen Ihres Mannes tragen? Wenn es diesen Mann je gegeben hat.«

»Der Name meines Mannes war Greene. Ich war mit Joseph Greene verheiratet. Der Name ist in der Bekleidungsindustrie wohlbekannt, selbst heute noch. Ich benutze diesen Namen nicht, weil scheinheilige, chauvinistische Schufte, wie Sie einer sind, glauben könnten, daß es dieser Name war und sein Geld und nicht die vielen Stunden harter Arbeit, die meine Firma so erfolgreich gemacht haben.«

Sein Arm schloß sich noch fester um sie, und sie keuchte auf vor Schmerz, weil er ihren Arm noch weiter in ihren Rücken drehte. Seinen eisigen Augen war sie wehrlos ausgeliefert.

Zusätzlich zu ihrer Wut fühlte sie eine eigenartige Verwirrung. Der Schmerz in ihrem Arm war gar nichts, verglichen mit dem beunruhigenden Bewußtsein, ihm so nahe zu sein. Sein Oberkörper, gegen den sich ihre Brüste drängten, fühlte sich an wie eine Mauer. Harte Schenkel drängten sich gegen ihre, bis sie eine Position fanden, in der sie sich zusammenfügten.

Das kalte Licht in seinen Augen, das noch vor einem Augenblick so böse aufgeblitzt hatte, brannte jetzt vor Wildheit, die ihr noch viel mehr angst machte. Jeder Zentimeter ihres Gesichtes schien von einer heißen blauen Flamme verbrannt zu werden, und sie fühlte, wie diese Flamme ihre Augen, Schläfen, Wangen und Lippen verzehrte.

Erin senkte den Blick, sie gestand sich dieses drängende angenehme Gefühl in ihrer Brust ein, tolerieren konnte sie es jedoch nicht. Sofort fühlte sie, daß die nur mühsam unter Kontrolle gehaltene Anspannung in dem Körper an ihrer Seite nachließ, und er ließ sie los.

Sie wandte ihm den Rücken zu, um sich wieder zu fangen, und weil sie nicht wußte, was sie sonst hätte tun sollen, nahm sie ihren Platz auf dem Sofa wieder ein.

»Und wie heißt Ihr Freund?« fragte er und deutete auf den riesigen Ring an ihrer linken Hand. Klang seine Stimme nicht ein wenig anders? Weniger selbstsicher? Ein bißchen zittrig?

»Der Name meines Verlobten ist Bart Stanton. Er ist ein Geschäftsmann aus Houston.«

Wieder lachte er scheppernd auf, sein Lachen klang unmißverständlich höhnisch. »Bart Stanton! Bart, um Himmels willen«, sagte er und lachte noch immer. »Fährt er vielleicht einen El Dorado mit langen Stierhörnern auf der Motorhaube?«

»Ich habe es nicht nötig, mich weiterhin von Ihnen beleidigen zu lassen, Mr. Barrett!«

»Sie werden sich all das anhören, was ich zu sagen habe«, explodierte er, jetzt gar nicht mehr spöttisch. »Ich glaube Ihnen keine Sekunde, daß Sie wirklich diejenige sind, die Sie zu sein behaupten. Ich denke, daß Sie auf irgendeine Weise eine Kontaktperson für Lyman sind. Sie sind heute hier erschienen und haben erwartet, ihn hier zu treffen, haben jedoch mich vorgefunden. Dann haben Sie sich dieses Märchen ausgedacht und gehofft, daß ich dumm genug sein würde, darauf hereinzufallen. Aber da täuschen Sie sich, Lady.«

»Würden Sie bitte damit aufhören, mich Lady zu nennen. Sie kennen meinen Namen.«

»Ich kenne den Namen, den Sie mir genannt haben, Miss O'Shea. Oder sollte ich Sie lieber Mrs. Greene nennen? Aber das tut nichts zur Sache«, lenkte er ein, als er sah, daß sie in Hitze geriet. »Wenn ich recht überlege, ist O'Shea ein irischer Name. Und Sie sagen, daß man Sie aus einem katholischen Waisenhaus adoptiert hat. Sollten die siebenhundertfünfzigtausend Dollar vielleicht dazu benutzt werden, um Waffen damit zu kaufen, die dann nach Nordirland geschickt würden? Oder vielleicht sind Sie ja auch hierhergekommen, um Drogen zu verkaufen. Oder Drogen zu kaufen. Ich weiß noch nicht, welche meiner Vermutungen richtig ist, aber ich werde es herausfinden.«

»Das ist doch absurd«, flüsterte Erin rauh. »Alles, was Sie tun müssen, ist, meine Ausweise überprüfen zu lassen. Rufen Sie in meiner Firma an. Rufen Sie Bart an.«

»Sie klingen gar nicht wie jemand aus Texas.«

»Ich habe fünf Jahre lang in New York gelebt. Dort habe ich meinen Akzent verloren.«

»Wenn es stimmt, was Sie behaupten, wer wußte denn

davon, daß Sie auf dieser fanatischen Suche nach Ihrem so lange verschollenen Bruder waren?«

»Die Menschen, mit denen ich zusammen arbeite. Bart. Meine Mutter, Mrs. Merle O'Shea. Sie lebt in Shreveport, in Louisiana.«

Er machte sich Notizen auf einem kleinen Block, den er aus der Tasche seines Hemds geangelt hatte. Mitten in den Notizen hielt er inne. »Aber Sie haben doch gesagt, sie lebt in Houston.«

»Als mein Vater, Gerald O'Shea starb, ist sie zu ihrer Schwester nach Louisiana gezogen.«

»Wie ist der Name der Schwester?« fragte er barsch. Erin nannte ihm den Namen. »Telefonnummer«, befahl er. Sie gab ihm die Telefonnummer ihrer Tante und die Adresse.

Er klappte den Notizblock zu: »Machen Sie es sich gemütlich, Miss O'Shea. Ich habe einige Ferngespräche zu führen.« An der Tür wandte er sich, mit der Hand auf der Klinke, noch einmal um. »Ach, übrigens, Mike wird draußen vor der Tür stehen.«

»Erwarten Sie, daß ich ein Maschinengewehr unter meinem Rock hervorzaubere und alles hier in die Luft jage?« fragte sie mit all der Gehässigkeit, zu der sie fähig war.

»Nein, das erwarte ich nicht. Ich weiß, was sich unter Ihrem Rock befindet.« Mit einem unverschämten Blick verbeugte er sich, dann trat er in den Flur und schloß die Tür hinter sich.

Erin zerriß es vor Wut, sie lief in dem Zimmer auf und ab, tobte, weinte und verfluchte Mr. Lawrence Barrett in der nächsten halben Stunde. Doch als keine dieser energieaufwendigen Maßnahmen ein Ergebnis zeitigten oder ihre

Situation änderten, kniete sie sich resigniert auf den Boden und brachte etwas Ordnung in ihre Koffer. Ihre Hand zitterte, als sie das Nachthemd berührte, das er aus dem Koffer geholt und beinahe zärtlich gestreichelt hatte.

Er war ein Widerling, erteilte Befehle, tyrannisierte jeden und hatte sie ohne Grund beleidigt. Seine Aktionen waren allesamt brutal gewesen, selbst als er sie geküßt hatte. Warum nur kehrten ihre Gedanken immer wieder dahin zurück, wenn sie doch diesen Vorfall am liebsten in den hintersten Winkel ihrer Gedanken verbannt hätte?

Sie tröstete sich nur mit einem: Da er nicht ihr Bruder war, zählte Inzest also nicht zu seinen Sünden.

Ich werde nicht mehr an diesen Kuß denken, schwor sie sich. Und sie würde auch nicht mehr an dieses eigenartige Gefühl der Schmetterlinge in ihrem Bauch denken, das sie jedesmal befallen hatte, wenn Mr. Barrett sie mit seinen Blicken durchbohrte. Es war eine vollkommen unfreiwillige Reaktion, daß sich ihre Lippen ein wenig öffneten, als seine Augen auf ihnen geruht hatten, während er sie an sich gepreßt hielt. Erin O'Shea hatte damit nichts zu tun. Ganz sicher nicht.

Aber warum strebte sie dann danach, sich selbst etwas einzureden?

Sie hatte den Kopf an die Rückenlehne des Sofas gelegt und die Augen geschlossen, als er die Tür öffnete. Erschrocken zuckte sie zusammen. War sie etwa eingeschlafen?

»Das Glück scheint Ihnen heute nicht hold zu sein, Miss O'Shea.«

»Was wollen Sie damit sagen?« Ungehalten registrierte sie die Furcht in ihrer Stimme.

»Ich habe die Telefonnummer von Spotlight bekommen, aber es antwortet niemand am anderen Ende der Leitung.«

»Was?« rief sie. Dann aber begriff sie den Grund dafür. Sie warf einen Blick auf ihre Armbanduhr. »In Houston ist es schon nach achtzehn Uhr. Meine Angestellten sind alle nach Hause gegangen«, jammerte sie.

»Bart Stanton ist für die nächsten beiden Tage ins Panhandle (*Anm. d. Übers.: Ölförderungsgebiet im NW von Texas)* gereist. Unter seiner Nummer in Shreveport meldet sich niemand.«

Erin rieb sich über die Stirn. Denk nach, Erin, befahl sie sich selbst. Doch in ihrem Kopf wirbelten noch immer die Gedanken an die Ereignisse der letzten beiden Stunden. Es schien eine Ewigkeit her zu sein, seit sie an diesem Morgen aus dem Flugzeug von Houston gestiegen war. Sie war erschöpft und konnte nicht mehr klar denken. Zu viele unerwartete und unbegreifliche Dinge waren an nur einem Nachmittag auf sie eingestürmt.

»Eines allerdings habe ich zu Ihren Gunsten herausgefunden. Ich habe Mrs. Lyman gefragt, ob ihr Mann adoptiert wurde. Er wurde.«

»Dann glauben Sie mir doch sicher endlich.« Sie haßte den bittenden Ton ihrer Stimme und die Tränen, die sie in ihren Augen aufsteigen fühlte.

»Ich komme der Sache ein wenig näher«, gab er zu.

»Oh, danke, Mr. Barrett. Wenn Sie nichts dagegen haben, werde ich jetzt gehen. Für mich war es ein langer, ermüdender Tag, das darf ich wohl behaupten. Ich werde im Hotel Fairmont übernachten, wenn Sie mir noch irgendwelche Fragen stellen möchte. Natürlich bin ich erschüttert über das, was meinem Bruder zugestoßen ist, und ich möchte wissen, wie die Sache ausgeht. Ich werde San Francisco nicht verlassen, ehe der ganze Wirbel aufgeklärt ist.«

Sie nahm ihre Handtasche und ihren Ledermantel und ging zur Tür, die sie leider nicht erreichte. Mr. Barrett legte ihr eine Hand auf die Schulter und nahm ihr die Tasche aus der Hand.

»Sie irren sich schon wieder, Miss O'Shea. Sie werden nirgendwo hingehen, sondern die Nacht hier verbringen. Zusammen mit mir.«

3. Kapitel

Mit verständnislosem, verblüfftem Blick wandte Erin sich zu diesem Mann um, der sie mit Gewalt daran hinderte, das Zimmer zu verlassen. Sein Gesicht verriet nichts von seinen Gedanken, er sah sie nur ernst an.

Als Erin in ihrer Verwirrung endlich begriffen hatte, was er gesagt hatte, schob sie mit einer heftigen Geste seine Hand beiseite und entfernte sich einige Schritte von ihm.

»Sie müssen den Verstand verloren haben, Mr. Barrett.«

»Das wäre wohl der Fall, wenn ich Sie jetzt dieses Haus verlassen ließe, ohne genau zu wissen, wer Sie sind und warum Sie heute nachmittag hier auf Lymans Matte gestanden haben.«

Er wandte sich ab, als sei dieses Thema für ihn erledigt, und ging zur Tür. Dort wandte er sich noch einmal um. »Aber wie die Dinge liegen, bin ich ein ganz vernünftiger Mensch.« Er lächelte sie charmant und freundlich an, und Erin ärgerte sich maßlos. »Sie müssen mich jetzt bitte entschuldigen, ich habe zu arbeiten. Machen Sie es sich gemütlich, Sie haben dieses Zimmer ganz für sich.«

»Fahren Sie zur Hölle«, zischte sie.

Sein Lächeln wurde noch breiter. »Alles zu seiner Zeit!«

Er hatte die Tür hinter sich geschlossen und gerade zwei Schritte gemacht, als Erin die Tür aufriß. Mit einer tödlichen Geschmeidigkeit wirbelte er zu ihr zurück.

»Sie können mich hier nicht wie eine Gefangene halten«, kreischte sie.

»Kann ich das nicht? Wer sollte mir das verbieten?« forderte er sie heraus und entspannte sich ein wenig, als er begriff, daß sie für ihn keine wirkliche Bedrohung bedeutete.

Sie öffnete den Mund zu einer nachdrücklichen Beleidigung, doch kein Wort kam heraus. In der Tat, wer sollte ihn davon abhalten? Hoffnungslos sank sie in sich zusammen und seufzte tief. Warum versuchte sie, gegen einen Panzer anzukämpfen? Für eine Nacht würde sie es schon ertragen. Am Morgen würde sie in Houston anrufen, man würde ihre Identität bestätigen und auch den Grund für ihren Besuch bei Kenneth Lyman. Und wenn dann alles zu seiner Zufriedenheit erledigt war, würde sie diesem Mann nie wieder in ihrem Leben begegnen müssen.

Lance Barrett beobachtete Erin gründlich, er konnte beinahe die Gedanken lesen, die ihr durch den Kopf gingen. Es war sein Job, hinter das zu kommen, was andere Menschen wirklich dachten und fühlten, im Gegensatz zu dem, was sie erzählten, und er war auf diesem Gebiet ein As.

Verdammt! Sie ist eine wunderschöne Frau, dachte er. Als er ihr die Haustür geöffnet und sie auf der Schwelle gestanden hatte wie eine lebendig gewordene Figur aus einer Modezeitschrift, hatten sich seine Eingeweide schlagartig in Watte verwandelt. Natürlich war dieser erste Eindruck gleich wieder verschwunden, und seine professionelle Vorsicht hatte die Oberhand gewonnen. Doch auch jetzt konnte er die Blicke kaum von ihr losreißen.

Sie war mehr als wunderschön und sexy, darüber bestand keinerlei Unklarheit. Sie besaß Schlagfertigkeit und Verstand. Sie war kein kriecherischer Duckmäuser, die er normalerweise mit seinen Blicken in ein zitterndes Bündel verwandeln konnte. Erin O'Shea hatte sich ihm jetzt schon ein paarmal widersetzt. Mist, beinahe hatte er ihren Streit genossen.

Er hätte sie nicht küssen sollen. Wenn irgend jemand davon erfuhr, dann war er schneller zurück in Washington als wünschenswert. Und sie hatte recht, die Art, wie er sie durchsucht hatte, wäre wirklich nicht nötig gewesen. Gib es zu, Kumpel, du wolltest sie ganz einfach zu fassen bekommen.

Klar doch, ein Mann brauchte sie nur anzusehen, und er konnte jede Kurve, jede Form ihres Körpers unter diesem gut geschneiderten und perfekt sitzenden Kostüm erkennen. Verdammt! Es hatte ganz bestimmt mehr gekostet, als er in einer Woche verdiente, und das hatte ihn erbittert.

Er beobachtete sie auch jetzt, als sie sich auf ihre volle Unterlippe biß mit den wohlgeformten Zähnen. Auf ihrem Gesicht spiegelten sich ihre Gefühle wider, als würde ein Film ablaufen. Sie war keine Verbrecherin, das wußte er. Die Geschichte, die sie ihm erzählt hatte, war viel zu phantastisch, als daß sie sich jemand hätte ausdenken können. Wenn morgen die Wahrheit ans Licht kam, würde er sie einfach gehen lassen und einen seiner Männer hinter ihr herschicken, der sie im Auge behalten sollte.

Aber warum tat er es dann nicht gleich?

Lance war dazu ausgebildet worden, keinerlei Regung in seinem Gesicht zu zeigen. Deshalb ahnte Erin nichts von seinen Gedanken, die sich ausschließlich um sie drehten. Sie entschloß sich, aus dieser schrecklichen Situation das Beste zu machen.

»Wie mir scheint, habe ich gar keine Wahl, Mr. Barrett. Ich werde also bis morgen früh hierbleiben. Doch dann erwarte ich von Ihnen, daß Sie die nötigen Anrufe vornehmen, die Ihnen sehr schnell die Wahrheit beweisen werden.«

»Ihr patriotischer Wille zur Zusammenarbeit ist wirklich lobenswert«, stichelte er.

Sie unterdrückte wieder den Ohrfeigenwunsch: »Darf ich dann wenigstens Melanie sehen? Man hat uns einander noch nicht einmal vorgestellt, und dabei ist sie doch meine Schwägerin. Für sie muß das Ganze ein Alptraum sein.«

»Ich sehe keinen Grund, Ihnen Ihren Wunsch abzuschlagen. Ich werde sie zu Ihnen schicken. In der Zwischenzeit wäre es mir lieber, wenn Sie in diesem Zimmer bleiben würden.«

»Ich verspreche Ihnen, daß ich nicht weglaufe.«

»Ausgezeichnet.«

Immerhin hatte sie sich nicht bemüht, gute Miene zum bösen Spiel zu machen, dachte Erin auf ihrem Rückzug ins Zimmer. Der Mann war kein Mensch, Eiswasser floß statt Blut in seinen Adern. Er hatte ganz bestimmt jeden Clint-Eastwood-Film gesehen und versuchte jetzt, diesem Super-Macho nachzueifern.

Doch sie mußte zugeben, daß er seinen Job gründlich erfüllte. Immerhin war er ein Regierungsangestellter, der eine sehr schwierige Aufgabe bewältigen mußte. Sicher hatte er ein jahrelanges diszipliniertes Training hinter sich. Jetzt verstand sie auch, warum seinen Augen absolut nichts entging. Von dem Augenblick an, als er ihr die Haustür geöffnet hatte, hatte sie das Gefühl, als durchschaue er jede einzelne ihrer Bewegungen, errate jeden einzelnen ihrer Gedanken.

Sie ging zum Fenster und starrte hinaus. Hoffentlich hatte er nicht wirklich all ihre Gedanken gelesen. Einige davon, die ihn betrafen, hätte sie lieber für sich behalten.

Ihr Herz tat einen kleinen Sprung, als er erklärte, sie würde die Nacht mit ihm zusammen verbringen. Natürlich hatte er das nicht wortwörtlich gemeint, sondern im übertragenen Sinne. Dennoch würde es ihr schwer zu schaffen machen, wenn er wüßte, wie seine Worte sie elektrisiert hatten.

Eine leichte Röte stieg in ihre Wangen, als sie sich wieder an diesen geraubten Kuß in der Küche erinnerte. Sie legte die Hände an ihre brennenden Wangen, als sie daran dachte, wie sie auf diesen Kuß reagiert hatte, ehe Melanie Lyman sie glücklicherweise unterbrochen hatte. Da hatte sie noch geglaubt, er sei ihr Bruder, und sie hatte sich beinahe schuldig gefühlt, während sie seinen Kuß zu erwidern begann. Hatte sie sich schon jemals von einem Mann so unvermittelt angezogen gefühlt? Von irgendeinem Mann?

Sie blickte auf den glitzernden Diamanten des breiten Ringes an ihrem Finger und lächelte reumütig. Bart würde es nicht gefallen, wenn sie seine Küsse mit denen von Lance Barrett verglich. Das Ergebnis würde nämlich klar zugunsten des anderen ausfallen.

Erin sah ein, daß sie Bart gegenüber unfair war. Vor sechs Monaten, als er sie überredet hatte, seinen Verlobungsring anzunehmen, war sie den bequemeren Weg gegangen.

»Ach komm schon, Schatz, zieh ihn doch an.«

»Aber Bart ...«

»Ich weiß, ich weiß, meine Süße. Du zögerst noch immer, dich wieder zu verheiraten. Ich verspreche dir, ich werde dich mit dem Hochzeitstermin nicht bedrängen, wenn du nur wenigstens diesen Verlobungsring trägst. Außerdem wird morgen ganz Houston wissen, daß Bart Stanton einen Korb bekommen hat, wenn ich ihn jetzt zu dem Juwelier zurückbringe.« Er ließ seinen Kopf in dramatischer Demut hängen. Wie immer schmolz ihr Widerstand bei seinen Späßen.

Lachend hatte sie ihn gegen seine kräftige Schulter geboxt. »Oh, bitte, erspare mir deine Darbietung. Tausende von Frauen würden Schlange gestehen, wochenlang, ja monatelang, wenn ihnen von dem berühmten Bart Stanton ein Verlobungsring angeboten würde.«

»Aber ich will nur eine Frau, Süße.« Seine Stimme hatte jetzt den neckenden Ton verloren, er meinte es ernst. Erin wußte, wie es um ihn stand. Und gerade das machte es so kompliziert.

Seit über einem Jahr gingen sie schon miteinander aus. Bart war in Houston ein mächtiger Mann, er hielt sich immer im Hintergrund, doch in der Geschäftswelt schwang er ein gewaltiges Schwert. Es gab nur wenige Transaktionen, von denen Bart nicht wußte oder an denen er keinen Anteil hatte.

Er war sehr beliebt bei den Zeitungen und den Reportern der Fernsehanstalten, bezauberte sie mit seinem gutgelaunten, ein wenig schüchternen Benehmen eines Jungen vom Lande. Doch unter dem Kopf mit dem lockigen Haar operierte ein scharfer Verstand, der jedes Opfer irreführen und hinters Licht führen konnte, ehe derjenige überhaupt Unrat witterte.

Von Bart Stanton umworben zu werden, war kein kleiner Erfolg, und Erin wurde um dieses Privileg glühend beneidet. Wenn sie mit ihm zusammen erschien, behandelte man sie wie eine Königin, und das hatte ihr anfangs Spaß gemacht. Doch dann ahnte sie, daß sich Barts Gefühle entwickelten zu etwas, das mehr war als nur Zuneigung, und sie konnte sein Drängen nicht erwidern. Sosehr sie ihn auch mochte und sich in seiner Gesellschaft wohl fühlte, Liebe war es nicht.

»Ich werde den Ring tragen, Bart. Aber verstehe bitte, daß es für mich keine bindende Verpflichtung bedeutet. Ich möchte in naher Zukunft nicht heiraten. Und es soll auch nicht bedeuten, daß ich meine Meinung ändern werde, über ... über ...«

»Darüber, mit mir zu schlafen?« fragte er mit einer Stimme, in die er all seine Zärtlichkeit legte.

Sie sah ihm direkt in die Augen. »Ja.«

»Verflixt, du bist die störrischste Frau, die ich je kennengelernt habe«, stöhnte er und lachte gleich darauf leise. »Vielleicht ist ja gerade das der Grund dafür, daß ich dich so sehr liebe, Baby.« Er hatte sie fest in seine Arme geschlossen und ihre Verlobung mit einem Kuß besiegelt.

Eigenartigerweise hatte er sie hinfort nicht mehr darum gebeten, mit ihm zu schlafen. Bis zu diesem Zeitpunkt waren seine Bitten ein ständiger Grund zur Zwietracht zwischen ihnen gewesen.

»Es ist ja nicht so, als wärst du noch eine Jungfrau«, hatte er damals geschimpft, als sie zum erstenmal seine Einladung abgeschlagen hatte, über Nacht in seinem riesigen Haus in Houston zu bleiben. »Um Himmels willen, du warst doch schließlich schon einmal verheiratet.«

Sie war unerbittlich geblieben damals, und das bis heute.

Offensichtlich sah er sie dennoch als seinen Besitz an, seit sie seinen Ring trug, und hatte zwischenzeitlich einen anderen Ausweg für seine sexuellen Nöte gefunden. Eigenartigerweise war Erin dieser anonymen Frau – oder diesen anonymen Frauen – dankbar, die Bart das gaben, was sie ihm nicht geben konnte.

Die späte Nachmittagssonne San Franciscos ließ die Facetten des Diamanten in allen Regenbogenfarben aufleuchten, als Erin den Ring an ihrem Finger drehte. Ihr Entschluß stand nun fest: Sobald sie nach Houston zurückgekehrt war, würde sie Bart die Wahrheit sagen. Sie hatte sich schon viel zu lange damit entschuldigt, zunächst einmal ihren Bruder wiederzufinden. Er würde wahrscheinlich von ihr erwarten, daß sie Hochzeitspläne schmiedete, jetzt, wo sie ihn gefunden hatte. Wenn sie je zuvor Zweifel an ihrer Entscheidung gehegt hatte, so wußte Erin seit Lance Barretts Kuß ganz deutlich, daß sie Bart Stanton niemals heiraten würde.

Ihre Träumerei wurde unterbrochen, als sich die Tür öffnete und Melanie ihre blonde Mähne durch den Türspalt steckte.

»Miss O'Shea?« fragte sie schüchtern. »Mr. Barrett hat mir gesagt, daß Sie mich sprechen wollen.«

Erin unterdrückte den plötzlichen Wunsch laut aufzulachen. Sie war im Haus dieser Frau und dennoch bat die Gastgeberin sie förmlich um ihre Erlaubnis, das Zimmer betreten zu dürfen.

Sie ging mit ein paar schnellen Schritten zur Tür und reichte ihrer Schwägerin die Hände: »Melanie!«

Die junge Frau ergriff sie, und die beiden starrten einander lange schweigend an, musterten sich gegenseitig; dann schien es plötzlich ganz natürlich, daß sie sich schwesterlich umarmten.

Erins Herz tat weh, als sie fühlte, daß Melanies zierlicher Körper von Schluchzen geschüttelt wurde. Es störte sie nicht, daß Melanies Tränen Flecken auf ihrer seidenen Bluse hinterlassen würden. Sie strich Melanie über ihr langes glattes Haar und versuchte sie zu trösten, versicherte ihr, daß alles wieder gut werden würde.

Als Melanies Schmerz sich ein wenig gelegt hatte, standen auch in Erins Augen Tränen. »Wir sind wirklich dumm, nicht wahr?« meinte sie und versuchte zu lächeln. »Komm, setzen wir uns und machen uns erst einmal miteinander bekannt.«

»Es tut mir so leid, Miss O'Shea«, schniefte Melanie. »Ich mußte das ganz einfach tun, seit Ken ... nun ja, seit er ... seit er das angestellt hat. Ich kann es einfach nicht begreifen.« Sie schüttelte traurig den Kopf und blickte hilfesuchend Erin ins Gesicht.

»Bitte, nenn mich doch Erin.«

»Bist du wirklich Kens Schwester?« fragte die Kindfrau voller Hoffnung.

»Das kann ich so sicher behaupten, wie es den gegebenen Umständen nach möglich ist«, anwortete Erin.

»Du siehst ihm sehr ähnlich.« Melanie betrachtete Erin eingehender.

»Wirklich?« Die neue Schwägerin lachte erfreut auf. »Hast du Bilder von ihm?«

»Aber sicher. Eine ganze Menge.« Melanie sprang von der Couch, die Tränen waren für den Augenblick versiegt, sie öffnete eine Schublade im Schrank. Es war der gleiche

Schrank, gegen den Lance Barrett sich so lässig gelehnt hatte, dachte Erin unpassenderweise und haßte sich selbst dafür, daß sie sogar in einem Augenblick wie diesem an ihn denken mußte.

»Hier sind unsere Hochzeitsbilder«, sagte Melanie.

»Wie lange seid ihr denn schon verheiratet?« Hatte sie nicht Lance die gleiche Frage gestellt? Er hatte ihr eine ausweichende Antwort gegeben.

»Vier Jahre«, antwortete Melanie und ließ sich neben Erin auf die Couch fallen. Sie öffnete ein großes weißes Album. »Das ist Ken.«

Langsam nahm Erin Melanie das Photoalbum aus der Hand und hob es hoch. Sie war schrecklich nervös, als sie den lächelnden Mann auf dem Bild ins Auge faßte.

Sein Bild verschwamm vor ihren Augen, die feucht wurden, mit einer ungeduldigen Handbewegung wischte sie sich darüber, um besser zu sehen. Er war groß, ragte über seiner Braut auf, die voller Anbetung hochblickte. Sein Haar war genauso dunkel wie das von Erin, doch hatte es natürlich nicht ihre leichte Dauerwelle, sondern er trug es straff aus dem Gesicht gekämmt. Seine Züge waren unmißverständlich ein Familienerbe. Die Brauen wölbten sich über tiefdunklen Augen wie bei seiner Schwester. Sein Mund war weniger voll, die Lippen schmaler, doch die Ähnlichkeit zwischen ihnen verblüffte.

»Er sieht sehr gut aus, nicht wahr?« fragte Erin mit rauher Stimme. Ein dicker Kloß saß in ihrem Hals.

»Ja«, stimmte Melanie zu. »Ich habe mich in ihn verliebt, als ich ihn zum erstenmal sah. Ich kam in die Bank, und er stand hinter einem der Schalter. Ich fragte Daddy, wer der neue Angestellte war, doch er kannte seinen Namen nicht. Ich habe mich bemüht, es herauszufinden!«

»Dein Vater arbeitet in der gleichen Bank wie Ken?«

»Er ist der Präsident und Vorsitzender des Aufsichtsrates«, erklärte Melanie abwesend und blätterte dabei in dem Photoalbum.

Erin versuchte, diese Neuigkeit zu verdauen, während sie nur nickte, als Melanie ihr andere Bilder von Ken zeigte. Sie würde sie sich genauer ansehen, wenn sie später allein war. Irgend etwas störte sie daran, daß Melanies Vater ein so hohes Tier in der Bank war, in der ihr Bruder arbeitete. Ob es Ken wohl auch gestört hatte? Konnte das vielleicht sogar der Grund dafür sein, daß er das viele Geld unterschlagen hatte?

»Entschuldige, daß ich so neugierig bin, Melanie, aber ich möchte so viel wie möglich über Ken erfahren. Du bist einige Jahre jünger als er, nicht wahr?«

»Ja«, gab Melanie zu und senkte den Blick. »Er ist zehn Jahre älter, ich war erst zwanzig, als wir heirateten. Meine Mutter und mein Daddy bekamen einen Anfall, als ich ihnen von unseren Hochzeitsplänen berichtete. Wir hatten uns bis dahin immer nur heimlich getroffen. Ich glaube, ich habe die ganze Zeit über gewußt, daß sie nicht gerade glücklich darüber sein würden, wenn ich mit Ken ausging. Sie wollten, daß ich mit den Söhnen ihrer Freunde ausging, die jeden Tag im Country Club Tennis oder Golf spielen und an den Wochenenden zum Segeln fahren. Aber die haben mich alle überhaupt nicht interessiert. Ich habe mich in Ken verliebt, als er mich zum ersten Mal geküßt hat und mich dann für diesen Kuß um Entschuldigung bat.« Ihre braunen Augen blitzten, als sie weitersprach. »Ich habe ihm versichert, daß ich gar nichts dagegen hatte.«

Aber deine Eltern hatten etwas dagegen, dachte Erin.

Es klopfte leise an der Tür, dann öffnete sie sich, und Lance kam herein. »Was möchten die Damen zum Essen haben? Ich würde etwas beim Chinesen holen, wenn Sie einverstanden sind.«

Erin konnte so viel Gefühllosigkeit nicht begreifen. Er tat so, als sei diese bizarre Situation ein Familienpicknick.

»Chinesisches Essen klingt großartig«, freute sich Melanie. »Magst du das auch, Erin? Wenn nicht, können wir ja etwas anderes bestellen.«

»Ich dachte, Gefangenen verabreicht man nichts als Wasser und Brot«, wandte Erin sich direkt an Mr. Barrett.

Er sah sie einen Augenblick lang mit diesen eisigen blauen Augen an, ehe er brummte: »Nur aufsässige Gefangene bekommen das.« Mit Wucht fiel die Tür hinter ihm ins Schloß.

»Brutaler Zeitgenosse«, beschwerte Erin sich.

»Mr. Barrett?« fragte Melanie erstaunt. »Aber er ist einer der nettesten Männer, die ich je kennengelernt habe. Bis auf Ken natürlich.«

Erin sah sie erschrocken an. »Das kann doch wohl nicht dein Ernst sein! Er hat praktisch die Kontrolle über dein Haus und dein Leben übernommen, kommandiert herum wie ein General und erwartet, daß jeder vor ihm in die Knie geht. In unzulässigster Weise hat er sich in deine Privatsphäre gedrängt.«

»Aber er erledigt doch nur seinen Job, Erin«, widersprach Melanie. »Ken befindet sich in großen Schwierigkeiten, mußt du wissen. Als Mr. Barrett hierherkam, hat er sich für seine Aufdringlichkeit entschuldigt. Während der langen Stunden, in denen er mich verhört hat, hat er sich als der perfekte Gentleman erwiesen; er hat mich immer wieder beruhigt, wenn ich Angst hatte und wenn ich voller Kummer war über Ken und über seine Machenschaften. Er hat mich dazu bewogen, mich an Dinge zu erinnern, an die ich sonst niemals gedacht hätte, Dinge, die ihm vielleicht helfen könnten, Ken zu finden. Ich würde alles tun, um ihm zu helfen. Ich möchte, daß er Ken findet und ihn nach Hause bringt, damit er in Sicherheit ist.«

Erin hatte Mitleid mit der jungen Frau, sie stimmte ihr sogar zu in der Hoffnung, daß man den Vermißten bald finden würde. Doch sie wunderte sich, daß Melanie Lance Barrett in den höchsten Tönen lobte. Worte wie ›Gentleman‹ und ›entschuldigen‹ paßten nicht zu der Art, wie dieser Mann sie behandelt hatte.

Warum verdächtigte er die Schwester des Täters, wenn er offensichtlich glaubte, daß Kens Frau kein Teil dieser Verschwörung war? Seit Erins Ankunft hier hatte er sie mit Worten und Taten attackiert. Was hatte sie nur verbrochen, daß er sie einer so groben Behandlung unterzog?

Melanie bestand darauf, daß trotz allem Erins Besuch in ihrem Haus eine Feier wert war. Sie rang Mike die Erlaubnis für Erin ab, den Arbeitsraum zu verlassen und ihr im Eßzimmer zu helfen. Sie stellte ihre beste Tischdecke, das beste Porzellan und Kristallgläser zur Verfügung, dann deckte sie den Tisch wie für eine Dinnerparty.

Ihre Bemühungen waren rührend und auch irgendwie bemitleidenswert. Sie schien viel jünger zu sein als ihre vierundzwanzig Jahre. Und obwohl sie darüber sprach, wie ernst Kens Diebstahl war, so zweifelte Erin doch daran, daß Melanie das Ausmaß dieses Delikts zu erkennen vermochte. In allem, was sie sagte und tat, zeigte sich Naivität und blindes Vertrauen.

Sie lachten gerade alle drei darüber, daß eine widerspenstige Serviette mit dem besten Willen nicht so auf dem Teller stehen wollte, wie Melanie es gern hätte, als Lance hereinplatzte.

Mit mißbilligend gerunzelter Stirn fiel sein Blick auf Erin. Und er ließ auch gar keine Frage aufkommen über den Grund seiner Verärgerung. Sie war nicht in dem Raum, den er ihr zugewiesen hatte, also fuhr er gleich Mike an.

»Äh ... ich ... sie ... das heißt, Mrs. Lyman dachte ...«, stotterte Mike, ehe Lance ihn unterbrach. »Wir wollen essen, ehe es kalt wird.«

Mike seufzte erleichtert auf und warf Erin einen Blick zu, als wolle er sie für seinen Ungehorsam verantwortlich machen. Schnell nahm er Lance einige der Kartons ab, in denen das Essen verpackt war. Die Pappe paßte so gar nicht zu der hübschen Leinentischdecke und dem glitzernden Kristall der Gläser, doch das schien niemand zu bemerken, als alle Platz nahmen.

Erin sah verwundert auf, als Lance Melanie den Stuhl zurechtrückte. Er war überaus höflich ihr gegenüber, und seine Augen bekamen einen ganz sanften Blick, wann immer er sie ansah. Erin ließ sich von Mike den Stuhl zurechtrücken. Sie lächelte ihn an. »Danke«, sagte sie, und dabei entgingen ihr die Warnsignale, die Mike von seinem Vorgesetzten bekam.

Melanie erklärte Lance den Grund, warum sie ihr bestes

Porzellan hervorgeholt und den Tisch im Eßzimmer gedeckt hatte. »Man findet nicht jeden Tag heraus, daß man eine hübsche, bezaubernde Schwägerin hat. Wenn Ken hier wäre«, ihre Stimme zitterte ein wenig, »würde er bestimmt diese Überraschung auch feiern wollen.«

»Hat Ihr Mann je davon gesprochen, daß er eine Schwester hatte, von der er getrennt wurde?« fragte Lance sanft. Der Ton seiner Stimme täuschte über sein wirkliches Verhalten weg und war nur für Melanie allein bestimmt. Als er Erin einen Blick zuwarf, erschauerte sie vor der Kälte in seinen Augen.

»Nein. Wenn er wirklich etwas von Erin gewußt hat, so hat er mir doch nie etwas davon erzählt. Er würde sich freuen, sie zu sehen, das weiß ich.«

»Miss O'Shea.« Erin zuckte zusammen, als Lance das Wort an sie richtete. »Haben Sie bei all den Bemühungen, Ihre Familie zu finden, auch etwas über Ihre Eltern erfahren?«

Von jedem anderen Mann hätte Erin das als ganz normale Frage aufgefaßt. Doch sie kannte Lance Barrett mittlerweile gut genug um zu wissen, daß er ihr eine Falle stellte und hoffte, sie würde hineintappen.

»Leider nein. Die Nonne, die mir von Ken erzählt hat, erinnerte sich nur daran, daß meine Mutter uns beide zusammen in das Waisenhaus brachte. Sie erinnerte sich nicht mehr an sie und auch nicht an den Grund, warum sie ... warum sie ...« Wie immer, wenn Erin über dieses Thema sprach, verspürte sie einen dicken Kloß in ihrem Hals, und es fiel ihr schwer weiterzusprechen. »Warum sie uns im Stich gelassen hat«, beendete sie den Satz.

Die Geräusche am Tisch verstummten nach Erins Worten. Kein Besteck klapperte mehr auf dem Teller, keine Eiswürfel klirrten in den Gläsern, niemand sprach ein Wort. Schließlich unterbrach Melanie das Schweigen. So freundlich, wie ein Kind mit einem Spielkameraden umgeht, beschwichtigte sie: »Sie hatte bestimmt einen triftigen Grund dafür, Erin.«

Erin riß sich zusammen, sie blickte auf und sah Melanie an. Leichthin meinte sie dann: »Ja, wahrscheinlich.«

Die Unterhaltung bis zum Ende der Mahlzeit ging schleppend vonstatten. Nur einmal brachte Lance Melanie zum Lachen, als er ihr ein Erlebnis erzählte, von dem er schwor, es sei die Wahrheit, doch Erin empfand es als reichlich übertrieben. Wahrscheinlich hatte er eine alltägliche Begebenheit genommen und sie etwas ausgeschmückt, um sie interessanter zu machen.

Erin mußte zugeben, daß sie ihn dafür bewunderte, wie er Melanie behandelte und ihre Gedanken von dem Problem ablenkte, das ihre ganze Welt auf den Kopf gestellt hatte. Sie vergab ihm sogar widerstrebend, daß er weggefahren war, um das Essen beim Chinesen zu holen, denn Melanie speiste mit Genuß.

»Mike, wenn du fertig bist, könntest du nach drüben gehen und einen der Jungs ablösen, damit er für die anderen auch einen Imbiß holt. Wenn sie fertig sind und die Nacht eingeteilt ist, kannst du zurückkommen und mir Bericht erstatten.«

»Sicher, Lance. Meine Damen.« Mike entschuldige sich mit der für ihn typischen Knappheit.

»Was gibt es denn da auf der anderen Straßenseite?« Erins Neugier hatte die Oberhand gewonnen, und sie mußte diese Frage stellen.

»Mr. Barrett und seine Mannschaft haben drüben ihr Hauptquartier aufgeschlagen. Von dort aus können sie unser Haus überwachen, die Telefongespräche abhören und solche Sachen. Wir dürfen niemals das rote Telefon abheben, wenn es läutet. All unsere Anrufe über das normale Haustelefon werden mitgeschnitten. War es nicht ein Glück, daß das Haus gegenüber zufällig leer war, als sie es brauchten?«

Melanies Augen waren vor Aufregung ganz groß, doch sah Erin, daß Mr. Barrett sich zusammenreißen mußte. Er war gar nicht glücklich darüber, daß Melanie ihr so umfangreiche Erklärungen erstattete.

»Sie halten sich jetzt am besten wieder im Arbeitszimmer auf, Miss O'Shea«, bestimmte er, umfaßte ihren Arm und zog sie vom Stuhl hoch.

»Ich denke, ich sollte Melanie beim Abwasch helfen«, protestierte Erin und versuchte, sich aus seinem eisernen Griff zu befreien. Doch das war vergebens.

»Ich werde ihr helfen«, erklärte er.

Erin stolperte hinter ihm den Flur entlang, mit seinen langen Beinen konnte sie kaum Schritt halten. Als sie vor der Tür des Zimmers angekommen waren, entriß sie ihm ihren Arm und sah ihn funkelnd an. »Müssen Sie mich unbedingt so wüst anfassen?«

»Habe ich Ihnen weh getan?« fragte er erschrocken. War das wirklich Betroffenheit, die sie aus seiner Stimme hörte? Er legte seine Hand wieder auf ihren Arm, doch als er sie diesmal berührte, war er beinahe zärtlich, als wolle er beruhigend über die Stelle streicheln, die seine Finger noch im Augenblick zuvor im Schraubstock gehalten hatten.

Sie fühlte die Wärme seiner Hand durch die dünne Bluse,

als er über ihren Arm strich. All ihre Sinne reagierten, wie kleine Fühler lief seine Berührung über ihre Haut, rührte an ihr Herz und ließ es ganz weit werden. Seine Hand, mit der er noch immer über ihren Arm rieb, war so beruhigend, daß Erin den eigenartigen Wunsch verspürte, sich gegen seinen überwältigenden Oberkörper zu lehnen, um dort Trost zu finden.

Gab es nicht irgendwo eine Studie, die über die außergewöhnlichen Beziehungen Gefangener und ihrer Wärter berichtete? War es nicht so, daß Gefange oft so sehr von ihren Wärtern abhängig wurden, bis sie ihnen verfielen?

Diese Möglichkeit faßte Fuß in ihrem Gehirn und erschütterte sie bis tief in die Seele. Schnell machte sie der Nähe ein Ende, sie fürchtete sich auf einmal vor dem körperlichen Sog, den er auf sie ausübte. Zweifellos hatte sie sich die augenblickliche Sanftheit in ihm nur eingebildet, denn als sie jetzt in sein Gesicht sah, fand sie darin nur die übliche Härte und den bekannten Ingrimm.

Sie hörte, wie er einen leisen Fluch ausstieß, dann marschierte er eilig davon.

4. Kapitel

Erin blätterte gerade in den Photoalben, als Lance einige Stunden später hereinkam. Es war noch nicht einmal elf, doch ihr Körper brauchte gemäß der Uhrzeit von Houston und nach allem, was an diesem Tag geschehen war, Ruhe. Doch sie schaffte es nicht, sich einfach auf das Sofa zu legen und im Schlaf Vergessen zu finden.

Sie hockte über den Bildern und suchte auf jedem einzelnen nach Hinweisen, die vielleicht die Charakterzüge ihres Bruders enthüllten. Melanie hatte ihr die Alben zusammen mit einem Arm voller Decken und Kissen gebracht.

»Mr. Barrett hat mich gebeten, dich hiermit zu versorgen. Ich habe ihm vorgeschlagen, dich oben im Gästezimmer unterzubringen, aber das wollte er nicht.«

»Kann ich mir denken«, knurrte Erin.

»Mir ist eingefallen, daß diese Alben noch in unserem Schlafzimmerschrank waren. Möchtest du sie dir ansehen?«

»Danke, Melanie. Ich kann dir gar nicht sagen, wie bedrückend diese vier Wände für mich sind. Trotzdem möchte ich alles über Ken erfahren.«

Melanie zeigte ein Verständnis, das Erin überraschte. »Ich würde gern bei dir bleiben und mit dir reden, Erin. Aber ich glaube, es ist besser, wenn ich dich allein lasse. Immerhin mußt du über dreißig Jahre von Kens Leben nachholen.«

sächlich zu aufregend für mich, glaube ich. Ich kann mich einfach nicht entspannen.« Sein Anblick wirkte alles andere als beruhigend auf sie. Wenn sie es genau bedachte, so steigerte seine Anwesenheit in diesem Zimmer ihre Unruhe noch.

»Möchten Sie vielleicht irgend etwas aus der Küche haben?« fragte er.

»Nein, danke.« Seine Höflichkeit machte sie nervöser als seine Feindseligkeit zuvor.

Sie sah ihm zu, als er seine Krawatte lockerte, sie auszog und über die Stuhllehne hängte. Dann stützte er beide Arme in seinen Rücken und reckte sich, dehnte seinen kräftigen Brustkorb. Das Spiel seiner Muskeln unter dem leichten Stoff seines Hemdes faszinierte sie. Schließlich stieß er den angehaltenen Atem in einem langen Seufzer aus und lockerte sich.

»Welche Decken möchten Sie haben?« fragte er, als er in den weichen Sessel sank. Mit dem Zeh des einen Fußes streifte er den Schuh von dem anderen.

Erin starrte ihn ungläubig an, als sie begriff, was er vorhatte. »Sie können doch nicht etwa ... Sie wollen doch nicht ... dies hier ist ...«

»Könnten Sie sich vielleicht ein wenig deutlicher ausdrücken, Miss O'Shea?« fragte er näselnd.

Sein Tonfall brachte sie auf: »Sie wollen doch nicht etwa in diesem Sessel schlafen?«

Er sah sich den Sessel an, in dem er saß, als denke er darüber nach. »Nun, ich hatte allerdings die Absicht. Aber wenn es Ihnen lieber ist, daß ich zu Ihnen auf die Couch komme ...«

»Bleiben Sie, wo Sie sind«, befahl Erin und durchbohrte ihn mit dem Zeigefinger, als er Anstalten machte, aus dem Sessel aufzustehen. »Was haben Sie eigentlich vor?« wollte sie wissen, dann stand sie auf, stützte die Hände in die Hüften und machte zwei Schritte auf ihn zu. »Sie haben sicher zu viele James-Bond-Filme gesehen, weil Sie glauben, Sie könnten eine Frau den ganzen Tag tyrannisieren und sie dann in der Nacht verführen. Nun, Mr. Barrett, ich erkläre Ihnen hiermit, daß ich, ganz im Gegensatz zu diesen wollüstigen Frauen im Kino, Ihnen widerstehen kann und werde.«

»Sie reden viel zuviel darüber, Miss O'Shea«, erklärte er ganz ruhig. Nach seinen Worten klang ihre Tirade selbst in ihren eigenen Ohren lächerlich. »Seien Sie versichert, daß mein Aufenthalt in diesem Raum rein beruflicher Natur ist«, sprach er weiter. »Und glauben Sie mir, ich würde lieber auf der anderen Straßenseite in dem Bett schlafen, das ich in den letzten zehn Tagen benutzt habe, als hier in diesem Sessel.«

»Es ist nicht nötig, daß Sie mich ständig überwachen«, fuhr sie ihn an.

Wieder klang seine Stimme erstaunlich ruhig. »Wahrscheinlich nicht, aber bis ich über Ihre Identität im Bilde bin, stehen Sie unter meiner Beobachtung. Ich möchte nicht riskieren, daß ein allgemeingefährliches Subjekt in der Nacht verschwindet.«

»Oh, um alles in der Welt!« stöhnte sie und rollte die Augen.

Sie warf sich verärgert auf die Couch und schmollte einen Augenblick, während er sich an den Kissen und den Decken zu schaffen machte. Seine geschmeidigen Bewegungen erregten ihre Aufmerksamkeit, und sie konnte gar nicht anders als ihn anstarren. Bei Lichte besehen versprach die Aussicht, die Nacht im gleichen Zimmer mit ihm zu verbringen, einige Spannung. Seinetwegen war sie bei weitem nicht so verwirrt wie über ihre eigenen Gefühle, ihr wild klopfendes Herz und das Gefühl der Erregung, das sie noch nie zuvor gefühlt hatte.

Als er die Decken und Kissen gerecht verteilt hatte, wandte er sich zu ihr um. Erins Angestellte kannten ihre geringschätzigen Blicke recht gut. Normalerweise bedachte sie diejenigen Menschen damit, die sich einen dummen Fehler geleistet hatten. »Ich würde gern duschen.«

»Vergessen Sie es.«

»Ich muß aber zur Toilette!« rief sie.

»Das werde ich Ihnen erlauben.«

»Wie entgegenkommend.« Sie schob sich an ihm vorbei, nahm ihre beiden Koffer und marschierte aus dem Zimmer. »Zeigen Sie mir den Weg, Herr Aufpasser«, zog sie ihn auf.

Seine goldenen Brauen über dem Dolchblick zogen sich zusammen, doch sagte er nichts, als er ihr den Weg durch den nur schwach erleuchteten Flur zu einem winzigen Badezimmer unter der Treppe zeigte.

»Sie können sich ruhig etwas Bequemeres anziehen«, meinte er. Er stand direkt neben ihr, und es war beinahe völlig dunkel. Jetzt, wo sie ihre hochhackigen Schuhe ausgezogen hatte, überragte er sie beträchtlich, und Erins Knie wurden schlabbrig wie Wackelpudding. Vor Erschöpfung zitterte sie. Sie versuchte ihre Unsicherheit zu überspielen: »Das würde Ihnen wohl gefallen.« Eigentlich hatten ihre Worte wie ein Vorwurf klingen sollen, doch zu ihrem Entsetzen klangen sie wie ein Vorschlag.

Er trat noch einen Schritt näher, und Erin fühlte seinen warmen Atem auf ihrem Gesicht. Immer näher kam er, bis sie zwischen ihm und der Wand gefangen war. Sein Körper war so angespannt wie der ihre, es war, als bedränge sie eine Art Statue.

Doch diese Statue war lebendig.

Und das Material, aus dem die Statue bestand, war nicht starr, sondern schmiegsam, und jetzt schmiegte er sich auch an sie. Er paßte sich ihrem Körper an, bis der Eindruck entstand, diese beiden Körper seien füreinander geschaffen.

Aus den Augenwinkeln sah Erin, daß er den Arm hob, und sie glaubte, er wolle sie umarmen. Doch seine ausgestreckte Hand drückte auf den Lichtschalter im Bad hinter ihr.

Die plötzliche Helligkeit bereitete dem Zauber, der wie eine Ewigkeit gedauert hatte, ein jähes Ende. Sie wandte sich schnell ab und schob ihre beiden Koffer ins Bad.

»Machen Sie nicht zu lange, sonst komme ich rein und hole Sie.«

»Wollen Sie etwa hierbleiben?« fragte sie voller Entsetzen und lehnte sich an den Türrahmen.

»Hmm-hmm.« Er schüttelte den Kopf.

Wütend preßte Erin die Lippen zusammen, dann knallte sie ihm die Tür vor der Nase zu, um nicht länger in sein spöttisches Gesicht sehen zu müssen.

Sie stellte die beiden Koffer auf den Boden und stützte sich dann mit steifen Armen auf das Waschbecken. Tief atmete sie ein und schloß die Augen, um den Anblick seines Gesichts zu vertreiben. Doch es schob sich vor ihr inneres Auge, und sie zitterte noch immer, selbst als sie das Wasser angestellt hatte.

Er ist ein Gewalttäter. Unverschämt. Gefühllos. Und dennoch benahm sie sich wie eine Idiotin, war völlig durcheinander nach einer flüchtigen Berührung. Sie hatte sich wirklich gewünscht, er würde sie noch einmal küssen. Du lieber Himmel!

Dennoch fragte sie sich, wie sich seine Lippen wohl anfühlten, wenn er Zärtlichkeit walten ließe. Der Kuß von heute war nur ein Test gewesen. Er hatte wissen wollen, wie weit sie die Geschichte mit ihrem Bruder wohl treiben würde. Dieser Kuß war wild und hart gewesen. Doch den Bruchteil einer Sekunde, als seine Zunge sich in ihren Mund geschoben, ein wenig gezögert und dann ihre Zungenspitze zart berührt hatte, hatte sie da nicht den Hauch einer weicheren Regung verspürt?

Nein! sagte sie sich und putzte ihre Zähne, so fest sie nur konnte, um auch noch den letzten Rest Geschmack seines Kusses aus ihrem Mund zu vertreiben.

Sie cremte ihr Gesicht ein und bürstete ihr Haar. Es war gar nicht so einfach, den großen Koffer in dem kleinen Raum zu öffnen, doch es gelang, ihn einen Spalt zu öffnen, dann schob sie die Hand hinein und suchte.

Sie ertastete eine Jeans und ein T-Shirt und zog beides heraus. Es war keine ihrer Designer-Jeans, die normalerweise fest und ein wenig hart waren. Es war eine alte Hose, abgetragen und verblichen. Mit einiger Mühe zog sie ihr zerknittertes Ensemble aus und schlüpfte in die frischen Sachen.

Sie überlegte einen Augenblick lang ernsthaft, ob sie ihren Büstenhalter ausziehen sollte. Sie haßte es, die ganze Nacht darin zu schlafen, deshalb öffnete sie ihn schnell, noch ehe sie ihre Meinung ändern konnte, und reckte sich dann erleichtert. Selbst wenn sie seit ihrem letzten Geburtstag die Grenze der Zwanziger hinter sich gelassen hatte, eine Tatsache, die ihrem Selbstwertgefühl nicht unbedingt Auftrieb gab, so war ihre Figur doch noch fest genug, daß sie ab und zu auf den Büstenhalter verzichten konnte. Der heutige Abend war ja gar nicht so wichtig.

Als sie das T-Shirt über ihren Kopf zog, stellte sie fest, daß es in der letzten Wäsche ein wenig eingelaufen war. Es machte also doch etwas aus, wenn sie keinen Büstenhalter trug. Ihre Brüste drängten sich allzu deutlich gegen das dünne Gewebe. Ungeduldig wollte sie das Oberteil gerade wieder ausziehen, als Lance von draußen gegen die Tür klopfte.

»Ihre Zeit ist um«, verkündete er.

»Es dauert noch eine Minute. Ich bin fast fer ...«

Noch ehe sie ausgesprochen hatte, flog die Tür schon auf. Einen Augenblick lang stand sie mit vor der Brust verschränkten Armen vor ihm, den Saum ihres T-Shirts hochgehoben, und er konnte einen Blick auf die makellose Haut ihres Bauches werfen und erhaschte eine Andeutung der beiden wohlgerundeten Brüste unter dem rosafarbenen Stoff.

Schnell zog Erin das Shirt herunter. Als würden sie magnetisch angezogen, ruhten seine Augen auf ihren Brüsten. Sie fühlte, wie sich ihre Brustspitzen unter seinen Blicken aufrichteten, hart und prickelnd stellten sie sich auf. Jahrelang, noch bevor sie Joseph Greene geheiratet hatte, hatte sie als Hausmodel manchmal stundenlang beinahe nackt vor den Designern und Näherinnen gestanden, während diese die Kleider änderten, die sie anprobierte. Aber niemals hatte sie sich dabei so befangen gefühlt, niemals war sie sich ihres Körpers so sehr bewußt gewesen.

Sie kämpfte tapfer gegen eine plötzliche Schüchternheit an. »Sie sind wirklich ein Klotz!« keifte sie. »Ich habe doch gesagt, ich brauche noch einen Augenblick.«

Lance fiel es schwer, Worte zu finden. Sein Gehirn schaffte es nicht, die richtigen Signale zu seiner Zunge zu senden. Er schluckte, dann sprach er so gefaßt wie möglich: »Ich habe doch gesagt, Ihre Zeit ist abgelaufen.«

»Darf ich wenigstens noch eine Tablette nehmen? Ich habe heute sowieso schon eine vergessen.« Sie kramte in ihrer Make-up-Tasche und strengte sich an, das Zittern ihrer Hände vor ihm zu verbergen. Schließlich fand sie das Döschen mit Penicillin und drückte eine der Tabletten aus der Folie. Sie sah kein Glas, deshalb steckte sie die Tablette in den Mund und trank aus der Hand, in die sie etwas Wasser hatte laufen lassen. Mit Mühe würgte sie die Tablette hinunter. Als sie sich wieder aufrichtete, entdeckte sie im Spiegel, daß Lance auf ihre Hüften starrte. Schnell hatte er sich jedoch wieder im Griff und wandte seine Blicke ab. »Sie können Ihre Sachen hier lassen, wenn Sie möchten«, knurrte er. »Niemand sonst benutzt das Bad.« Dann ging er leise auf Strümpfen den Flur hinunter.

Ohne Kommentar nahm Erin seinen Vorschlag an. Sie würde ihr Gepäck hier stehen lassen. Er war sowieso nicht Gentleman genug, es ihr ins Zimmer zurückzutragen, und sie war zu erschöpft, die Koffer noch einmal zu schleppen. Es war auch viel einfacher, nicht mit ihm zu streiten, einfach das Licht auszuknipsen und ihm über den Flur in ihre Bleibe zu folgen.

Als sie langsam in das Zimmer trat, sah sie, daß Lance alle Lichter gelöscht hatte, bis auf eine Lampe auf dem Tisch neben seinem Sessel. Sie breitete eine Decke auf dem Ledersofa aus, legte ein Kissen in die Armlehne und setzte sich dann, eine andere Decke zog sie über ihre Beine.

Lance wartete geduldig, ohne ein Wort starrte er in die Luft. Er machte keine Anstalten das Licht zu löschen, und Erin wollte sich nicht hinlegen, solange es noch brannte. Das würde sie viel zu verletzlich machen, sie würde sich ihm ausgeliefert fühlen. Sie bemühte sich, ihn zu übersehen, blickte sich im Zimmer um, obwohl sie das schon den ganzen Spätnachmittag lang getan hatte.

»In diesem Kamin hat noch nie ein Feuer gebrannt«, sinnierte sie.

Lance bewegte den Kopf nicht, doch er hatte sie gehört. »Wie bitte?«

»Haben Sie bemerkt, daß in diesem Kamin noch nie ein Feuer angezündet worden ist? Er hat einen so hübsch geschnitzten hölzernen Sims, es ist Holz darin aufgestapelt, aber jegliche Anzeichen von Ruß oder Asche fehlen. Ich kann mir gar nicht vorstellen, einen Kamin zu haben, in dem ich nie ein Feuer anzünde.«

»Sie besitzen eine bemerkenswerte Beobachtungsgabe. Vielleicht hätten Sie besser meinen Berufsweg einschlagen sollen.« Sie sah ihn an und stellte fest, daß er sie aus seinem Sessel heraus anlächelte. Ohne darüber nachzudenken, erwiderte sie sein Lächeln. »Haben Sie einen Kamin?« fragte er.

»Drei Stück.«

»Drei?«

Sie lachte über sein erstauntes Gesicht. »Ja, ich lebe im Haus meiner Eltern, in dem Haus, in dem ich auch aufgewachsen bin. Als mein Dad starb, wollte Mutter das Haus verkaufen. Ich habe sie gebeten, es für einige Zeit zu vermieten, und das hat sie dann auch ein paar Jahre lang getan. Als ich New York verließ und nach Hause zurückkehrte, bin ich dort eingezogen. Es ist ein bescheidenes Haus, aber sehr alt und besitzt einen eigenwilligen Charakter. Ich habe es renoviert und neu eingerichtet.«

»Das hört sich gut an.«

»Die meisten Menschen würden es nicht einmal ansehen wollen, aber für mich ist es mein Zuhause. Ich denke, wenn man adoptiert wurde, ist es sehr wichtig, so eine Familientradition aufrechtzuerhalten. Das ist ein beinahe genauso wichtiger Teil, wie die Suche nach seiner Identität.«

Sie schwiegen beide eine Weile, bis Lance fragte: »Waren die O'Sheas gut zu Ihnen?«

»Sie waren wunderbare Eltern. Niemand hätte sich bessere Eltern wünschen können. Dad war groß und sehr kräftig. Er kam mir immer riesig vor, selbst, als ich schon erwachsen war. Er war der freundlichste Mann, den ich je gekannt habe, trotz seiner Größe. Er war Schreiner. Mutter ist klein und zierlich, voller Leben und hat viele Lachfältchen um ihre Augen, die so blau sind, wie Sie sicher noch nie welche gesehen haben.« Außer den deinen, fügte sie innerlich hinzu.

Lance streckte die Arme über den Kopf und gähnte ausgiebig, dann fuhr er sich mit beiden Händen durch sein goldbraunes Haar. »Jetzt schlafen sie mal. Gute Nacht«, ordnete er an und knipste das Licht aus.

»Gute Nacht.«

Erin rutschte unter die Decke, sie lag auf dem Rücken und starrte in die Dunkelheit. Sie hörte, daß Lance es sich in dem Sessel so bequem wie möglich machte. Die Decken und Kissen raschelten, dann breitete sich Ruhe aus.

Nach einer Denkpause flüsterte Erin: »Mr. Barrett?« Sie wußte instinktiv, daß er noch nicht schlief.

»Hm?«

Nervös zupfte sie an der Decke. Die Dunkelheit machte alles ziemlich intim. Es schoß ihr durch den Kopf, sie wären Liebende, nachdem sie miteinander ... »Was wird mit meinem Bruder geschehen, wenn Sie ihn gefunden haben?«

Sie hörte in der Dunkelheit, daß er seine Lage in dem Sessel änderte. Seine Stimme war leise, ein wenig zögernd ... vielleicht sogar traurig, als er antwortete. »Ich weiß es nicht. Das übersteigt meine Erfahrungen. Er hat eine unerhörte Geldsumme unterschlagen, von einer staatlichen Bank. Der Diebstahl allein würde genügen, um ihn Jahre hinter Gitter zu bringen. Die Regierung sieht es nicht so gern, wenn jemand kommt und ihr das Geld wegnimmt.«

»Dann muß er also ins Gefängnis«, meinte sie tonlos. Es war mehr eine Feststellung als eine Frage. Sie hatte bis jetzt noch gar nicht daran gedacht.

»Ja. Es mag ihm vielleicht ein wenig helfen, daß sein Schwiegervater Präsident der Bank ist. Winslow hat die örtliche Polizei gar nicht benachrichtigt, obwohl wir auch einige ihrer Leute eingesetzt haben, die dafür ausgebildet sind, eine Stecknadel in einem Heuhaufen zu finden, um es bildlich auszudrücken. Wenn Lyman das Geld vielleicht noch nicht ausgegeben hat und es zurückzahlen kann, könnte er mit einer hohen Geldstrafe und einer langen Bewährung davonkommen.«

»Aber das halten Sie selbst nicht für wahrscheinlich, oder?«

Er klang müde und auch ein wenig resigniert, als er antwortete. »Nein. In all den Jahren, in denen ich jetzt diese Arbeit mache, habe ich eigentlich nie die Gedankengänge eines Kriminellen verstanden.«

»Mein Bruder ist kein Krimineller«, begehrte sie auf.

»Er hat ein Verbrechen begangen. Und dem Wortsinn nach macht ihn das zu einem Kriminellen«, erklärte er.

Erin klagte: »Natürlich haben Sie recht. Es tut mir leid. Was sagten Sie gerade?«

»Nun, meiner Ansicht nach standen alle Anzeichen zu seinen Gunsten. Warum hat er so etwas getan? Warum hat er alles aufs Spiel gesetzt? Warum hat er Mrs. Lyman verlassen? Es war wirklich eine dumme, idiotische Sache, so etwas zu tun. Er mußte doch wissen, daß wir ihn erwischen.«

Erin wunderte sich über die Wut in seiner Stimme. Es war beinahe so, als wünschte er Ken nicht zu finden. »Melanie wird schrecklich leiden unter alldem. Ich glaube, sie hat den Ernst dieser Situation überhaupt noch nicht begriffen.«

»Das hat sie auch nicht. Sie ist so eine reizende junge Frau. Eigentlich hätten wir von überall aus unsere Nachforschungen anstellen können. Wir sind hauptsächlich hier, um sie zu beschützen. Wir wissen nicht, ob Lyman allein gearbeitet hat oder ob er in eine größere Sache verwickelt war. Sie könnte zum unschuldigen Opfer eines Mannes werden, der Rache sucht. Verdammt, ich weiß es nicht.« Seine Erbitterung war nur zu offensichtlich, und Erin dachte schuldbewußt, daß sie seine Sorgen noch vergrößert hatte.

Leise fragte sie: »Und was ist mit mir? Glauben Sie wirklich, daß ich ein harmlos aussehender Meuchelmörder bin, der sich mit einer tränenreichen Geschichte in das Vertrauen eines unschuldigen Mädchens schleicht, nur um sie dann kaltblütig umzulegen?«

Es dauerte eine Weile, ehe er antwortete. »Der Gedanke ist mir allerdings gekommen«, gestand er.

»Verstehe.« Sie klang heiser.

In ihrem Kopf wirbelte all das, was er ihr erzählt hatte, doch es war zu viel, was sie beschäftigte. Sie warf sich unruhig auf dem schmalen Sofa hin und her und suchte nach einer bequemen Lage, um einschlafen zu können. Schließlich gab sie verärgert auf, legte sich auf den Rücken und warf beide Arme über den Kopf.

War es das leise Rascheln von Stoff oder das Geräusch seiner Schritte, das sie alarmierte und ihr verriet, daß er nicht mehr in seinem Sessel saß, sondern neben ihr auf dem Boden hockte? Sie wußte es nicht. Aber sie wußte, daß er plötzlich so nahe war, daß sie die Wärme seines Körpers spürte. Sie lag ganz still und wagte nicht einmal zu blinzeln.

»Ich habe keine Ahnung, wer oder was Sie sind, aber ein Meuchelmörder sind Sie nicht.« Seine Stimme war rauh vor unterdrückten Gefühlen, doch hatte sie kaum Zeit, darüber nachzudenken, denn schon im nächsten Augenblick fühlte sie seine Lippen auf ihren.

Kam der glückliche Seufzer etwa von ihren eigenen Lippen? Hatte sie ihm wirklich in einer flehenden Geste den Kopf zugewandt? Warum hatte er gezögert, als seine Lippen nur noch minimal von ihren entfernt waren, ehe sie sich auf ihre legten und sich ihrer dann ganz bemächtigten?

Der Mantel der Dunkelheit, die über allem lag, löschte jeden Anflug von Feindseligkeit, alle Vorsicht und jegliches Mißtrauen, allen Ärger, der sich zwischen ihnen aufgebaut hatte. In diesem schwarzen, samtenen Kokon, in dem keine Urteile gefällt und keine Geheimnisse versteckt werden, verloren sie sich ineinander, ihre Streitigkeiten hatten sich in nichts aufgelöst. Sie waren nur noch zwei Menschen, die das Verlangen gleich machte, die Erfüllung einer Sehnsucht suchten, die genauso unbezwingbar wie unerklärlich war.

Erins Lippen lagen süß und zärtlich unter seinen und öffneten sich erwartungsvoll seiner suchenden Zunge. Er schmeckte sie, prägte sich mit Lippen, Zähnen und Zunge ihr Aroma ein, bis sie atemlos seinen Namen hauchte.

Ganz unbewußt senkten sich ihre Arme, und sie legte die Hände um sein Gesicht. Er bedeckte ihren Hals mit heißen, leidenschaftlichen Küssen. Seine Hände ruhten auf ihren Rippen, sie waren so groß, daß sie sie beinahe umfaßten. Erin fühlte, wie seine Daumen sanft über die Unterseite ihrer Brüste strichen.

Sie vergrub die Finger in seinem dichten, goldenen Haar, als er sein Gesicht zwischen ihre Brüste preßte. Seinen feuchten Atem fühlte sie durch ihr T-Shirt hindurch. Mit Erins Hilfe beseitigte er auch noch diese letzte Barriere. Sanft strichen seine Finger über ihre nackte Haut, vom Hals bis zur Taille erforschte er jeden einzelnen Zentimeter ihres Körpers.

Dann preßte er seine Lippen auf ihre Brüste. Er nahm eine ihrer Brustspitzen in seinen Mund und saugte daran. Als wären sie durch ein unsichtbares Band verbunden, fühlte Erin dieses Saugen tief in ihrem Unterleib. Wie ein winziger

Vulkan brach es aus ihr hervor, füllte ihre Adern mit geschmolzener Lava und brachte ihren Körper zum Brennen.

»O Gott!« Er stöhnte voller Schmerz und Entsagung auf. Seine Hände legten sich auf ihre Brüste, und er preßte seine Lippen auf ihren Mund. Sein wildes Verlangen wurde nur durch den Wunsch gezügelt, ihr so viel Glück zu schenken, wie er in diesem Kuß fand. Und auch wenn seine Zunge sie zu einem Kuß verführte, wie sie ihn noch nie zuvor in ihrem Leben erlebt hatte, so war dieser Kuß doch eine sanfte Verführung.

Viel zu schnell lösten sich seine Lippen wieder von ihren. Sie fühlte, daß er sie eindringlich ansah. Sein Gesicht war in der herrschenden Dunkelheit nicht zu erkennen, doch seine Augen schienen auch ohne Licht noch die gleiche Macht über sie zu haben. Er hielt sie ganz fest, und Erin erstarrte unter der hypnotischen Kraft seiner Blicke.

»Dies hier ist nie geschehen«, flüsterte er rauh. »Hast du mich verstanden, Erin?« Seine Stimme war drängend, sie zwang sie zu begreifen, was er ihr sagen wollte. »Dies hier ist nie geschehen. Weißt du, was ich meine?«

Benommen schüttelte sie den Kopf. Nie geschehen.

Aber natürlich konnte er sie im Dunkeln nicht sehen.

5. Kapitel

Als Erin am nächsten Morgen erwachte, hatte er den Raum bereits verlassen. Langsam öffnete sie die Augen, dann sah sie sich in dem Zimmer um, ohne den Kopf zu bewegen. Nichts hatte sich über Nacht verändert, es war alles noch genauso wie zuvor. Nur sie hatte sich verändert. Alle Veränderungen hatten nur in ihr selbst stattgefunden.

Vielleicht war ja alles auch nur ein Alptraum gewesen. Ja? Nein.

Also gut, wenn es zu angenehm gewesen war für einen Alptraum, dann war es jedenfalls nicht mehr als ein Traum gewesen. Nein. Sie konnte noch immer den Duft von Lances Rasierwasser auf ihrer Haut riechen. Ihre Brüste prickelten, wo seine Wangen mit den Bartstoppeln sie berührt hatten. Ihr Körper erinnerte sich an zu viele Einzelheiten seiner innigen Umarmung, selbst jetzt noch stand lebhaft jeder Augenblick der vergangenen Nacht vor ihrem inneren Auge. Es war kein Traum gewesen.

Ihre Blicke gingen wieder zu dem Sessel, in dem er geschlafen hatte. Das zerdrückte Kissen darin zeigte noch den Abdruck seines Kopfes. Ein Gefühl unendlicher Zärtlichkeit erwachte in Erin, und sie lächelte bei der Erinnerung an das, was geschehen war.

Doch ihr Lächeln verschwand, als sie seine Decke sah, die

er achtlos auf den Boden neben dem Sessel geworfen hatte. Zweifellos hatte er auch jeden Gedanken an sie genauso achtlos beiseite geschoben.

Sie preßte eine Faust auf ihren Mund und fühlte sich entsetzlich, wenn sie daran dachte, mit welcher Leidenschaft sie seine Küsse erwidert hatte. Himmel! Sicher sonnte er sich heute morgen in seinem Erfolg. Es hätte ihn nicht viel gekostet, sie zu verführen ... Nein!

Ein Schluchzen stieg in ihrer Brust auf, und eine einzelne Träne rann aus ihrem geschlossenen Auge über ihre hochrote Wange, dann barg Erin den Kopf in ihrem Kissen.

Wie hatte das alles nur geschehen können?

Sie konnte sich nicht damit herausreden, daß er sie mit Alkohol gefügig gemacht oder an ihre Sympathie appelliert hatte; auch hatte er sie nicht gewalttätig gezwungen, seine Küsse über sich ergehen zu lassen. Nicht einmal mit Schmeicheleien hatte er sie ködern müssen. Er war ganz einfach aus der Dunkelheit aufgetaucht, hatte sie berührt und geküßt, und sie war allzu willig gewesen, ihm all das und mehr zu geben als das, was er von ihr verlangt hatte.

Sie fühlte sich elend, noch einmal stöhnte sie auf vor Erniedrigung, wenn sie daran dachte, wie er mit seinen gierigen, räuberischen Lippen ihre nackten Brüste berührt hatte. Nein. Seine Lippen waren weder gierig noch räuberisch gewesen. Und um ihre Erniedrigung zu vervollständigen, schmerzte jedesmal, wenn vor ihrem inneren Auge das Bild wieder auferstand, ihr Körper vor Verlangen.

Sie durfte hier nicht liegenblieben und grübeln, es wäre besser, ihm gegenüberzutreten und so zu tun, als sei nichts geschehen. Für ihn war es sowieso nichts anderes gewesen als ein Intermezzo in der Dunkelheit. Er durfte nicht wissen, wieviel es ihr bedeutet hatte. Sie stand auf und bemerkte, daß ihr Oberkörper noch immer nackt war. Erst nach einer hektischen Suche fand sie ihr T-Shirt hinter der Couch.

Auf Zehenspitzen schlich sie zur Tür. Sie lauschte zuerst, doch waren keinerlei Geräusche aus dem Haus vernehmbar. So leise sie konnte, verließ sie den Raum und ging in das kleine Bad, das sie auch am vorhergehenden Abend benutzt hatte. Sie schauderte vor Verlegenheit, als sie daran dachte, in welch peinlichem Zustand Lance sie gestern hier überrascht hatte. Eigentlich brachte jeder Gedanke an ihn ihr Inneres in heißen Aufruhr.

»Oh, da bist du ja«, meinte Melanie, als Erin aus dem Bad kam. Ihre Schwägerin stand an der Schwelle zum Arbeitszimmer.

»Guten Morgen«, murmelte Erin und hoffte nur, Melanie würde ihr das Schuldgefühl nicht ansehen.

Sie benahm sich wie ein Idiot! Was war denn überhaupt geschehen? Sie hatte ein wenig geknutscht, das war alles. Die Menschen taten so etwas immer und überall. Deshalb war sie noch lange keine Prostituierte.

»Ich komme, um dich zu erretten«, tat Melanie geheimnisvoll. »Ich habe Mike dazu gebracht, dir zu erlauben, nach oben zu gehen für ein gründliches Bad! Danach frühstücken wir beide zusammen.«

»Und was ist mit General Barrett? Glaubst du, er wird Verständnis aufbringen für meine unentschuldigte Abwesenheit?«

»Vielleicht erfährt er es ja gar nicht.« Melanie lachte. »Er ist nämlich nicht da. Komm schon.«

Melanie ließ Erin Zeit genug, um ihre Koffer aus dem Behelfsbad zu hieven, sie bot ihr sogar an, einen davon zu tragen, dann nahm sie Erin mit nach oben und zeigte ihr das kleine, aber gemütliche Gästezimmer.

Es war mit weißen Korbmöbeln eingerichtet, die einen hübschen Kontrast zu den apfelgrünen Wänden boten. Die Tagesdecke auf dem Bett und auch die Gardinen hatten ein entzückendes Gänseblümchenmuster. In einer Ecke des Zimmers stand ein grün-weiß gestreifter Lehnsessel.

»Wenn du durch diese Tür dort gehst, kannst du dich in die Wanne legen«, gab Melanie Auskunft. »Ich habe nachgesehen, ob alles da ist, was du brauchst, aber wenn etwas fehlt, ruf mich bitte.«

»Danke, Melanie. Mir gefällt es hier. Ich werde mich beeilen und schnellstmöglich nach unten kommen.«

»Wegen mir brauchst du dich nicht zu beeilen«, beruhigte Melanie sie.

»Das tue ich auch nicht. Ich beeile mich nur Mr. Barretts wegen.«

Melanie kicherte leise, dann schloß sie die Tür und ließ Erin allein.

Das Bad war himmlisch, Erin genoß es, in dem warmen, duftenden Wasser zu liegen. Sie versuchte sich einzureden, daß sie sich nicht ungewöhnliche Mühe gab mit ihrem Äußeren an diesem Morgen, doch das Resultat ihrer Bemühungen sprach Bände.

Sie fönte ihr Haar, geschickt benutzte sie die Haarbürste, um es in eine kunstvolle Masse zerzauster dunkler Locken zu bringen. Dann wählte sie einen khakifarbenen Rock und dazu eine karierte Baumwollbluse in gedeckten blau- und burgunderfarbenen Tönen. Ihre Schuhe waren aus blauem Wildleder mit Absätzen aus Holz. Der einzige Schmuck außer ihrer goldenen Armbanduhr und Barts Diamantring bildeten ein paar goldene Ringe in ihren Ohren. Sie sah kühl aus und selbstbewußt, in perfekter Kontrolle der Situation.

Diese Kontrolle drohte sie aber umgehend zu verlassen, denn schon auf der Treppe hörte sie die Stimme von Lance Barrett in der Küche. Das Herz schlug ihr bis zum Hals, sie blieb stehen und umklammerte das Treppengeländer so fest, daß ihre Fingerknöchel weiß hervortraten.

»Hey, Lance, bist du da?« Sie erkannte die Stimme von Mike.

»Ja.«

»Charlie Higgins ist am Telefon, er will mit dir sprechen.«

»Ich komme sofort.«

Erin hörte seine Schritte, als Lance in das Wohnzimmer hinüberwechselte. Was würde er heute morgen zu ihr sagen? Was sollte sie sagen? Keine Minute lang glaubte sie, daß er vergessen haben konnte, was in der Dunkelheit der Nacht geschehen war, auch wenn er versucht hatte ihr einzureden, daß es nie geschehen war. Wie hätte sie je diese kostbaren Minuten vergessen können, wo sie in den Armen eines Mannes der Erfüllung so nahe gekommen war. Sie fühlte noch immer den Sturm der Gefühle wie die Nachwirkungen eines inneren Erdbebens.

Irgendwann mußte sie ihm gegenübertreten, sie konnte ihm nicht ausweichen, also brachte sie es am besten gleich hinter sich. Sie ging die letzten Treppenstufen hinunter und stand dann wie gebannt am Fuß der Treppe, von wo aus sie Einblick in das Wohnzimmer gewann. Lance hielt das Telefon eingeklemmt zwischen seinem Kinn mit dem bezaubernden Grübchen und der Schulter. Er machte sich Notizen auf einem Block, während er mit dem Mann am Telefon sprach.

Sie hatte erwartet, daß er genauso aussehen würde wie am Tag zuvor – graue Hose, dunkle Krawatte, weißes Hemd, die Uniform aller Regierungsangestellten. Doch er hatte sich umgezogen.

Lance war mit einer kurzen blauen Turnhose bekleidet, dazu trug er ein paar Turnschuhe. Sonst nichts. Während er sich über den Tisch beugte und seine Notizen machte, wurde das Papier naß vom Schweiß seiner Hand. Seine Brille rutschte auf der feuchten Nase nach unten, ungeduldig schob er sie immer wieder hoch. Schließlich nahm er sie ab und warf sie auf den Tisch, während er mit der anderen Hand hastig weiterkritzelte.

Lange stand Erin im Flur und starrte ihn nur an. Sie merkte nicht, wie lange sie dort stand, so gebannt war sie von seiner vollendeten Gestalt. Jetzt wußte sie auch, warum er sich in einem so ausgezeichneten körperlichen Zustand befand. Wenn er jeden Morgen lief – und so wie es aussah, war er keine kurze Strecke gelaufen –, dann hatte sie das Geheimnis seines durchtrainierten Körpers entdeckt.

Seine Arme und Beine waren kräftig und muskulös, die Schultern breit und wölbten sich über einem beeindruckenden Brustkorb, auf dem sich jetzt dichte, feuchte Löckchen ringelten. Erins Blicke folgten schamlos der Linie des Haares über die Rippen und den flachen, harten Bauch, bis hin zu dem elastischen Gurtband der Shorts. Es war beunruhigend anzusehen, daß sein Körper überall gleichmäßig von der Sonne gebräunt war. Noch viel beunruhigender allerdings war der Anblick seines Geschlechtsteiles unter den engen, feuchten Shorts.

»Nein, ich glaube, das genügt mir«, sagte er gerade. »Wenn ich sonst noch etwas von dir brauche, werde ich mich wieder melden. Danke, Charlie, dafür stehe ich bei dir in der Kreide.«

Er legte den Hörer auf und machte sich noch ein paar Notizen, ehe er sich aufrichtete.

Erschrocken zuckte er zusammen, als er entdeckte, daß sie ihn vom Fuß der Treppe aus beobachtete. Dann glitten seine Augen langsam über ihren Körper, von Kopf bis Fuß musterte er nun sie. Sekundenlang trafen sich ihre Blicke, und Erin stockte der Atem; sie war erstaunt, daß er ihr auswich. Wo war nur der selbstgefällige, wissende Spott, den sie in seinem Blick erwartet hatte?

Sie wagte einige Schritte vorwärts und betrat das Zimmer. Endlich hob er den Blick und sah sie ausdruckslos an. »Sie sind aber früh aufgestanden.«

»Sie auch«, antwortete sie. »Beginnen Sie Ihren Tag immer so?« wollte sie wissen und deutete mit dem Kopf auf seine Sportbekleidung.

»Ja, jeden Tag laufe ich einige Meilen«, antwortete er knapp. Warum war er nur so kurz angebunden? Er unterhielt sich nicht mit ihr, beantwortete lediglich ihre Frage aus Höflichkeit. Seine Augen verrieten ihr nichts von dem, was sie so verzweifelt wissen wollte.

»War es denn nicht kalt draußen?«

Er zuckte die Schultern, und sie bewunderte das Spiel seiner Muskeln. Es fiel ihr schwer, ihre Blicke von seinem

Oberkörper zu lösen. »Manchmal ist es ziemlich kalt, wenn ich anfange zu laufen, aber meistens wird mir dann bald warm. Ich hatte auch eine Jacke an, die habe ich aber draußen auf der Veranda liegen gelassen. Meine Jungs von der anderen Straßenseite sagten mir, daß Mike mich sprechen wollte.«

Er wischte sich mit dem Handrücken den Schweiß von der Stirn, dann putzte er sich die Hand an den Shorts ab. Seine Bewegungen erfolgten rein mechanisch, offensichtlich war er mit den Gedanken ganz woanders.

»Sie werden sich sicher über die Mitteilung freuen, daß sich die Angaben, die Sie zu Ihrer Identität gemacht haben, bestätigt haben.«

Er äußerte dies so nebenbei, als wäre es nicht wirklich wichtig. Überrascht sah sie zu ihm auf, doch sein Gesichtsausdruck verriet ihr nichts von seiner Gemütsverfassung. »Ich habe gestern abend noch einen Mittelsmann in Houston angerufen, und er hat sich gleich darum gekümmert. Was er gestern abend nicht mehr herausfinden konnte, ist ihm heute morgen gelungen. Wir wissen jetzt alles, was es über Sie zu wissen gibt, Miss O'Shea.«

Es schmerzte sie ein wenig, daß er wieder seinen förmlichen Ton anschlug. Gestern abend, ehe er zu seinem Sessel zurückgekehrt war, hatte er in der Dunkelheit leise ihren Namen geflüstert, und er hatte von seinen Lippen erregend geklungen. Doch sein Gedächtnis schien diesen Moment gelöscht zu haben.

»Wir wissen, daß dienstags und freitags Ihr Müll abgeholt wird – ich hoffe, Sie haben daran gedacht, den Müll rauszustellen vor der Abreise.«

Sollte das ein Witz sein? Aber er lächelte nicht, er sah sie noch nicht einmal an. Seine Augen schweiften durch das Zimmer und blieben zuerst an einem Gegenstand hängen, dann an einem anderen. Wenn er sie überhaupt ansah, dann nur recht vage. Seit sie in das Zimmer gekommen war, hatten sich ihre Blicke nicht wirklich getroffen.

»Natürlich können Sie gehen, wenn Sie möchten«, meinte er kühl.

Warum tat er so, als sei zwischen ihnen nichts geschehen? Warum lächelte er nicht oder neckte und quälte sie? Warum bat er sie nicht um Entschuldigung? Warum gab er sich so reserviert?

»Es tut mir leid, daß ich Ihnen Unannehmlichkeiten verursacht habe.«

Hätte er diesen letzten Satz nicht ausgesprochen, wäre Erin vielleicht gegangen und hätte immer wieder voller Verwunderung an diesen rätselhaften Mann gedacht, den sie einmal in San Francisco getroffen hatte. Es war diese beiläufige Verabschiedung, die sie wütend machte. Ihre Verwirrung wurde zu hilfloser Wut, also fuhr sie ihn an: »Vermutlich bewegte sich alles, was Sie getan haben, im Rahmen Ihrer Pflichten!«

Natürlich wußte er, was sie meinte, und Erin erkannte auch sofort, daß ihre Wut ihn ansteckte. »Genau«, erwiderte er schroff.

Gestern hatte sie mit ihm gestritten, weil er sie so schlecht behandelt hatte, aber das war erst der Anfang gewesen. Sie hatte keine Ahnung, welche Erniedrigung er sich noch für sie ausgedacht hatte. Ihre Augen glänzten wie glühende Kohlen, als sie ihn jetzt böse fixierte.

»Sie ...«, begann sie.

»Mrs. Lyman wartet mit dem Frühstück. Sie hat sich etwas ganz Besonderes einfallen lassen«, sagte Mike, der ausgerechnet in diesem Augenblick mit einem breiten Grinsen auftauchte.

Er hatte Erins Einleitung unterbrochen, und sie fühlte sich der Möglichkeit beraubt, Mr. Barrett deutlich ihre Meinung zu sagen und seine undurchdringliche Kaltschnäuzigkeit ein wenig zu erschüttern.

»Wir sind nicht hier, um zu essen«, fuhr Lance den verdutzten Mike an, und dessen Grinsen erstarb angesichts Lances schlechter Laune.

»Nein, Sir«, beeilte er sich zu versichern. »Sie hat nur all diese Sachen extra zubereitet und sagte ...« Er wußte nicht ein noch aus. Lance starrte ihn noch immer finster an, und Mike zog schnell die Serviette weg, die er sich unter den Gürtel seiner Hose geschoben hatte: »Gibt es etwas, das ich erledigen soll, Lance?«

Lance ließ die lang angehaltene Luft mit einem Zischen entweichen, dann fuhr er sich mit beiden Händen durchs Haar. »Nein, nein, frühstücke ruhig. Ich gehe nach drüben und ziehe mich um. Dann stehen noch einige Telefonate an, ich muß mit dem Hauptbüro sprechen, aber wenn du mich brauchst, ruf mich bitte. Mehr als eine Stunde bin ich sicher nicht beschäftigt.«

Mit diesen Worten kam er um den Tisch herum und verschwand, ohne Erin noch eines Blickes zu würdigen, aus dem Zimmer. Sie stand einen Augenblick wie ein begossener Pudel da, bis Mike sie in die Wirklichkeit zurückrief.

»Mrs. Lyman wartet auf Sie. Ich glaube, ich bin schon

satt.« Lances unwirsches Benehmen hatte ihn wirklich eingeschüchtert.

Agent Barrett besaß diese Wirkung auf andere Menschen.

Melanie erwies sich als ausgezeichnete Köchin, und während Erin die köstlichen Speisen verzehrte, die Melanie zubereitet hatte, dachte sie über ihre nächsten Aufgaben nach. Sie hatte keine Ahnung.

Ob es ihr nun gefiel oder nicht, sie war in das Leben ihres Bruders eingedrungen, und er steckte in großen Schwierigkeiten. Er würde nie mehr unbefangen sein können, entweder verurteilte man ihn zu vielen Jahren Gefängnis oder er würde ständig unter dem Stigma dessen leiden, was er sich eingebrockt hatte. Bis gestern war er für sie nicht mehr gewesen als ein Name auf einem Stück Papier, eine Hoffnung, ein Versprechen. Heute war er ein wirklicher Mensch mit wirklichen Problemen, und sie konnte sich nicht von ihm abwenden, er war ihr einziger Verwandter, und gerade jetzt brauchte er all den Beistand, den er nur bekommen konnte.

Ihr Grund, Ken finden zu wollen, war die Sehnsucht nach einer eigenen Familie. Sie hatte auf Wärme gehofft und Anteilnahme, Stunden voller Lachen und Erinnerungen. Konnte sie nun aus Enttäuschung abstreiten, daß Ken Lyman ihr Bruder war? Familien teilten nicht nur die fröhlichen Stunden miteinander. Sie teilten sich auch ihre Sorgen. Und vielleicht verband sie das viel enger miteinander.

Erin mochte Melanie. Die Naivität und Freundlichkeit der jüngeren Frau weckten in ihr die Zuneigung der großen Schwester, und sie fühlte sich verpflichtet, bei Melanie zu bleiben und ihr in den kommenden Tagen zur Seite zu stehen.

Ihr Entschluß war gefaßt, sie würde in San Francisco bleiben.

Während sie geistesabwesend an ihrer zweiten Tasse Kaffee nippte, fragte sie sich, warum sie sich nicht erleichtert fühlte, nachdem sie eine so wichtige Entscheidung getroffen hatte. Machte sie sich etwa Sorgen um ihre Firma? Eine längere Abwesenheit war nicht förderlich für das Geschäft, ganz besonders nicht, weil die Kunden oft den Wunsch hatten, mit ihr persönlich zu verhandeln. Sie vertrauten auf Erins Erfahrung, auf ihre Kreativität und ihren ausgezeichneten, wenn auch manchmal etwas extravaganten Geschmack. Manchmal wünschten sie ihre Meinung zu hören, ehe sie einen Vorschlag annahmen, den einer von Erins Mitarbeitern ihnen unterbreitet hatte.

Seit Gründung der Firma hatte sie sich nie mehr als ein paar Tage Urlaub geleistet. Ihre Angestellten hatte sie gut ausgebildet, sie würden auch ohne sie übergangsweise zurechtkommen. Und wenn man die Probleme bedachte, die sich manchmal im Zuge einer Modenschau ergaben, so waren sie doch unbedeutend und oberflächlich, verglichen mit denen, die ihr Bruder und seine Frau bewältigen mußten.

War es die Trennung von Bart, die sie zögern ließ, Melanie ihre Hilfe anzubieten? Er würde sehr verstimmt sein, wenn sie in San Francisco blieb. Er würde bitten und betteln, daß sie nach Hause kam, aber am Ende würde er sie doch verstehen. Sie hatte nicht die Absicht, ihm etwas von Kens Verfehlung zu erzählen, aber sie würde ihm ihre Gründe, in San Francisco zu bleiben, plausibel machen, ein so erfahrener

Mann wie Bart mußte begreifen, daß es besser wäre, wenn sie die hier vorgefundenen Probleme an Ort und Stelle löste.

Melanie hatte fröhlich geplaudert, während sie die Küche aufräumte und das Frühstücksgeschirr abwusch. Sie wollte unbedingt alles allein machen, Erin sollte ihr nicht helfen. Erin hoffte nur, daß sie die richtigen Antworten gab, weil sie immer noch darüber nachdachte, warum sie nicht bleiben wollte, bis man Ken gefunden hatte. Warum nur?

Der Grund lag auf der Hand, doch sie konnte sich den Tatsachen nicht stellen. Sie hatte sie irgendwo in den Hintergrund ihres Bewußtseins geschoben und weigerte sich, ihre Verschanzung aufzugeben.

Lance Barrett.

Sie wollte nicht hier bleiben, wo er immer in ihrer Nähe sein würde. In den letzten Jahren war es ihr viel zu oft passiert, daß sie sich wie eine Närrin vorgekommen war. Ihre durchaus praktisch veranlagten Eltern hatten ihr beigebracht, selbstbewußt aufzutreten, und sie hatte es sich nie erlaubt, Unannehmlichkeiten aus dem Weg zu gehen – ganz im Gegenteil, sie hatte sich ihnen immer gestellt.

Warum hatte Lance sie am gestrigen Abend nur so beeindrucken können? Sie hätte sich mit aller Kraft gegen ihn wehren sollen, gleich als er sie zum ersten Mal küßte. Sie hätte ihm eine Ohrfeige geben und Mike zu ihrer Rettung rufen sollen, alles nur Erdenkliche, aber nicht einfach auf dem Sofa liegenblieben und so willig auf seine Zärtlichkeiten reagieren. Was war nur in sie gefahren, daß sie sich so hatte hinreißen lassen?

Seit der High School hatte sie die Annäherungsversuche der Männer immer erfolgreich abgewehrt. Und ihr Widerstand war immer schwieriger geworden, da mit zunehmendem Alter auch die Annäherungsversuche der Männer zunahmen. Barts ständiges Drängen, mit ihm ins Bett zu gehen, war nur eines von vielen Beispielen. Nie hatte sie einem Mann so etwas erlaubt, bis auf den armen Joseph. Aber das war etwas völlig anderes gewesen.

Dennoch hatte Lances Benehmen am heutigen Morgen ihr einen Dämpfer versetzt. Nach dem Lichtlöschen gestern abend hatte er von Kens Zukunft gesprochen. Und dabei hatte es sich nicht angehört, als spräche er in seiner Eigenschaft als Regierungsangestellter. Es hatte geklungen, als mache er sich Sorgen. Sein Kuß war der Kuß eines feurigen Geliebten gewesen, ihr Körper war ihm nicht mehr fremd. Und ihren Namen hatte er mit aufrichtiger Inbrunst geflüstert, nach ihrem erregenden Zwischenspiel in der Dunkelheit.

Heute morgen jedoch war er wieder die Abweisung in Person, die sie mit einer spröden Stimme Miss O'Shea nannte. Wenigstens hatte er sie nicht verspottet. Er sah nicht übermäßig zufrieden mit sich aus, vielmehr schien er erschüttert und besorgt. Sie konnte es nicht begreifen. Auch wenn sie sich keinen Illusionen hingab, daß er wirklich etwas für sie empfand, so hatte sie doch ein gewisses Wohlwollen von ihm erwartet.

Noch mehr ärgerte sie sich über ihre Unfähigkeit, seine Küsse zu vergessen. Auch wenn das, was geschehen war, ihn in keiner Weise zu berühren schien, so hatte es sie doch aufgewühlt. Gefühle waren in ihr aufgestiegen, die sie vor dem gestrigen Abend nie für möglich gehalten hätte. Würde sie es ertragen können, sich in der gleichen Stadt wie er aufzuhalten? Würde sie es ertragen können, ihn zu sehen, wann immer sie Melanie besuchte? Ihr plötzlicher Einbruch in Kens Leben war schon turbulent genug. Sie würde alles noch viel komplizierter machen, wenn sie sich in noch mehr Gefühlen verzettelte.

Die Fragen und Gründe, die gegen ihren Aufenthalt hier sprachen, wirbelten durch ihren Kopf, bis sie glaubte laut aufschreien zu müssen. Und noch immer wußte sie nicht, wie es weitergehen sollte.

Doch ein Treffen mit Melanies Eltern wies ihr den Weg.

Spät an diesem Morgen läuteten die beiden an der Tür. Lance war noch nicht zurückgekommen, deshalb öffnete Mike, nachdem er sich vorher vom Wohnzimmerfenster aus informiert hatte, wer vor der Tür stand.

Erin, die mit einer Illustrierten auf der Couch im Wohnzimmer saß, war klar, daß auch Lance sie beobachtet haben mußte, ehe er ihr aufgemacht hatte. Sie erinnerte sich wieder daran, daß sie lange hatte warten müssen, ehe Schritte im Haus erklangen.

Mike folgte Melanies Eltern ins Wohnzimmer. »Ich sage besser Lance Bescheid«, murmelte er, dann ging er zu dem roten Telefon und sprach hinein. »Hat er sie gesehen?« fragte er. »Okay.« Er legte den Hörer wieder auf. »Er wird gleich hier sein«, meinte er.

»Wir sind nicht gekommen, um Mr. Barrett zu sehen; ich finde es empörend, daß ich meine Tochter nicht besuchen kann, ohne das Gefühl zu haben, von diesem Mann ausgefragt zu werden.«

Die Frau, die Mike mit diesem Bescheid begrüßt hatte, war offensichtlich daran gewöhnt, ihren Willen zu bekommen und sich keinem anderen beugen zu müssen. Mit einem traurigen Lächeln dachte Erin, daß Lance für Melanies Mutter wirklich ein Schock gewesen sein mußte.

Sie war eine kleine Frau, und ihre Figur machte es wohl nötig, daß sie auf Cocktailpartys Abstand von den Appetithäppchen hielt. Ihre Haut und ihr Haar waren außerordentlich gepflegt, ihr Kleid leger geschnitten, doch Erin kannte das Designeretikett, das sich darin verbarg. Sein Preis war absolut nicht leger, es sei denn, Geld spielte keine Rolle, und das traf bei Mrs. Charlotte Winslow offensichtlich zu.

Howard Winslow war ebenfalls perfekt durchgestylt und genauso nichtssagend wie seine Frau. Das bereits ergrauende Haar auf seinem patriarchalischen Kopf war kurz geschnitten. Hätte Erin seinen Beruf nicht gekannt, sie hätte ihn auf den ersten Blick erraten. Sein nachtblauer Anzug, das weiße Hemd und die dunkle Krawatte sagten ihr, daß er geradewegs aus der Bank kam, die er dirigierte. Seine Selbstsicherheit, der unerschütterliche Blick und sein autoritäres Verhalten gab den Kunden der Bank absolute Gewißheit, daß ihr Geld in guten Händen war.

Erin hatte spontan eine Abneigung gegen dieses Paar.

Melanie hüpfte die Treppe herunter, als sie die Stimme ihrer Mutter hörte, atemlos und aufgeregt betrat sie den Raum.

»Also wirklich, Melanie, ich wünschte, du ließest dir von meinem Friseur einen Termin geben. Dieses Schnittlauchhaar sieht abscheulich aus. Nur weil dein Mann Dummheiten gemacht hat, brauchst du dich doch nicht dermaßen gehenzulassen.«

Mrs. Winslows Worte erschreckten Erin. Wie konnte eine

Mutter nur so zu ihrem Kind sprechen. Ganz besonders, wenn dessen ganze Welt gerade eingestürzt war.

»Es tut mir leid, Mutter, ich habe in der letzten Zeit nicht an mein Haar gedacht«, entschuldigte Melanie sich zerknirscht. »Hallo, Vater.«

»Hallo, Melanie. Gibt es Neuigkeiten von Ken?«

»Nein, nicht direkt«, meinte Melanie geheimnisvoll und lächelte Erin an.

»Was?« flötete die Dame Winslow dazwischen. »Hat man ihn gefunden? Hatte er das Geld noch?«

»Nein, das ist es nicht«, erklärte Melanie niedergeschlagen. Ihre Fröhlichkeit war im Nu verschwunden. »Jemand ist gekommen, um ihn zu besuchen. Es ist ein sehr wichtiger Besuch.« Sie deutete auf Erin, die bis jetzt von den beiden Neuankömmlingen geflissentlich übersehen worden war.

»Nun?« ließ sich Mrs. Winslow vernehmen, nachdem sie Erin mit ihren stumpfen, blaßgrauen Augen gemustert hatte.

»Das ist Kens Schwester, Miss Erin O'Shea.«

Ein feindseliges Schweigen ging von den Ankömmlingen aus, dann stand Erin auf und begrüßte Melanies Eltern kühl. Die beiden starrten sie an, als sei sie aussätzig.

Ehe Erin noch etwas sagen konnte, wurde das Schweigen von Lance unterbrochen, der die Haustür aufschloß. Er sieht wirklich nicht schlecht aus, dachte Erin, sein Haar war noch feucht vom Duschen, sein Gesicht glattrasiert. Erin stieg der Duft seines After-Shave in die Nase und damit schmerzliche Erinnerungen.

Mit einem Blick schien er die Situation erfaßt zu haben. Er schob lässig beide Hände in die Hosentaschen, dann trat er näher. »Hallo, Mrs. Winslow, Mr. Winslow. Was führt Sie her?«

»Das müßten Sie doch wissen, Barrett«, fuhr Howard Winslow ihn an. »Wir haben in den letzten beiden Tagen keine Silbe von Ihnen gehört, obwohl ich eine laufende Unterrichtung verlangt habe.«

Langsam zog Lance die Hände aus den Hosentaschen, und Erin sah, daß er sie zu Fäusten geballt hatte, sein ganzer Körper drückte Ablehnung aus. Nur sein Gesicht zeigte keine Regung, wie immer. Als er sprach, war Erin überrascht von seinem ruhigen Ton. »Zunächst einmal, Mr. Winslow, haben Sie kein Recht, irgend etwas zu verlangen. Schließlich ist nicht Ihr Geld abhanden gekommen, dieses Geld gehört der Regierung und den Investoren Ihrer Bank. Und zweitens habe ich Ihnen erklärt, daß ich Sie von weiteren Entwicklungen in Kenntnis setzen werde. Doch die hat es nicht gegeben.«

»Warum nicht?« preschte Mrs. Winslow vor. »Es sollte für Sie und Ihre Bande von Grobianen doch nicht allzu schwierig sein, einen einzigen Verbrecher aufzuspüren.«

»Wenn Sie damit Mr. Lyman meinen, dann möchte ich Sie noch einmal darauf hinweisen, daß man ihn bis jetzt noch keines Verbrechens bezichtigen konnte. Wir wissen nur, daß er zur gleichen Zeit verschwunden ist, zu der ein größerer Geldbetrag fehlte. Ich würde meine Worte sorgfältiger wählen, wenn ich Sie wäre, Mrs. Winslow. Sie wissen nie, ob sie Ihnen nicht irgendwann einmal zur Last gelegt werden könnten.«

Erin wäre fast umgefallen, als sie hörte, was Lance sagte. Hatte er ihr nicht erst gestern abend das genaue Gegenteil davon erklärt? Er verteidigte ihren Bruder vor diesen entsetzlichen Menschen, und sie wäre ihm aus Dankbarkeit dafür am liebsten um den Hals gefallen. Seine Abneigung den Winslows gegenüber war genauso groß wie ihre eigene. Als er sie über die Köpfe der beiden Menschen hinweg ansah, las sie es in seinen Augen.

Seine Stimme blieb ausdruckslos, als er weitersprach. »Wie ich sehe, haben Sie Mr. Lymans Schwester schon kennengelernt.«

Mrs. Winslow schnaufte, doch ihr Mann zeigte sich etwas geschliffener. »Wir sind ihr gerade vorgestellt worden, als Sie hereinkamen«, erläuterte er. »Darf ich das so verstehen, daß Sie eine Blutsverwandte von Ken sind? Wir waren immer der Meinung, er hätte keine Familienangehörigen.« In seiner Bemerkung überwog das Mißtrauen.

Familienabstammung war für diese Leute wahrscheinlich sehr wichtig, dachte Erin. »Ja, Mr. Winslow, ich bin Kens Schwester«, erklärte sie. »Wir wurden von verschiedenen Paaren adoptiert, als wir noch klein waren. Vor einigen Jahren erfuhr ich von seiner Existenz und begann, nach ihm zu suchen. Erst vor ein paar Wochen waren alle Zweifel ausgeräumt, daß Ken Lyman mein Bruder ist. Ich bin gestern eingetroffen, um ihn kennenzulernen.«

Ihre Blicke wanderten unwillkürlich zu Lance, der sie noch immer ansah. Ob die anderen Personen im Raum wohl die Schwingungen fühlen konnten, die zwischen ihnen hin- und hergingen? »Ich war entsetzt, als ich von Mr. Barrett erfuhr, in welchen Schwierigkeiten Ken steckt.«

»Ich kann nicht gerade behaupten, daß ich entsetzt war, als ich von seinem Dieb …« Mrs. Winslow hielt mitten im Satz inne und blickte ängstlich zu Lance. »Ich war nicht überrascht, daß er so plötzlich verschwand«, verbesserte sie sich dann, obwohl ihre Stimme vor Gift überquoll. »Ich habe ihm noch nie getraut. Seit dem Tag nicht, an dem ich ihn zum ersten Mal gesehen habe.«

»Mutter, bitte, sprich nicht so über Ken. Er ist doch dein Schwiegersohn.« Melanies Stimme zitterte, und ihre Unterlippe zuckte verräterisch. Erin widerstand dem Wunsch, zu ihr zu gehen und sie vor ihren lieblosen Eltern zu schützen.

»Aber das war nicht mein Fehler«, säuselte Melanies Mutter. Ihre Augen zogen sich zusammen, als sie ihre Tochter ansah und ihr dann mit dem beringten Zeigefinger drohte. »Ich habe dir gesagt, du würdest den Tag noch bereuen, an dem du ihn geheiratet hast. Und recht habe ich behalten. Es wird dir bis an dein Lebensende leid tun, ganz gleich, was jetzt noch mit ihm geschehen mag.«

Jetzt ging auch Mr. Winslow auf seine Tochter los. »Es ist ja nicht nur so, daß er viel zu alt für dich ist. Wir wußten überhaupt nichts über seine Herkunft oder Verwandtschaft. Ich denke, das, was er jetzt getan hat, rechtfertigt unsere Vorbehalte.«

Erin wollte nicht glauben, was sie da hörte. Wie konnte jemand absichtlich so grausam sein? Merkten diese beiden denn überhaupt nicht, wie ihre Worte Melanie kränken mußten? Das wollte Erin ihnen aber sagen!

Sie machte einen Schritt auf das Paar zu und öffnete gerade den Mund, um ihnen gehörig die Leviten zu lesen, als Lance sie unterbrach.

»Wenn Sie nichts dagegen haben, so würde ich gern diese Familiendiskussion auf einen anderen Zeitpunkt verschieben«, meinte er schnell. »Wir haben noch einige Dinge zu erledigen. Und ich werde Ihnen nicht noch einmal sagen, daß Sie nicht hierherkommen sollen. Wenn Mrs. Lyman Sie sehen möchte, dann kann sie Sie in Ihrem Haus aufsuchen.«

»Wollen Sie mir etwa verbieten, in das Haus meiner eigenen Tochter zu kommen?« Howard Winslow war außer sich über diese glatte Unverschämtheit.

»Ja. Ich möchte nicht, daß es hier aussieht wie bei einer Parade. Jemand, der sich vielleicht mit Mrs. Lyman in Verbindung setzen will, um ihr für uns nützliche Informationen zu liefern, könnte davon abgeschreckt werden.«

»Also, ich habe noch nie ...«

Lance ignorierte Charlotte einfach, er tat, als hätte sie gar nichts gesagt. »Ich habe die volle Unterstützung der Polizei von San Francisco. Wenn Sie noch einmal hier erscheinen, werde ich dort anrufen und Sie wegbringen lassen, nötigenfalls mit Gewalt. Jetzt gehen Sie. Sofort.«

Seine Stimme und auch sein Verhalten ließen keinerlei Widerspruch aufkommen. Mike, der sich während der ganzen Szene beinahe unsichtbar im Hintergrund gehalten hatte, tauchte jetzt plötzlich neben den Winslows auf, als hätte er die Absicht, sie zur Tür zu begleiten.

Charlotte reckte sich zu ihrer kurzen Größe und starrte Lance haßerfüllt an, ihre stahlgrauen Augen schossen Blitze in seine Richtung, dann stelzte sie zur Tür. Ihr Mann folgte mit einer ebenso hochmütigen Miene. Die Tür fiel derart krachend hinter ihnen ins Schloß, daß die Fenster darin klirrten.

Erin hörte, wie Lance leise einen unaussprechlich obszönen Fluch den beiden nachschickte. Mike stürmte aus dem

Zimmer und verschwand in der Küche, Melanie kam auf Erin zugelaufen.

»Erin, es tut mir so leid. Sie haben dich beleidigt, und das finde ich ganz schrecklich. Ich weiß gar nicht, warum sie so böse sind! Und die Art, wie sie über Ken reden, einfach so, als ... als ...« Sie brach in Tränen aus und rannte, so schnell sie konnte, nach oben.

Erin warf Lance einen fragenden Blick zu, doch er beachtete sie nicht. Er saß hinter dem Schreibtisch, hatte die Ellbogen aufgestützt und das Gesicht in seinen Händen verborgen. Erin lief hinter Melanie her.

Sie fand die junge Frau auf ihrem Bett, die so bitterlich weinte, wie ein Teenager um die erste unerwiderte Liebe. Erin tröstete sie mit Worten, die von allein aus ihrem Unterbewußtsein aufstiegen. Ganz sicher ergab all das, was sie sagte, überhaupt keinen Sinn, doch was es auch für ein Wortsalat war, es schien Melanie zu helfen. Mit großen, ungläubigen Augen sah sie zu Erin auf.

»Hast du gesagt, du bleibst bei mir, bis man Ken gefunden hat?« Sie wischte sich mit dem Handrücken über die Nase.

»Wenn du es möchtest, Melanie.«

»O ja, Erin. Ich brauche eine Freundin, die mich versteht und die meine Sorgen um Ken mit mir teilt.«

»Ich werde bleiben, solange du mich brauchst.« Ihr Herz tat ihr weh, als sie die Freude und die Erleichterung in Melanies tränenüberströmtem Gesicht sah. »Ich werde mir ein Zimmer in einem Hotel suchen, und du brauchst dann nur anzurufen, wenn du etwas von mir willst.«

»Nein, Erin. Ich möchte, daß du hier wohnst. Du kannst das Gästezimmer nehmen. Bitte, bleib bei mir. Bitte.«

Erin biß sich auf die Unterlippe, während sie nachdachte. Wenn sie hier im Haus wohnte, würde das bedeuten, daß sie in engem Kontakt mit Lance bliebe. Aber Melanies Bedürfnisse hatten Vorrang vor ihrem Schwur, ihm aus dem Weg zu gehen. Nachdem sie miterlebt hatte, wie die Eltern Melanie behandelt hatten, wußte Erin erst recht Bescheid um die Verlorenheit ihrer Schwägerin.

»Einverstanden.« Sie versuchte, sich ihre Bedenken nicht anmerken zu lassen.

Melanie begann sogleich, alle möglichen Unternehmungen zu planen, die sie zusammen machen könnten, aber Erin riet ihr, sich für eine Weile auszuruhen. Ehe sie das Zimmer verließ, lag Melanie auf dem Bett und atmete tief und gleichmäßig wie ein braves kleines Mädchen. Lance war allein im Wohnzimmer. Er blickte vom Schreibtisch hoch, auf dem sich die Papiere häuften. Endlich einmal saß seine Brille ordnungsgemäß auf der Nase und klebte nicht an einem anderen Teil seines Kopfes wie ein Anhängsel, das sich selbständig gemacht hatte.

»Geht es ihr gut?« fragte er.

Erin kam näher und ließ sich in den Stuhl vor dem Schreibtisch fallen. »Ja, obwohl es ein Wunder ist. Heute habe ich erlebt, daß es auch noch eine andere Form der Kindsmißhandlung gibt. Es erstaunt mich, daß Melanie weder verrückt noch aggressiv geworden ist.«

»Da stimme ich Ihnen zu. Wir müssen beinahe genausoviel Zeit dafür aufbringen, gegen diese Leute anzukämpfen und den Schaden wiedergutzumachen, den sie bei Melanie anrichten, wie wir für unseren Job brauchen.« Er lächelte fast. »Ich tue mein Bestes, sie Melanie so weit wie möglich vom Leib zu halten, bis die ganze Sache hier vorüber ist.«

»Das einzig Richtige«, antwortete Erin.

Sie schwiegen einen Augenblick und bemühten sich krampfhaft, einander nicht anzusehen. Erin wußte aus Erfahrung, daß ihr Gesicht viel zuviel von ihren Gefühlen verriet. Und das war jetzt besonders gefährlich, weil Lance so gleichgültig schien.

Nachdem seine Blicke einige Male durch das ganze Zimmer geirrt waren, fragte er: »Sagen Sie mir, wann Sie abreisen wollen, dann kann Mike den Flug buchen, wenn Sie das nicht schon getan haben. Er soll Sie zum Flughafen bringen.«

»Danke für Ihre Freundlichkeit, Mr. Barrett, aber ich bleibe.«

6. Kapitel

Erins Worte dröhnten in seinen Ohren und brummten in seinem Kopf. Er versuchte das heiße Glücksgefühl zu unterdrücken, daß sich in ihm breitmachen wollte. Den größten Teil der Nacht und den ganzen Tag über hatte er sich für das gescholten, was in der Nacht geschehen war. Es war unglaublich töricht von ihm gewesen, so etwas zu tun.

Den ersten Kuß konnte er noch rechtfertigen – vielleicht. Er hatte versucht, eine verdächtige Person zu überführen, um herauszufinden, wie weit sie mit ihrer Lüge zu gehen bereit war. Aber in der letzten Nacht gab es für ihn nur ein einziges Ziel – Lust.

Er wollte sich später fragen, warum er in der Nacht so besessen von ihr gewesen war, wenn er sie erst einmal bei Tageslicht sähe. Doch es war alles ganz anders gekommen. Beim ersten Wiedersehen am heutigen Morgen war das gleiche Verlangen nach ihr erwacht, das ihn auch in der Nacht getrieben hatte. Alle seine Muskeln hatten sich angespannt, und er fühlte sich so unbehaglich wie in zu enger Kleidung.

Auch als er Erin jetzt ansah, glaubte er, in ihren großen braunen Augen zu versinken, das Blut rauschte in seinen Ohren; am liebsten wäre er mit einem Satz über den Schreibtisch gesprungen und hätte sie in seine Arme gerissen zu einem leidenschaftlichen Kuß. Noch einmal wollte er ihre

Lippen schmecken, wollte ihre unglaublich zarte Haut unter seinen Händen fühlen, wollte bei Licht all das sehen, was er in der Dunkelheit geküßt hatte.

Und er wollte noch einmal dieses leise, wohlig schnurrende Geräusch hören, das aus ihrem Mund gekommen war, als er ihre Brüste geküßt hatte. Es war kein Geräusch gewesen, das sie beabsichtigt hatte, ganz unbewußt war es ihr entschlüpft.

Er mußte übergeschnappt sein! Was war aus seiner kalten Beherrschung geworden, aus seiner vielbeneideten Objektivität? Man liebt sie und verläßt sie wieder, Barrett. Seine Erfahrung hatte ihn beinahe davon überzeugt, daß ein leidenschaftlicher Kuß, eine sinnliche Berührung genügen würden, doch so war es nicht, es hatte bei weitem nicht genügt. Er wollte sie ganz, wollte sie mit einer Verzweiflung, die er seit seiner Pubertät nicht mehr kannte. Es ist unmöglich, Barrett! Unmöglich.

Immer, wenn seine Gedanken zu ihr abdrifteten, tröstete er sich damit, daß sie bald nicht mehr da wäre und daß er sich dann wieder in einen ganz normalen, vernünftigen Menschen verwandeln würde. Aber jetzt hatte sie ihm erklärt, daß sie nicht abreiste. Verdammt! Sie hatte sich ihm in allen Dingen widersetzt. Warum also glaubte er, daß sie sich auf einmal seinem Diktat beugen würde?

Er sprang von seinem Stuhl auf. »Den Teufel werden Sie tun, Miss O'Shea.«

Seine Reaktion traf sie völlig unvorbereitet, und einen Augenblick lang starrte sie ihn mit großen, fragenden Augen an, den Mund vor Überraschung ein wenig geöffnet. Sie hatte absolut keine Ahnung, wie bezaubernd feminin und wehrlos sie in diesem Augenblick aussah.

Dann aber verwandelte sich ihr Erschrecken in Zorn, und sie sprang ebenfalls auf, lehnte sich über den Schreibtisch und funkelte ihn an. »Ich werde nicht abreisen, meine Schwägerin braucht mich. Sie selbst haben das gerade erst vor zwei Minuten zugegeben. Was haben Sie denn dagegen, daß ich hierbleibe, Mr. Barrett?«

»Die Gründe, die dagegen sprechen, sind viel zu zahlreich, um sie Ihnen hier aufzuzählen.«

»Sie haben nicht ein einziges triftiges Argument, das dagegen spricht«, warf sie ihm vor.

»Das brauche ich auch gar nicht!« brüllte er, nahm die Brille von der Nase und warf sie auf den Schreibtisch. »Wenn ich sage, Sie werden nicht bleiben, dann werden Sie nicht bleiben. Ich habe das, was ich den Winslows gesagt habe, auch so gemeint, und das gleiche gilt für Sie, Miss O'Shea.«

Sie stand vor ihm und verschränkte die Arme vor der Brust, legte den Kopf zurück und sah ihn herausfordernd an. »Sie können so lange toben, wie Sie möchten, Mr. Barrett, ich lasse mich nicht so leicht einschüchtern. Wenn Sie die Polizei rufen, um mich aus dem Haus werfen zu lassen, werde ich Zeter und Mordio schreien. Was glauben Sie wohl, wie sich das auf Melanies Zustand auswirken wird? Sie hat mich von Anfang an in ihr Herz geschlossen. Dann müssen Sie mit zwei hysterischen Frauen fertigwerden. Außerdem bin ich Kens Schwester. Das allein gibt mir das Recht, hier zu sein.«

Sie hatte ihn in die Enge getrieben! Als sie sah, wie er sich auf dem Absatz herumdrehte, am Knoten seiner Krawatte zerrte und dann zum Fenster hinüberging, wußte sie, daß sie gewonnen hatte. Sie war schlau genug, ihn nicht noch weiter zu reizen, deshalb wartete sie geduldig ab.

»Sollten Sie irgend etwas unternehmen, das diese Operation in Frage stellt oder gefährdet, dann sind Sie weg hier.« Noch immer drehte er ihr den Rücken zu, doch als sie nicht antwortete, wandte er sich um. Sie nickte nur.

»Leisten Sie Mrs. Lyman Gesellschaft, lenken Sie ihre Gedanken von ihrem Ehemann ab, und bleiben Sie mir fern.«

Sein arrogantes Benehmen ärgerte sie, doch sie hielt ihre scharfe Zunge im Zaum. »Das war auch ganz meine Absicht«, war alles, was sie sagte.

»Und was ist mit Billy Bob, oder wie auch immer sein Name sein mag? Setzt er nicht alle Hebel in Bewegung, damit Sie nach Houston zurückkommen?«

Erin brauchte all ihre Selbstkontrolle, um ihren Ärger hinunterzuschlucken. Er wußte verdammt gut, wie Barts Name lautete, hatte er doch noch nie etwas übersehen oder vergessen.

»Bart«, sagte sie scharf und sprach dann ruhiger weiter. »Ja, er wird sich natürlich Sorgen machen. Ich werde ihn anrufen und auch meine Mitarbeiter und ihnen erklären, daß sie mich für eine Weile entbehren müssen.« Sie hob abwehrend beide Hände, als sie sah, daß er sie unterbrechen wollte. »Ich werde ihnen nicht sagen, warum.« Sie holte tief Luft. »Wenn das alles ist, General, dann würde ich jetzt gern wieder in die Kaserne zurückkehren.«

Er preßte die Lippen zu einem dünnen Strich zusammen, und sein kalter Blick war wirklich vernichtend, als er mit wenigen großen Schritten auf sie zukam. »Für Sie mag das ja vielleicht alles wie ein interessantes Spiel aussehen, Miss O'Shea, aber ich versichere Ihnen, das ist es nicht. Ich werde keine naseweisen Sprüche dulden.«

Mit einem Blick auf ihren Mund hatte er eigentlich seine Bemerkung noch unterstreichen wollen, doch statt dessen wurde sein gebieterischer Ausdruck plötzlich ganz sanft. Erin bemerkte, daß er die Hände zu Fäusten ballte und sie dann wieder löste. Seine Augen glitten von ihren Lippen über ihre Nase, ihre Wangen und höher. Unter seinem brennenden Blick schien sie zu schmelzen.

Der Moment war so voller Spannung und unterdrücktem Verlangen, daß sie unter dem Ansturm der Gefühle zu zittern begannen. Beide erinnerten sich lebhaft an Augenblicke, die sie besser vergessen hätten, jedoch in wortlosem Einverständnis hüteten und hätschelten.

Schließlich riß Lance sich von ihrem Gesicht los, stieß wieder eine leise Verwünschung aus, dann ging er zum Schreibtisch zurück und ließ sich in den Stuhl fallen. »Sie können damit auf der Stelle beginnen, mich in Ruhe zu lassen. Ich habe zu arbeiten.«

Sie antwortete nicht, sondern verließ kommentarlos das Zimmer. Hätte sie sich umgedreht, ihr wäre nicht der Blick schmerzlichen Verlangens in seinen Augen entgangen, mit dem er ihr nachsah.

Es fiel Erin eigenartigerweise sehr leicht, sich an den Tagesablauf in dem Haus zu gewöhnen. Sie benutzte den Telefonanschluß in Melanies Schlafzimmer, um sich bei ihrer Firma zu melden, wie sie es versprochen hatte.

»Guten Abend, Spotlight hier«, meldete sich eine freundliche Stimme am Telefon.

Erin lachte. »Ich hatte ganz den Zeitunterschied vergessen. In Houston ist jetzt wirklich schon später Nachmittag, nicht wahr?«

»Hallo, Urlauberin.« Betty, Erins Sekretärin, lachte. »Hast du gefunden, wonach du gesucht hast?« fragte sie gespannt.

Schon bevor Lance sie eingeschüchtert und ihr befohlen hatte, mit niemandem über Kens Abwesenheit zu sprechen, hatte sie sich entschieden, ihre Freunde nicht mit ihren Sorgen zu belasten. »Ja, ich habe ihn gefunden«, antwortete sie statt dessen. »Oder wenigstens habe ich seine Frau gefunden, die mich mit offenen Armen willkommen geheißen hat. Ken ist für ein paar Tage auf Reisen.«

»Willst du damit sagen, daß er noch gar nichts von dir weiß?«

»Nein. Wir wollen ihn überraschen.« Schnell wechselte Erin das Thema. »Wie stehen die Dinge bei euch? Gibt es irgend eine größere Katastrophe, von der ich wissen sollte?«

»Nein, nur ein paar kleinere, doch die haben wir schon bereinigt. Entspann dich und gönn dir eine schöne Zeit.«

»Betty, vielleicht bleibe ich länger hier als geplant. Ich erwarte von dir und auch von den anderen, daß ihr die Firma so führt, als sei ich anwesend. Ich bin überzeugt, das schafft ihr. Aber wenn es irgendwelche Fragen gibt oder wenn etwas Ungewöhnliches passiert, dann ruft mich bitte an.«

Betty hielt einen Augenblick inne, dann fragte sie: »Bist du sicher, daß alles in Ordnung ist?«

»Aber ja, ganz bestimmt«, log Erin. Sie gab Betty Melanies Telefonnummer, dann unterhielt sie sich mit Betty noch über das Wetter und über die Gesundheit aller Mitarbeiter und legte den Hörer schließlich auf.

Während sie ihre Koffer auspackte, fragte sie sich nochmals, ob ihre Entscheidung richtig war. Hätte sie am

Ende doch zu ihrer Firma und ihrem Leben in Houston zurückkehren und alles vergessen sollen, was seit der Ankunft hier in San Francisco geschehen war?

Nein, sie schüttelte den Kopf. Sie konnte ihren Bruder und auch Melanie nicht im Stich lassen, wo sie die beiden gerade erst gefunden hatte. Ihre Schwägerin verließ sich jetzt auf sie, und sie hatte die Absicht, dieses Vertrauen nicht zu enttäuschen, ganz gleich, welche Unannehmlichkeiten sie dafür auf sich nehmen mußte, einschließlich Lance Barrett.

Den Rest des Nachmittags verbrachte sie in Melanies Gesellschaft, stundenlang unterhielten sie sich über Ken. Melanie wußte eine ganze Menge von seinem Leben, bevor er sie kennengelernt hatte, und Erin vermutete, daß die beiden eine sehr glückliche Beziehung zueinander hatten. Deshalb schien ihr die Tatsache, daß er das Geld gestohlen und seine Frau ohne ein Wort verlassen hatte, nicht stimmig zu sein. Das alles war viel zu konträr, um darin einen Sinn zu finden.

Sie gingen durch den Hof und den Garten. Melanie war zu Recht stolz auf ihren Blumengarten, den sie mit großem Eifer versorgte. Sie nannte Erin jeden einzelnen Busch mit Namen, erklärte ihr, wann sie ihn beschnitt, wann sie düngte und wie oft sie goß. Erin meinte, daß der Garten im Frühling ein Blütenmeer sein müsse, und Melanie strahlte glücklich.

Es ist erstaunlich, dachte Erin, daß diese junge Frau, die mit einem silbernen Löffel im Mund geboren war, so viel Freude daran hatte zu kochen, ihr Haus und ihren Garten in Ordnung zu halten und den Lebensstil ihrer Eltern mit Country-Clubs und Partys ablehnte.

An diesem Abend backte Melanie zum Abendessen eine köstliche Quiche, die sie zusammen in der Küche aßen.

Lance und Mike hatten die Einladung zum Abendessen dankend abgelehnt, obwohl Melanie zu bedenken gab, daß sie für zwei Personen viel zuviel gekocht hätte.

Erst spät am folgenden Morgen sah Erin Lance wieder, und das war auch eher ein Zufall. Sie hatte Schwierigkeiten, den Reißverschluß ihres blauen Wollkleides zu schließen. Der weiche Stoff hatte sich in den Zähnchen verfangen, und ganz gleich, was sie auch versuchte, der Reißverschluß bewegte sich keinen Zentimeter. Sie war gerade auf dem Weg zu Melanie, um sie um Hilfe zu bitten, als sie im Flur mit Lance zusammenstieß.

»Oh!« rief sie überrascht und stellte sich stramm mit dem Rücken zur Wand, damit er ihren nackten Rücken nicht sah.

»Hi«, begrüßte er sie, ihr Zusammentreffen hatte ihn nicht minder verlegen gemacht.

»Hi.«

»Ich ... äh ... ich bin hier heraufgekommen, um für Mrs. Lyman eine kaputte Glühbirne auszuwechseln.«

»Oh.« Erin fühlte sich schrecklich albern, wie sie mit dem Rücken zur Wand stand und sich nicht rühren durfte, ohne die Schultern ihres Kleides festzuhalten, damit sie ihr nicht über die Arme herunterrutschten.

»Sie ist unten in der Küche.« Lance deutete abwärts und sah Erin fragend an. Zwischen seinen Brauen bildete sich eine steile Falte.

»Ich gehe ja schon! Wenn Sie es erlauben, würden wir gern heute nachmittag ausgehen. Sie möchte mir die Fisherman's Wharf zeigen.«

»Sie möchten die Sehenswürdigkeiten der Stadt besichtigen?« fragte er spöttisch.

»Nein, das will ich nicht!« wehrte sie sich. »Aber Melanie möchte mich herumführen. Es wird ihr guttun, der bedrückenden Atmosphäre dieses Hauses, zu der auch Sie beitragen, für ein paar Stunden zu entrinnen.«

»Ich bin nicht hier als Entertainer. Oder haben Sie den Grund für meine Anwesenheit hier vergessen?«

Sofort bedauerte Erin ihren Ausbruch. Er mußte Tausende von Dingen in seinem Kopf haben, während das rote Telefon im Wohnzimmer ständig läutete. »Nein, natürlich habe ich das nicht vergessen«, meinte sie schuldbewußt. »Sind Sie damit einverstanden, wenn wir ausgehen?«

»Ja, ja.« Er seufzte.

Sie sah ihn an und wurde gefangen von der Strahlkraft seiner Augen, die tief in die ihren blickten. Flüchtig wünschte sie sich, die Hand auszustrecken und über das Grübchen in seinem Kinn zu streichen, doch umgehend unterdrückte sie diesen Wunsch wieder. Das rasende Klopfen ihres Herzens hingegen konnte sie nicht unterdrücken. Rasch wandte sie sich ab und wollte davoneilen, ehe die kühle Luft in ihrem Rücken sie an ihr kleines Problem erinnerte. Sie preßte den Rücken wieder gegen die Wand.

»Was, zum Teufel, ist denn los mit Ihnen?« fragte er.

Es hatte keinen Zweck, so zu tun, als wäre alles in Ordnung. Genausogut konnte sie ihm erklären, warum sie sich so eigenartig verhielt. Sonst würde er den ganzen Tag hier vor ihr stehenbleiben, wenn sie nicht den ersten Schritt tat. »Schwierigkeiten mit meinem Reißverschluß. Ich wollte gerade zu Melanie gehen und sie um Hilfe bitten.«

Sofort umspielte ein Lächeln seinen Mund. Er lehnte sich neben sie. Seine Stimme klang verführerisch: »Sie ist gerade beschäftigt. Ich dagegen bin im Augenblick verfügbar, gewillt und in der Lage, einzuspringen.«

»Nein ...«

»Lassen Sie mich sehen, was sich machen läßt.« Noch ehe sie sich wehren konnte, hatte er sie schon herumgedreht. Sie wurde über und über rot, denn bis auf die dünnen Träger ihres seidenen Büstenhalters war ihr ganzer Rücken nackt. Das Kleid war gefüttert, deshalb trug sie auch keinen Unterrock. Der Reißverschluß ging bis zu ihren Hüften, die nur von ihrer durchsichtigen Strumpfhose bedeckt waren.

Ein Schauer lief durch ihren Körper, als sie fühlte, wie er beide Hände unter den Stoff des Kleides schob und sie auf die sanfte Rundung ihrer Hüften legte. Seine Finger waren warm.

Lange Zeit bewegten sich beide nicht, und außer dem dumpfen Schlagen ihrer Herzen, von denen jeder sicher war, daß der andere es hören konnte, herrschte Stille. Zuerst glaubte Erin, sie habe sich die sinnlichen Bewegungen seiner Finger nur eingebildet, doch als sie sie plötzlich auf ihrem Bauch fühlte, wußte sie, daß es keine Einbildung war. Eine seiner Hände lag auf ihren Rippen, nahe ... nahe ... ganz nahe an ihrer Brust. Die andere Hand hatte er unter das Gurtband ihrer Strumpfhose geschoben, mit sanften Fingern erforschte er ihren Nabel.

Rühr sie nicht an, befahl sich Lance, doch seine Hände weigerten sich zu gehorchen. Dies hier ist verrückt. Ihr Verlobter ist so reich wie Krösus und du ... bei Gott, sie fühlte sich wirklich herrlich an. Quäle dich doch nicht so. Zögernd legte er seine Hände wieder an die klemmenden Stoffteile.

»Treten Sie einen Schritt zurück«, flüsterte er mit rauher

Stimme. Erin machte zwei kleine Schritte und fühlte dann, wie er sachte den feinen Stoff aus dem Reißverschluß zog. Sie merkte, wie sich das Hindernis löste. Er zögerte, den Reißverschluß hochzuziehen und das Kleid zu schließen. »Danke«, murmelte sie verwirrt, als es endlich klappte.

»Augenblick noch«, meinte er und legte ihr beide Hände auf die Schultern. »Hier oben ist noch ein Haken.« Er zog sie näher zu sich und beugte sich über ihren Nacken, um den kleinen Haken besser sehen zu können und die Öse, in die er eingehakt werden mußte.

Seine Finger waren warm an ihrem Hals, und sein Atem blies in die kleinen Härchen in ihrem Nacken. Er hatte den Haken längst geschlossen, doch Erin machte keine Anstalten zum Aufbruch.

Er legte die Finger um ihren schlanken Hals, und sie fühlte, wie seine Daumen über ihren Nacken strichen. Sie schwankte ein wenig, dann konnte sie jedoch der Versuchung nicht länger widerstehen, sich an ihn zu lehnen. Unwillkürlich drängte sie ihren Po gegen seine Hüften, an ihren Oberschenkeln fühlte sie die harten Muskeln seiner Beine.

Seine Lippen streichelten ihr Ohr. »Riechst du immer so verlockend?« fragte er. Er schob eine Hand unter ihren Arm, um ihre Taille herum und legte sie auf ihren Bauch. Mit einem sanften, doch stetigen Druck zog er sie noch näher.

Sie fühlte seinen warmen Atem in ihrem Nacken, doch zu gleicher Zeit fühlte sie noch etwas anderes, das sich regte und sich an sie drängte. O Gott, dachte sie. Ich sollte es nicht zulassen, daß er …

»Erin, bist du noch nicht fertig?« rief Melanie von unten herauf.

Erin und Lance fuhren erschrocken auseinander. Erin versuchte sich zu fangen, mit unsicherer Stimme antwortete sie: »Ja … doch, ich … ich bin gleich unten.«

»In Ordnung. Ich warte draußen im Wagen auf dich«, gab Melanie Bescheid.

Mit vor Verlegenheit hochroten Wangen vermied Erin es, Lance anzusehen. Sie blickte auf den Teppich. »Danke«, murmelte sie noch einmal.

Verschwörerisch beugte er sich zu ihr, legte seine Lippen an ihr Ohr und flüsterte: »Es war mir ein Vergnügen.«

Erin raste die Treppe hinunter.

Zu jeder anderen Zeit hätte Erin das pulsierende, kosmopolitische Leben der Fisherman's Wharf genossen. Sie und Melanie schlenderten an den Piers entlang und nahmen die ungewöhnlichen Ansichten, Klänge und Gerüche in sich auf. Melanie zeigte ihr all die interessanten Dinge, und Erin schauderte es, als sie die verlassene Insel von Alcatraz erblickte. Ihre nackten, unheimlichen Mauern erhoben sich aus dem blauen Wasser der Bucht wie ein gefräßiges Seeungeheuer aus Beton. Die Golden Gate Bridge war selbst aus dieser Entfernung noch beeindruckend in ihren Proportionen. Melanie ratterte die Statistiken herunter wie ein Fremdenführer.

Sie gaben den einladenden Gerüchen eines Verkäufers an der Straße nach und kauften Pappbecher mit Shrimps, frisch aus dem Kübel mit gewürztem kochendem Wasser. Gierig verschlangen sie die Shrimps, dann entschieden sie, daß es noch nicht genug war und bestellten jeder noch einen Becher voll der Köstlichkeit. Später stöhnten sie über ihre Genußsucht, dabei hatten sie doch gerade erst begonnen.

Melanie mußte Erin die steile Straße zum Ghirardelly Square fast hinaufziehen. Sie gingen an den malerischen Geschäften vorbei, und obwohl sie von den Shrimps noch voll waren, genehmigten sie sich ein Eis mit heißen Früchten in der Old Chocolate Manufactory.

Erin konnte kaum noch atmen, sie platzte gleich. Wenn sie noch ein paar Wochen in San Francisco blieb, würde sie kugelrund nach Hause zurückkehren.

»Glaubst du, ich sollte zurückgehen und das Kleid kaufen?« fragte Melanie, als sie den letzten Löffel Eis in den Mund schob. Erin hatte sie dazu überredet, ein Kleid anzuprobieren, das sie in einer der Boutiquen gesehen hatten.

»Ich denke, das Kleid war für dich wie geschaffen, meine Liebe.« Erin parodierte die hohe Stimme der Verkäuferin, mit denen sie ihnen das Kleid angepriesen hatte, und beide kicherten.

»Okay.« Melanie stand auf. »Ich werde es mir kaufen. Du hast mich dazu überredet.«

Sie bahnten sich einen Weg durch die Menschenmenge vor den Geschäften. Eine Gruppe von Komödianten weckte Erins Aufmerksamkeit. »Wenn es dir nichts ausmacht, warte ich hier, bis du wiederkommst«, erklärte sie Melanie. »Ich möchte mir gern diese Vorstellung hier ansehen.«

»Sicher, ich bin bald wieder da.« Melanie verschwand in der Menge.

Erin war so gefesselt von den Kunststückchen der talentierten Spaßvögel, daß sie den Mann neben sich erst bemerkte, als er mit ihr sprach. »Sie sind sehr gut, nicht wahr?«

Sie blickte auf und sah in ein interessantes Gesicht, zweifellos das Gesicht eines Engländers. »Ja, das sind sie.« Sie lächelte den Mann an.

»Leben Sie hier in San Francisco?« fragte er.

»Nein, ich komme aus Houston in Texas. Sie sind offensichtlich genauso Tourist wie ich.«

Er lachte leise. »Sie haben mich durchschaut. Ich fürchte, ich kann es nicht verleugnen.«

»Woher kommen Sie?« fragte Erin ihn.

»Aus Kent. Dies ist meine zweite Reise in die ... Kolonien.« Er grinste sie umwerfend an, und Erin mußte lachen. »Aber es ist meine erste Reise nach Kalifornien, und ich ...«

Er wurde grob unterbrochen, als sich jemand zwischen ihn und Erin schob und nach ihrem Arm griff. »Entschuldigen Sie uns bitte, alter Junge«, sagte Lance mit einer Stimme, die nicht gerade liebenswürdig klang.

Erin hatte nicht einmal mehr die Zeit, dem freundlichen Engländer noch eine gute Reise zu wünschen, ehe Lance sie durch die Menschenmenge wegzerrte. Sie murmelte den Leuten, an denen sie vorbeikamen, Entschuldigungen zu, weil sie gegen sie stieß, und es entging ihr auch nicht, daß einige dieser Leute ihnen befremdete Blicke zuwarfen. Lances Benehmen war abstoßend, doch er schien die vielen Menschen und seine eigene Grobheit gar nicht zu bemerken.

Als sich die Menge etwas lichtete, fragte er sie verärgert: »Wo, zum Teufel, sind Sie gewesen? Wo ist Mrs. Lyman? Und wer war der Halunke, mit dem Sie sich unterhalten haben?« Bei jeder Frage verstärkte sich der Druck seiner Hand um ihren Oberarm, bis Erin beinahe vor Schmerz aufgeschrien hätte.

»Ich werde kein einziges, elendes Wort sagen, wenn Sie mich nicht sofort loslassen«, brauste sie auf.

Er blickte auf seine Hand, die noch immer ihren Oberarm umklammerte, und in diesem Augenblick schien er erst zu bemerken, daß er sie festhielt. Sofort ließ er los. »Also gut«, schrie er zurück. »Wo ist Mrs. Lyman?«

»Sie ist in einer Boutique und kauft sich ein Kleid«, erklärte Erin und rieb ihren schmerzenden Arm, um die Blutzirkulation anzuregen. »Sie hatte es anprobiert und ist jetzt zurückgegangen, um es zu kaufen. Ich habe hier draußen auf sie gewartet.«

»Und wer war der Mann, mit dem Sie sich so köstlich amüsierten?« Seine Augen blickten genauso kalt, wie seine Stimme klang.

Erins Toleranzgrenze war erreicht. »Ich habe keine Ahnung!« rief sie. »Er war ganz einfach nur ein Mann, ein sehr freundlicher, netter Mann, dem Sie nicht das Wasser reichen können«, fügte sie bissig hinzu.

»Sie können Ihre Menschenkenntnis für sich behalten, Miss O'Shea. Meine Unfreundlichkeit hat ihren Ursprung in meiner Besorgnis. Sie sind schon seit Stunden weg! Und als Clark dann anrief und erklärte, daß er Sie in der Menschenmenge verloren hatte ...«

»Sie haben uns beschatten lassen?« fragte sie ungläubig. »Das ist ja wohl ...«

»Nur zum Schutz von Mrs. Lyman natürlich.«

»Von wegen.« Erin entdeckte Melanie, die auf sie zukam und sich mit einem Mann unterhielt, der Armesündermiene aufsetzte, als er näher kam. »Ich habe sie gefunden«, erklärte er Lance.

»Ja, danke«, erwiderte Lance. Erin tat der junge Mann leid, der zweifellos in Lances Augen lesen konnte, was dieser von ihm hielt.

Melanie schien von der Spannung gar nichts zu merken, als sie danach alle vier auf Erins Wagen zuhielten. »Wir haben dort drüben geparkt und werden hinter Ihnen herfahren«, knurrte Lance und hielt Erin die Autotür auf.

»Jawohl, Sir. Ganz, wie Sie möchten, Sir.« Sie salutierte militärisch und freute sich darüber, wie er das Gesicht verzog und dann die Autotür ins Schloß warf.

Um Lance noch mehr zu ärgern, bat sie Melanie, ihr den längsten Umweg nach Hause zu zeigen. Sie fuhren dabei auch durch die Lombard Street, die kurvenreichste Straße der Welt, auf der es auf einer Länge eines Häuserblocks sieben Kurven gab. Der Mercedes schaffte diese Kurven mit Leichtigkeit, der Wagen, in dem Lance saß, jagte Rauchwolken in die Luft.

Als sich die ersten Anzeichen eines verdorbenen Magens meldeten, wußte Erin, daß sie für die Schlemmereien dieses Tages bezahlen mußte. Ihr Zusammenstoß mit Lance hatte auch noch dazu beigetragen, daß ihr Magen jetzt revoltierte. Sie ging zu Bett, verriet Melanie allerdings nichts von ihrer Übelkeit, sondern erklärte ihren Rückzug mit Übermüdung.

Sie versuchte zu schlafen, doch warf sie sich ruhelos in dem Bett hin und her, bis sie schließlich in einen oberflächlichen Schlummer fiel. Irgendwann nach Mitternacht wachte sie auf, mit heftigen Magenkrämpfen. Jeder einzelne Muskel in ihrem Körper zog sich zusammen, und ihr brach der Schweiß aus.

Die Gliedmaßen waren bleischwer, als sie die Decke zurückschob und aufzustehen versuchte. Sie schaffte es gerade noch, das Licht im Bad anzuknipsen und den Deckel der Toilette zu lüften, dann mußte sie sich sturzbachartig übergeben.

Sie konnte sich nicht daran erinnern, sich jemals in ihrem Leben so elend gefühlt zu haben. Es schien eine Ewigkeit zu dauern, bis ihr Magen leer war. Jeder einzelne Krampf nahm ihr den Atem, heiß und kalt lief es ihr über den Rücken, Hals und Kopf. Wie Feuer brannte es in ihren Ohren, der Kopf dröhnte. Dann wieder fror und zitterte sie. Schweißausbrüche folgten, und das Nachthemd klebte ihr am Körper.

Schließlich, als sie fürchtete, ohnmächtig zu werden, hielt sie ihr Gesicht unters kalte Wasser, und weil sie sich nicht mehr auf den Beinen halten konnte, kroch sie in ihr Zimmer zurück bis zum Bett. Sie sank darauf zusammen, erleichtert, daß all das, was sie krank gemacht hatte, nun draußen war.

Doch das stimmte nicht. Alarmiert stellte sie nur wenige Augenblicke später fest, daß ihr Magen sich wieder hob. In der Eile, ins Bad zu kommen, stieß sie gegen die Tür, und die Tür krachte an die Wand. Sie hockte noch immer vor der Toilette, als sie bemerkte, daß Melanie ins Bad gekommen war und sie entsetzt beobachtete.

Als Erin wieder in der Lage war, sich aufzurichten, gab es keine Melanie mehr. Wieder kroch sie zurück und ließ sich erschöpft in ihre Kissen sinken. Der ganze Körper tat ihr weh. Erschrocken fuhr sie zusammen, als plötzlich die Tür aufgerissen wurde und Lance hereinschoß. Seine Augen blickten wild, sein Haar war zerzaust, und er trug kein

Hemd. Die Jeans schien er sich in aller Eile übergezogen zu haben, er hatte zwar den Reißverschluß geschlossen, doch nicht den Knopf. Dazu trug er Turnschuhe, die Schnürsenkel schleiften am Boden. Hinter ihm erschien Melanies Gesicht im Türrahmen, bleich und verängstigt.

Lance kam schnell zum Bett und beugte sich über Erin, er legte ihr eine Hand auf die Stirn. Sein Gesicht zeigte nicht mehr die kalte Abweisung, er betrachtete sie besorgt von Kopf bis Fuß, als suche er nach Anzeichen einer Verletzung.

»Erin? Was ist passiert?« Das konnte doch nicht Lance sein. Es war jemand, der genauso aussah wie er. Lances Stimme hatte noch nie so besorgt geklungen und hatte sie Erin genannt, nicht Miss O'Shea. Sie liebte die Art, wie er ihren Namen aussprach. Was hatte er doch gleich wissen wollen?

»Ich ... ich weiß es nicht.« Ihre Stimme klang, als hätte sie einen Sprung. Sie konnte kaum genug Atem holen, um zu flüstern. »Ich denke, ich habe einfach zu viel gegessen. Die Shrimps waren vielleicht nicht gut. Ich weiß es ...« Sie griff nach ihrem Magen und krümmte sich vor Schmerz zusammen.

»Verdammt«, hörte sie ihn murmeln, dann befahl er: »Mrs. Lyman, rufen Sie Ihren Arzt an und sagen Sie ihm, daß es hier einen Notfall gibt. Dies ist mehr als ein verdorbener Magen. Wenn er nicht sofort kommen kann, suchen Sie einen anderen Arzt.«

»Er ist ein Freund von uns, er kommt bestimmt«, preßte Melanie heraus. Für Erin schien ihre Stimme vom dunklen Ende eines langen Tunnels zu kommen.

Sie geriet in Panik, als sie fühlte, daß sie sich wieder übergeben mußte. Sie hielt sich die Hand vor den Mund. Lance schob die Decke zurück und hob sie in seine Arme. Einen Arm hatte er um ihren Rücken gelegt, den anderen unter ihre Knie. Er trug sie ins Bad und setzte sie vor der Toilette ab. Erin hatte gar keine Zeit sich zu schämen, wieder mußte sie sich keuchend übergeben.

Als sie fertig war, richtete sie sich auf und lehnte sich bibbernd an die Wand. Lance legte ihr beschützend einen Arm um die Taille und reichte ihr ein Glas Wasser. »Hier, spülen Sie Ihren Mund damit aus, aber schlucken Sie es nicht runter.«

Das Glas stieß gegen ihre Zähne, doch Erin nahm gehorsam einen Schluck. Es war Mundwasser, mit Wasser verdünnt.

Sie wusch sich den Mund aus und spuckte dann alles in das Waschbecken. Wie würde sie diesem Mann je wieder in die Augen sehen können? Würde er sich nicht immer wieder daran erinnern, wie sie in diesem Augenblick ausgesehen hatte? Doch darüber konnte sie jetzt nicht nachdenken, sie klammerte sich an ihn wie eine Ertrinkende.

Behutsam legte er sie auf das Bett und breitete die Decke über sie, weil sie sich in einem Anfall von Schüttelfrost zusammenzog. Er saß auf der Bettkante und strich ihr das schweißfeuchte Haar aus der Stirn, als Melanie zurückkam. »Der Arzt ist in einer Minute hier. Er wohnt nur wenige Häuserblocks entfernt. Geht es ihr besser?«

»Ich denke schon«, hörte Erin Lance antworten. »Gehen Sie bitte runter in die Küche und bringen Sie einen Plastikbeutel mit Eis herauf.«

Erin konnte sich später gar nicht mehr daran erinnern, daß

Melanie gegangen und wiedergekommen war. Doch einige Sekunden später sagte Lance: »Wenn Ihnen wieder schlecht wird, werde ich Ihnen das hier auf den Hals legen. Das hilft vielleicht.« Sie nickte schwach, doch konnte sie die Augen nicht öffnen. Ihre Lider wogen Tonnen. All ihre Kraft schien sich in ihrer Rechten zu konzentrieren, mit der sie Lances Hand umklammert hielt, als sei dies eine Frage von Leben und Tod.

Sie mußte eingeschlafen sein, denn das nächste, was sie bemerkte, war eine Hand, die ihre Schulter schüttelte und eine fremde Stimme vom Ende eines Tunnels. »Miss O'Shea. Miss O'Shea. Wenn Sie schon einen Mann um zwei Uhr in der Nacht aus dem Bett holen lassen, dann könnten Sie ihn zumindest begrüßen.«

Das Gesicht, das sich über sie beugte, war so liebenswürdig wie die dazugehörige Stimme. Der Arzt hatte graues Haar, seine Augen waren von einem verwaschenen Blau. »Wie geht es Ihnen? Ist alles herausgekommen?«

»Ich glaube schon.« Sie nickte.

»Nach dem, was ich gehört habe, muß Ihr Magen ganz schön weh tun. Haben Sie noch Schmerzen?« Er hatte die Decke zurückgeschoben und untersuchte jetzt mit erfahrenen Händen ihren Bauch.

Einen Augenblick lang dachte sie über seine Frage nach, dann antwortete sie: »Es fühlt sich alles ganz leer an, aber ab und zu habe ich noch einen Krampf. Doch es ist nicht mehr so schlimm wie vorhin.«

»Nun, in dem Magen ist ja auch nichts mehr, was sich verkrampfen könnte.« Er lächelte. Jetzt maß er ihren Blutdruck und schob ihr ein Fieberthermometer unter die Zunge. »Ich werde Ihnen einige Fragen stellen, Sie brauchen nur zu nicken oder den Kopf zu schütteln. Haben Sie schon öfter so etwas gehabt?«

Nein.

»Hat ein Arzt bei Ihnen ein Magengeschwür festgestellt?«

Nein.

»Haben Sie Anzeichen von Blut gesehen, als Sie sich übergeben mußten?«

Nein.

»Sind Sie schwanger?«

Aus einem unerklärlichen Grund flogen ihre Blicke zu Lance, der am Fuß des Bettes stand. Er hatte sich mittlerweile ein Hemd angezogen, doch es nicht zugeknöpft.

»Nun?« fragte der Arzt nach.

Nein.

»Nehmen Sie irgendwelche Medikamente, einschließlich Tabletten zur Geburtenkontrolle?«

Sie wollte gerade den Kopf schütteln, als sie sich an das Penicillin erinnerte. Ja.

»Ich werde die Tabletten holen«, sagte Lance und ging ins Bad.

Der Arzt nahm das Thermometer aus ihrem Mund: »Nun, Fieber haben Sie jedenfalls nicht. Ihre Temperatur liegt sogar unter der Norm.« Er lachte leise.

»Das ist bei mir normal«, erklärte Erin und hoffte, die Grimasse in ihrem Gesicht würde als Lächeln durchgehen. »Wie ist Ihr Name?« fragte sie.

»Andrew Joshua.«

»Danke.« Sie fand wenigstens die Kraft zu nicken, und er tätschelte ihr die Hand.

»Zuerst einmal müssen Sie gesund werden, dann können Sie mir danken.«

Er nahm die Tabletten aus Lances Hand und zog eine silbergerahmte Brille aus der Brusttasche seines Anzuges, dann las er die Rezeptur auf der Rückseite des Döschens.

Erin blickte zu Lance. Er hatte beide Hände in den Taschen seiner Jeans vergraben und starrte sie von seinem Platz am Fußende aus an. Es kam ihr gar nicht in den Sinn, seine Anwesenheit hier in Frage zu stellen, während der Arzt sie untersuchte. Sie war einfach froh, daß er da war. Verwundert stellte sie fest, daß die steile Falte zwischen seinen Augenbrauen genau auf der gleichen Linie lag wie das Grübchen in seinem Kinn. Er bedachte sie mit einem kurzen, aufmunternden Lächeln, und die Wärme in seinem Blick schien sie anzurühren. Wie gern hätte sie jetzt weniger jammervoll ausgesehen.

Melanie war noch immer verschwunden.

»Aha, Penicillin«, meinte Dr. Joshua. »Wogegen nehmen Sie das?«

»Gegen eine Halsentzündung.«

»Wann hatten Sie Angina?«

»In der letzten Woche. Am Dienstag fing es an.«

»Und Sie haben die Anweisungen genau eingehalten und jeden Tag drei Tabletten genommen?«

»Vorgestern habe ich um die Mittagszeit eine ausgelassen.« Sie warf Lance einen schnellen Blick zu.

»Haben Sie die Einnahme hinterher nachgeholt, oder haben Sie sie überschlagen?«

»Ich habe sie überschlagen.«

»Nun, dann tun Sie uns allen einen Gefallen und überschlagen auch noch den Rest. Ich denke, daß Sie allergisch darauf reagiert haben. Es ist ein sehr gutes Mittel, aber Sie wissen ja selbst, wenn jemand allergisch auf etwas reagiert, kann selbst eine gute Sache gefährlich werden.«

»Aber ich habe mein ganzes Leben lang Penicillin genommen«, protestierte Erin.

»Dies hier ist eine neue, synthetische Version. Etwas in der Zusammenstellung macht diese Tablette für Sie unverträglich.«

»Davon hatte ich keine Ahnung«, murmelte Erin.

»Nun, jetzt wissen Sie Bescheid. Vergessen Sie nicht, Ihren Arzt davon zu unterrichten, wenn Sie wieder nach Hause kommen. Ich werde einen Bericht schreiben, den können Sie dann mitnehmen. Wie geht es denn Ihrem Hals?«

»In den letzten Tagen hat er sich gebessert.«

»Gut. Ich werde Ihnen eine Spritze geben, damit Sie schlafen können und die Magenkrämpfe aufhören. Ich werde auch ein Medikament hierlassen, das die Übelkeit vertreibt, falls es Ihnen noch einmal schlecht werden sollte; das bezweifle ich jedoch, Sie hätten das bis jetzt schon bemerkt. Essen Sie nur leichte Sachen und auch nur dann, wenn Sie wirklich hungrig sind.« Allein der Gedanke an Essen verursachte ihr ein flaues Gefühl, und Dr. Joshua lachte über ihren Gesichtsausdruck. »Ich bin sicher, daß Sie eine Weile gar keinen Appetit haben.«

Er gab ihr die Spritze und plauderte dabei über die letzte Spielsaison der Houston Oilers. Die leere Kanüle warf er in seine Tasche, dann erhob er sich: »Falls Sie nicht auch noch zu allem anderen eine Lungenentzündung bekommen möchten, stehen Sie jetzt am besten auf, damit wir das Bett frisch beziehen können. Sie sollten auch das Nachthemd wechseln.«

Erin versuchte sich aufzusetzen, doch ihre Muskeln versagten ihr den Dienst, und sie fühlte, daß sich ein weiterer Magenkrampf ankündigte. Mit einem Seufzer sank sie gepeinigt in die Kissen zurück. »Entschuldigung«, flüsterte sie.

Im nächsten Augenblick war Lance um das Bett geglitten. Er hob sie hoch wie zuvor und trug sie ins Bad. Dr. Joshua rief nach Melanie, damit diese das Bett neu bezog, und Lance setzte Erin vorsichtig auf den Stuhl vor der Frisierkommode.

»Ich hole Ihnen etwas zum Umziehen. Soll ich Mrs. Lyman herschicken?«

Erin schüttelte den Kopf. »Nein, ich schaffe es schon allein. Werfen Sie mir das Nachthemd einfach durch die Tür. Die Sachen liegen in der zweiten Schublade in der Kommode.« Auch wenn sie nicht viel gesprochen hatte, so hatte es sie doch vollkommen erschöpft.

Lance verschwand, und Erin schob die Träger des Nachthemds über ihre Schultern hinunter und wand sich heraus, ohne dabei vom Stuhl aufzustehen.

»Hier ist es«, rief Lance von der anderen Seite der Tür, und dann kam ein Nachthemd aus weichem Baumwollstoff auf sie zugesegelt. »Haben Sie es aufgefangen?« fragte er.

»Ja«, antwortete sie und fragte sich, was er wohl getan hätte, wenn das Nachthemd außerhalb ihrer Reichweite gelandet wäre. Sie wurde über und über rot, und ihre Krankheit hatte damit nichts zu tun. Sie wußte, was er getan hätte. Schnell zog sie das Nachthemd über den Kopf und versuchte, die kleinen Knöpfe am Halsausschnitt zu schließen. Für ihre schwachen Finger war das eine Sisyphusarbeit.

»Rufen Sie mich, wenn Sie fertig sind«, drang Lances Stimme herein.

»Ich bin fast … ich …« Sie konnte nicht weitersprechen.

Lance stieß die Tür auf und sah, daß ihre Arme matt heruntersanken. Ein Ausdruck unendlicher Zärtlichkeit breitete sich auf seinem Gesicht aus, und er kniete vor ihr nieder.

Von ihren Brüsten bis zu den Knien knöpfte er das Nachthemd so schnell er konnte zu, als fürchte er sich davor, diese Aufgabe hinauszuzögern. Beim letzten Knopf hielt er inne. Und dann fühlte sie plötzlich seine Wange an ihren nackten Knien und seine kräftigen Hände an ihren Unterschenkeln. Am liebsten hätte sie die Hand ausgestreckt, um das goldbraune Haar zu berühren, das sie an den Beinen kitzelte, doch sie brachte die Kraft dazu nicht auf. Seine Hände strichen über ihre Beine, massierten ihre müden, schlaffen Muskeln.

Lance hob den Kopf, dann verabreichte er ihrem Knie einen schnellen kleinen Kuß und schloß den letzten Knopf. Er hob sie wieder hoch, um sie zurück ins Schlafzimmer zu tragen. Sie genoß die kräftigen Arme, die sie hielten und sie gegen seinen harten, muskulösen Oberkörper drückten.

Der Arzt und Melanie waren noch dabei, das Bett zu beziehen, und unterhielten sich leise. Erin fühlte die Wirkungen der Spritze, sie war benommen und weit fort, ihr Kopf sank an Lances Brust, als er sich mit ihr in den Armen in einen Sessel setzte und sie auf seinem Schoß bettete.

Eine herrliche Mattigkeit ergriff von ihr Besitz. Das gleichmäßige Heben und Senken seines Brustkorbes unter ihrer Wange und die kleinen Härchen, die sich aus seinem offenen Hemdkragen hervorwagten und sie an der Nase kitzelten, waren berauschend. Unbewußt schmiegte sie sich noch enger an ihn, eine Hand schob sie in sein offenes Hemd und legte sie auf das dichte krause Brusthaar.

Sie wußte nicht einmal bestimmt, ob ihre Finger instinktiv nach den kleinen harten Brustwarzen gesucht hatten, die sich in dem dichten Haar verbargen, sie ahnte auch nichts von dem peinigenden Glücksgefühl, das Lance zu überwältigen drohte, als sie ihn an einer so intimen Stelle berührte. Ohne ein Wort, ohne daß sie auch nur einen Gedanken daran verschwendete, verriet ihm dieses Tasten das Geheimnis ihres Herzens. Lance tat es ihr gleich, unter seinem Hemd legte er seine Hand auf ihre und drückte sie so fest an sich, als wünsche er, eins mit ihr zu werden.

Erin glaubte, daß es Einbildung gewesen sein mußte, die sie fühlen ließ, wie er sein Gesicht in ihrem Haar vergrub. Die leise gemurmelten Worte waren unverständlich, hörten sich jedoch an wie eine Liebkosung voll unterdrückter Gefühle. Und die sanfte Berührung ihrer Stirn mit seinen Lippen war sicher auch Teil eines Traums. Aber ob sie es sich nun eingebildet hatte oder nicht, sie wollte, daß es immer so bliebe und murmelte einen schwachen Protest, als Lance mit ihr wieder aufstand und sie zum Bett hinübertrug.

Vorsichtig legte er sie hinein und zog die Decke über sie. »Lassen Sie sie morgen schlafen, solange sie möchte«, vernahm Erin die Stimme von Dr. Joshua.

»Wird sie bald wieder gesund sein?« War es Lance, der diese ängstliche Frage gestellt hatte? Er mußte es gewesen sein, denn schließlich war außer dem Arzt er der einzige Mann im Raum.

»Ja, sicher ist sie bald wieder auf den Beinen. Morgen wird sie sich schrecklich fühlen, aber übermorgen sollte sie über den Berg sein. Wenn das nicht der Fall ist, rufen Sie mich bitte.«

Erin hörte noch, wie der Arzt sich verabschiedete, und durch die halb geschlossenen Lider bemerkte sie auch, daß das Licht gelöscht wurde. Jemand kam zu ihr ans Bett. Wer auch immer es war, Erin fühlte, wie er ihre Hand ergriff und sie dann an eine stoppelige Wange preßte, ehe er sie an seinen Mund zog und ihre Innenseite hingebungsvoll küßte.

Sie wollte wissen, wer das gewesen war, aber sie vermochte die Augen nicht mehr zu öffnen.

Außerdem hatte sie wahrscheinlich wieder einmal Halluzinationen.

7. Kapitel

Den Sonnenstrahlen nach zu urteilen, die durch das Fenster fielen, mußte es später Nachmittag sein, als Erin erwachte. Reglos blieb sie liegen und wartete darauf, daß ein erneuter Magenkrampf sich meldete, doch nichts geschah. Sie fühlte sich nur entsetzlich schwach, und jeder einzelne Muskel in ihrem Körper schmerzte.

Sie drehte sich auf die Seite und sah, daß jemand daran gedacht hatte, einen Eiskübel neben das Bett zu stellen. Sie öffnete ihn, nahm zwei kleine Stückchen Eis heraus und legte sie auf ihre geschwollene, trockene Zunge. Noch ehe das Eis geschmolzen war, war Erin schon wieder eingeschlafen.

Der späte Abend tauchte den Himmel in ein sanftes Rot, als Erin vom Geräusch klappernden Geschirrs geweckt wurde. Sie drehte sich im Bett um und entdeckte Melanie, die einen Servierwagen ins Zimmer rollte.

»Du bist wach«, rief Melanie erfreut. »Ich dachte schon, du würdest ewig schlafen, aber Mr. Barrett sagte, daß ich dich unter keinen Umständen wecken dürfte.«

»Melanie?« krächzte Erin. Was war nur mit ihrer Stimme geschehen? Sie räusperte sich und versuchte es dann noch einmal. »Melanie, es tut mir so leid, daß ich dir solche Umstände mache.«

»Erin! Du wirst mich doch nicht beleidigen wollen, indem du dich entschuldigst. Du kannst doch nichts dafür, daß du krank geworden bist.«

»Ich weiß, aber ich habe dir so viel Mühe und Arbeit aufgeladen. Als hättest du im Augenblick nicht sowieso genug um die Ohren.« Sie versuchte sich aufzusetzen, doch gelang es ihr nur, sich ein wenig höher in die Kissen zu schieben.

Melanie stellte das Tablett auf den Nachttisch. »Ich bin diejenige, die sich entschuldigen muß, Erin.« Sie blickte auf ihre verschränkten Hände. »Ich konnte dir gestern abend nicht helfen. Seit meiner Kindheit habe ich schreckliche Angst vor Krankheiten. Immer, wenn ich in der Nähe eines Kranken bin, übertragen sich dessen Symptome auf mich. Verzeih mir, Erin, weil ich dich allein gelassen habe, als du mich am nötigsten gebraucht hättest.«

Erin nahm Melanies Hand. »Ich war viel zu beschäftigt, um es überhaupt zu bemerken«, winkte sie ab und rang um ein Lächeln. »Aber jetzt geht es mir schon viel besser.«

»Oh, das freut mich so. Mr. Barrett dachte, du möchtest vielleicht ein paar Cracker essen mit Tee. Er benimmt sich schon den ganzen Tag über so eigenartig. Weißt du, was er in der letzten Nacht getan hat? Er hat Dr. Joshua erklärt, du seist seine Frau. Ich habe mir jeden Kommentar verkniffen. Wenn er diesen wilden Gesichtsausdruck bekommt – du weißt schon, was ich meine –, dann bin ich mit allem einverstanden, was er sagt.« Melanie fiel gar nicht auf, daß das Gesicht ihrer Schwägerin jetzt auch noch das letzte bißchen Farbe verloren hatte. »Er meinte, dein Magen müsse ganz leer sein. Kannst du etwas essen, ohne gleich wieder ... äh ... ohne dich gleich wieder zu übergeben?« fragte sie ängstlich.

»Das weiß ich nicht«, antwortete Erin. Allein die Vorstellung von Tellern und Besteck war schon abstoßend, und jetzt schien ihr leerer Magen sich obendrein nervös zusammenzuziehen bei dem, was Melanie über Lance erzählte. Aber diese Schwäche ärgerte sie. »Ich werde ganz vorsichtig daran knabbern.«

Melanie setzte sich an das Fußende und unterhielt sich mit Erin, während die zwei der Cracker bewältigte. Dann nippte sie an dem lauwarmen Tee, um ihren Mund ein wenig anzufeuchten.

»Das rote Telefon läutet schon den ganzen Tag. Ich glaube, es tut sich etwas, aber bis jetzt hat Mr. Barrett noch nichts verlauten lassen.«

»Vielleicht gibt es ja auch nichts von Belang«, versuchte Erin die jüngere Frau zu trösten, die so hilflos und verloren aussah. Erin entschuldigte sich noch einmal bei ihr, weil sie ihr nicht die nötige Unterstützung bieten konnte.

»Sorge du nur dafür, daß es dir wieder besser geht, damit du gesund bist, wenn Ken nach Hause kommt.« Melanie stand auf. »Möchtest du vielleicht ein Bad?«

Erin dachte, daß sie die Gelegenheit nutzen sollte, solange noch jemand da war, um ihr zu helfen. Zusammen schafften sie es bis ins Badezimmer. Erin wusch ihr Gesicht, putzte sich die Zähne und ging auf die Toilette. Der Weg zurück zum Bett zog sich hin wie eine Weltreise.

Erleichtert sank sie in die Kissen, die Augen fielen ihr zu. »Danke, Melanie, daß du mir das Eis gebracht hast. Es war genau das, was ich brauchte«, murmelte sie schläfrig.

»Das habe ich gar nicht gebracht, das war Mr. Barrett.«

Melanie schloß leise die Tür hinter sich, und Erin blieb

allein zurück in dem ruhigen, dämmrigen Zimmer, nur ihre Gedanken leisteten ihr Gesellschaft.

Es war erstaunlich, was für einen Unterschied zwölf Stunden in Erins Befinden ausmachten. Am nächsten Morgen fühlte sie sich schon weitaus besser. Ganz vorsichtig streckte sie die Beine aus dem Bett und stand auf. Sie schwankte und der Raum verschwamm vor ihren Blicken, doch dann legte sich das Schwindelgefühl, und sie stakste langsam über den Flur.

Sie wusch sich und zog ein frisches Nachthemd an. Ihr Haar klebte am Kopf, doch ein gründliches Bürsten brachte halbwegs seine ursprüngliche Fülle zurück. Ihre ausgetrockneten Lippen erfrischte sie mit einem leicht getönten Lip Gloss. Und zum Schluß besprühte sie sich noch ein wenig mit Zitronenduft. Jedes Parfüm hätte wahrscheinlich ihren Magen aufs neue revoltieren lassen, doch jetzt fühlte sie sich wenigstens wieder wie ein Mensch. Sicher ging es ihr schon viel besser, da sich ihre Eitelkeit wieder meldete.

Sie saß auf der Bettkante und cremte ihre Hände ein, als die Tür einen Spaltbreit aufging und Lances Kopf sichtbar wurde. Sie hielt mitten in der Bewegung inne und starrte ihn an. Das blaßpfirsichfarbene Nachthemd, das sie jetzt trug, war aus dünnem Batist, doch nicht sehr durchsichtig. Von der mit Spitzen besetzten Schulterpartie an war es züchtig zugeknöpft.

»Hi«, sagte er.

»Hi.«

»Werden Sie es überleben?« Er lächelte breit.

Sie erwiderte das Lächeln. »Ich glaube schon, obwohl ich mich eine Weile sterbenselend fühlte.«

»Sie waren ziemlich krank.«

Erin wandte den Blick ab, sie genierte sich für das, was sich alles vor seinen Augen abgespielt hatte. »Ich möchte Ihnen danken, weil Sie mir so tatkräftig geholfen haben. Es war sicher nicht besonders angenehm für Sie.« Warum hast du dem Arzt erzählt, ich sei deine Frau? hätte sie ihn am liebsten gefragt. Sie starrte immer noch auf ihre nackten Füße, doch als er nichts sagte, blickte sie auf.

»Sie brauchen mir nicht zu danken«, meinte er schließlich. »Ich wünschte, ich hätte Ihnen die Schmerzen ersparen können.« Sie sahen einander eindringlich an, alles andere um sie herum schien zu versinken, es gab nur noch sie beide, die sich völlig ineinander verloren in diesem Augenblick. Doch dann zwang Lance sich, seine Blicke von ihr loszureißen, von dem bezaubernden Bild, das sie bot. »Sie sind vermutlich halb verhungert«, meinte er schnell. »Ich werde Ihnen etwas zu essen machen, aber erwarten Sie bitte keine kulinarischen Höchstleistungen.«

»Sie brauchen sich nicht zu bemühen. Melanie …«

»… ist heute morgen zu einem Besuch bei ihren Eltern«, beendete er den Satz. »Familienangelegenheiten. Mike kümmert sich für mich um das Telefon. Ich stehe ganz zu Ihren Diensten.« Er lächelte, doch es war etwas verschämt. »Ich bin gleich wieder da.« Mit diesen Worten verließ er sie rasch.

Erin kletterte wieder ins Bett, nachdem sie, so gut es ging, die Laken geradegezogen hatte. Sie schüttelte die Kissen auf und lehnte sich dann zurück, erneut hatte sie das Gefühl der Kraftlosigkeit. Es würde noch eine Weile dauern, bis sie wieder so weit auf dem Damm wäre, Tennis zu spielen, dachte sie erschöpft.

Sie wollte gerade einnicken, als Lance mit einem Tablett ins Zimmer schwebte. »Das Spezialgericht des heutigen Morgens sind heiße Frühstücksflocken, trockener Toast und Eistee.« Seine Mundwinkel zogen sich nach oben.

Er lächelte so selten. Vielleicht gehörte das aber auch zu seiner Attraktivität. Denn wenn er lächelte, war es entwaffnend und unwiderstehlich. Ein Flattern, das mit ihrer Krankheit nichts zu tun hatte, huschte durch Erins Körper. Das Nachthemd über ihrer Brust bewegte sich im Rhythmus des heftig schlagenden Herzens. Sie sah, daß Lance auf genau diese Stelle blickte, als er sich vorbeugte und das Tablett auf ihren Schoß setzte.

»Der Tee ist wunderbar«, sagte sie errötend. »Etwas Süßes hätte ich nicht trinken können, aber ich sehne mich nach etwas Kaltem.«

»Dr. Joshua hat gesagt, Sie sollten ein paar Tage lang keine Milch und keine Fruchtsäfte trinken.«

»Ich trinke sowieso niemals Milch.«

»Nie?« fragte er.

»Nein, sie macht dick«, antwortete sie und biß ein Stück Toast ab.

»Aha!« Er betrachtete sie eingehend, folgte der Linie ihrer Beine unter der Decke. »Stimmt, Sie sind beinahe ein Schwergewicht.« Zum ersten Mal sah sie in seinen blauen Augen herzliche Belustigung aufblitzen. Er neckte sie!

»Das würde ich vielleicht sein, wenn ich immer Milch trinken würde«, lachte sie, und Lance stimmte aufgeräumt ein. »Was ist das?« fragte sie und warf einen zweifelnden Blick auf die Schale mit den heißen Frühstücksflocken. »Das sieht aus wie Pampe.«

»Ich bitte Sie, Madam. Diese Schale mit Sahnereisflocken ist die ›Surprise de chef‹. Es ist nicht ein einziges Klümpchen darin.«

»Sahnereisflocken. Bah!« Sie schauderte. »Erwarten Sie auch noch, daß ich das esse?«

»Unbedingt. Sie brauchen Kraft, und mit Toast allein werden Sie das nicht erreichen. Sie müssen etwas Nahrhaftes essen.«

»Ich fürchte, diese Spezialität bleibt mir im Hals stecken.«

»Also wirklich, wollen Sie den Küchenchef beleidigen?« Er nahm den Löffel, tauchte ihn in die Schale und machte Anstalten, sie zu füttern. Er hielt den Löffel so lange vor ihren Mund, bis sie ihn öffnete. Sie hatte das Zeug noch nicht heruntergeschluckt, als er ihr schon den nächsten Löffel voll hinhielt. Sie prustete, als sie den Mund öffnete, wie er es von ihr verlangte.

»Sie füttern mich ja wie ein Baby«, brachte sie heraus, ehe er den nächsten Löffel nachschob. »Prima machen Sie das.«

»Das sollte ich wohl können«, sagte er.

Himmel! Er ist verheiratet! dachte sie. Dieser Gedanke war ihr noch gar nicht gekommen. Bestimmt war er verheiratet und hatte ein Haus voller Kinder.

»Ich mußte immer den Nachwuchs meiner Schwester füttern, und das habe ich so oft gemacht, daß ich mittlerweile einige Tricks gelernt habe«, erklärte er. »Daher weiß ich auch das mit den Crackern. Immer wenn meine Schwester schwanger war, hat sie dieses Zeug kistenweise gekaut, wenn ihr übel war.«

»Haben Sie selbst auch Kinder?« Erin war erleichtert über seine Erklärung, daß es sich bei seinem Training um Nichten und Neffen gehandelt hatte, doch wußte sie immer noch nicht, ob er verheiratet war. Ehe sie sich zurückhalten konnte, war ihr diese Frage herausgerutscht. Der nächste Löffel mit dem faden Reis wurde mitten in der Bewegung angehalten.

»Nein«, sagte er leise. »Ich bin seit zehn Jahren nicht mehr verheiratet. Die Frau, die ich seinerzeit Hals über Kopf geheiratet hatte, entschied nach zwei Jahren des Ehelebens, daß ich sie unterdrückte und daß sie sich lieber ihrer Karriere widmen wollte. Sie hat mich verlassen und die Scheidung eingereicht.« Die Art seiner Erklärung ließ nicht viel Spielraum für eine Diskussion, deshalb beschloß Erin zu schweigen. Er war nicht verheiratet, schon seit langer Zeit nicht mehr. Aus unerfindlichen Gründen beruhigte sie das und erfüllte sie mit Wärme.

Nach einigen weiteren Löffeln schüttelte sie den Kopf: »Ich glaube, ich möche nichts mehr, danke.«

»Wahrscheinlich war das genug fürs erste. Zum Mittagessen bekommen Sie eine Kartoffelsuppe.«

»Eine französische?« fragte sie erfreut.

Seine Augenbrauen zogen sich ablehnend zusammen. »Nein, nein, eine praktische aus der Dose«, worauf beide verständnisvoll grinsten.

»Erzählen Sie mir von Ihrer Familie«, bat Erin, als Lance das Tablett von ihrem Schoß nahm. Der Duft seiner Seife stieg in ihre Nase, als er sich über sie beugte. »Sie haben eine Schwester?«

»Ja. Sie und ihr Mann erfreuen sich an vier Kindern. Wenn wir alle zusammen kommen, mit Mom und Dad, dann geht es zu wie in einem Tollhaus.«

Erin fühlte einen Anflug von Eifersucht. Gerald O'Shea hatte keine Brüder und Schwestern mehr, die noch lebten. Ihre Mutter hatte nur eine Schwester, die in Louisiana lebte und kinderlos verwitwet war. Erin hatte gehofft, daß Ken einen großen Clan haben würde, sie sehnte sich nach Verwandten. Nach Blutsverwandten. Nach Ahnen. Nach einer Familie.

»Ich beneide Sie«, sagte sie. »Ich habe mir immer Kusinen und Vettern gewünscht, Verwandte, die ich im Sommer und in den Ferien besuchen könnte. Ich wünschte, Ken und Melanie hätten Kinder.« Sie seufzte. Manchmal waren die einfachsten Träume diejenigen, die sich am wenigsten erfüllten.

Lance ging durch das Zimmer zum Fenster und stand dann mit dem Rücken zu ihr. »Wir haben eine Spur von Lyman gefunden«, sagte er völlig unerwartet.

Erin setzte sich auf, all ihre Teilnahmslosigkeit war mit einem Schlag verflogen. »Wirklich? Melanie sprach gestern abend schon davon. Was ist geschehen?«

»Wir haben herausgefunden, daß er einen Wagen gemietet hat. Natürlich hatten wir sofort an diese Möglichkeit gedacht, aber irgend jemand hat vergessen, ausgerechnet bei dieser kleinen Mietwagenfirma nachzufragen. Als der Eigentümer der Firma bei der Polizei meldete, daß ihm jemand einen gefälschten Führerschein vorgelegt hatte, kam die Polizei auf uns zu. Der Mann hat Lymans Identität bestätigt, als wir ihm ein Bild zeigten.« Lance atmete tief ein. »Also haben wir jetzt eine konkrete Spur. Wir wissen, was für einen Wagen er fährt, und wir kennen das Nummernschild des Wagens. Es sollte nicht länger als ein paar Tage dauern, bis wir ihn gefunden haben.«

Dazu konnte Erin nichts sagen. Sie lehnte sich zurück und schloß die Augen, insgeheim betete sie, daß ihr Bruder schon sehr bald zur Vernunft kommen würde und sich selbst der Polizei stellt, ehe man ihn fand.

»Dr. Joshua hat den Bericht geschickt, den Sie für Ihren Arzt nach Houston mitnehmen sollen. Er liegt unten.« Lance schien an dem Thema kein weiteres Interesse zu haben, und Erin ging es genauso.

»Gut, ich werde daran denken, ihn einzustecken, ehe ich nach Hause fahre«, sagte sie nur.

Erst jetzt bemerkte Erin, daß es regnete, ziemlich heftig sogar. Große dicke Tropfen schlugen an das Fenster, und der Regen trommelte auf das Dach des Hauses. Im Zimmer war es dämmrig, man fühlte sich heimelig und vertraut.

»Sicherlich müssen Sie zurück zu Ihrer Firma und ... zu allen ..., wenn man Lyman erst einmal gefunden hat.« Lances Stimme war tief und klang leise wie der Donner, der über die Hügel in der Ferne rollte. Er sah so groß aus vor dem grauen Hintergrund des Fensters. Den Unterarm hatte er an den Rahmen gelehnt, den Kopf in die Hand gestützt. Sein Daumen strich über das Grübchen an seinem Kinn.

»Ich denke schon«, erwiderte Erin ausweichend. Plötzlich erschien ihr die Aussicht, nach Houston zurückzufahren, nicht sehr verlockend. Aber sie liebte doch ihr Leben, das sie dort führte! Sie liebte ihre Firma. Sie mochte Bart. Aber irgendwie hatte das alles plötzlich an Wichtigkeit verloren. Sie wollte diesen Mann hier verstehen, wollte alles über seine Hoffnungen erfahren und sie ihm erfüllen, das bedeutete mehr als alles andere. Sein Glück lag ihr am Herzen. Wenn man sie in diesem Augenblick vor die Wahl stellen würde,

würde sie sich bestimmt eher für das Zusammensein mit Lance in diesem Zimmer entscheiden als für irgendwas sonst auf der Welt.

Es kam ihr so vor, als liebte sie ihn.

Seine unheimliche Gabe, Gedanken lesen zu können, versagte auch diesmal nicht. Ohne seine Stellung zu verändern, wandte er den Kopf zu ihr und nahm sie mit seinen himmelblauen Augen aufs Korn.

Erin wurde ganz komisch zumute, Verwirrung überkam sie. Sie wußte gar nicht, was sie tat, als sie unbewußt den Kopf schüttelte unter dem Ansturm der Gefühle, die durch ihren Körper strömten. Ihre zitternden Lippen formten seinen Namen, doch kein Laut drang aus ihrem Mund. Eine Träne rann über ihre Wange, schnell folgten andere, rannen unaufhaltsam aus ihren Augen.

Lance verließ das Fenster und kam näher. »Erin?« Ihr Name war kaum zu hören, obwohl in dem Raum Stille herrschte.

Dann stand er neben ihr, beugte sich herab, stützte die Arme zu beiden Seiten neben ihr auf das Bett. »Erin, warum weinst du?«

»Ich weiß es nicht«, schluchzte sie.

»Doch, du weißt es. Warum, Erin? Sag es mir.«

Sie konnte ihn nicht ansehen, denn ihre Liebe stand ihr zu deutlich ins Gesicht geschrieben. Daher senkte sie den Kopf und schüttelte ihn noch einmal. »Ich weiß es nicht«, sagte sie so leise, daß er es kaum hören konnte.

Er legte ihr einen Finger unters Kinn und zwang sie, ihn anzusehen. »Sag mir, daß ich weggehen soll. Sag mir, daß es sinnlos ist.«

»Daß es sinnlos ist«, wiederholte sie. Ihr Herz raste. Alles, was sie sehen konnte, was sie sehen wollte, war sein Gesicht, das nur eine Idee von ihrem entfernt war.

»Sag mir, daß ich weggehen soll.«

»Nein.« Sie schüttelte ablehnend den Kopf. »Das kann ich nicht.«

»Dann helfe uns Gott.« Er hatte diese Worte kaum ausgesprochen, als sich seine Lippen schon auf ihre preßten.

Die Matratze gab nach unter seinem Gewicht, als er sich neben sie legte und sie in seine Arme zog. Er verlor keine Zeit, fordernd drängte sich seine Zunge zwischen ihre Lippen und erforschte die honigsüße Höhlung ihres Mundes, nahm sie in Besitz.

Als sich das erste Verlangen gelegt hatte, wurden seine Küsse sanfter. Er küßte ihr die Tränen von den Wangen, dann bedeckte er ihr Gesicht, ihre Ohren und den Hals mit ihnen.

Erin nahm sein Gesicht in beide Hände und sah ihn mit ihren dunklen Augen an, in denen noch immer ungeweinte Tränen glänzten. »Lance.« Sie genoß es, seinen Namen auszusprechen. »Lance, Lance.« Sie hob den Kopf ein wenig und küßte dann das Grübchen an seinem Kinn, knabberte an seiner Unterlippe, bis er aufstöhnte und sie in die Kissen drückte. Er schob sich über sie und küßte sie wieder.

Fest in seinen Armen verankert, rollte sie mit ihm herum, so daß Erin jetzt auf ihn hinunterblickte. Mit beiden Händen strich er über ihren Rücken, ihre Schenkel, ihre Hüften und drückte sie noch enger an sich. Sie rutschte in die richtige Position auf ihm, und es nahm ihm den Atem, als sie einander so intim berührten.

Sie blies in seinen Hals und streichelte seinen Nacken.

Lance konnte es nicht länger ertragen, er vergrub die Finger in ihrem dichten Haar und zog ihren Mund an seinen. Atemlos und lachend, voller Glück, kugelte er mit ihr herum, bis sie beide auf der Seite lagen und einander ansahen. Ihre Köpfe teilten sich das gleiche Kissen, ihre Finger betasteten den andern, die Nase rubbelten sich, ihre Lippen gingen spazieren. Sie genossen einander.

Ein wenig schüchtern hob Erin die Hand und berührte die Krawatte. Mit zitternden Fingern streifte sie sie ihm über den Kopf. Lance half ihr dabei, indem er den Kopf vom Kissen hob. Er konnte geduldig sein, er hatte alle Zeit der Welt.

Erin öffnete die Knöpfe seines Hemds, schob es beiseite. Einen Augenblick lang sah sie ihn nur an. Er war so umwerfend männlich, daß er sie einschüchterte. »Ich finde dich schön, Lance«, stammelte sie.

Noch immer ein wenig schüchtern, legte sie beide Hände auf seinen Oberkörper und spielte mit dem dichten, hellen Haar auf seiner Brust.

»Du hast ein graues Haar!« rief sie aus. »Genau hier.« Sie zog daran.

»Autsch! Das ist festgewachsen.«

»Wie alt bist du?« fragte sie und rieb über die Stelle, an der sie ihm das Haar ausgezupft hatte.

»Siebenunddreißig.«

»Ich dachte, du seist erst dreiunddreißig. Aber da glaubte ich ja auch noch, du seist Ken.«

»Nein. Ich bin ein alter Mann, viel zu alt für jemanden wie dich.« Sanft strich er mit den Fingern über ihr Schlüsselbein.

»Ich hatte schon immer eine Vorliebe für Antiquitäten«,

räumte sie großmütig ein, und ihre Hände erforschten die harten Muskeln unter dem krausen Haar auf seiner Brust.

Lance genoß ihre sehnsüchtigen Berührungen, bis sie seine kleinen harten Brustwarzen anfaßte. Zischend stieß er den Atem aus, dann nahm er ihre Hände und preßte sie auf die aufgerichteten Knospen.

»Du spielst nicht fair«, schalt er sie, dann küßte er sie zärtlich auf den Mund.

»Zeig mir die Spielregeln«, forderte sie ihn übermütig auf.

Er hob ihre Arme, legte sie sich um seinen Hals. Die zwölf Knöpfchen, die das Nachthemd von der Schulterpartie bis zu ihrer Taille schlossen, erforderten all seine Geduld. Doch als er sie geöffnet hatte, hielt er einen Augenblick lang inne und genoß das Gefühl der Vorfreude, ehe er das Hemd beiseite schob.

Er ließ die Blicke über ihren Körper wandern, und Erin überraschte es, daß ihre Schüchternheit wie weggeblasen war. Selbst als er sich immer weiter vorwagte, hatte sie nicht den entferntesten Wunsch, ihn zurückzuhalten.

Sanft nahm er eine ihrer Brüste in seine Hand und hob sie ein wenig hoch. Er sah ihr in die Augen, als er mit dem Daumen ihre Knospe streichelte, bis er fühlte, wie sie sich zusammenzog und ihm entgegenreckte.

»Du bist wunderschön«, sagte er ehrfürchtig. »Genauso, wie ich es mir vorgestellt habe, ich wußte es.«

Erin verspürte einen Kloß in ihrem Hals, sie war unfähig, ihre Sehnsucht noch länger zu unterdrücken. Mit den Fingerspitzen strich sie über seine Lippen und flehte ihn an: »Bitte« und zog seinen Kopf zu sich herunter.

Seine Lippen waren heiß und feucht, als sie sich über ihrer

rosigen Brust schlossen. Sanft saugte er daran, dann strich er mit der Zungenspitze darüber. Eine Hand lag in ihrem Rücken, umschlang sie innig, damit sie spüren konnte, wie erregt er war. Als sie ihm bereitwillig entgegenkam, stöhnte er laut auf und preßte sie verlangend an sich.

Er hörte das leise Schnurren aus ihrer Kehle, das ihm schon vertraut war, sein Blut geriet in Wallung. Dieser Ton, ihr Duft, das Gefühl, sie in seinen Armen zu halten, sie zu schmecken, überwältigte ihn und jagte jeden vernünftigen, besonnenen und klaren Gedanken aus seinem Kopf. Selbst als er versuchte sich einzureden, daß das, was er tat, übergeschnappt war, versank er in der Umarmung Erin O' Sheas.

Er verließ das Bett gerade nur, um sich auszuziehen. Erin betrachtete ihn, sie verspürte keine Furcht vor seiner Nacktheit und seiner Erregung. Vorsichtig setzte er sich auf das Bett und schob ihr das Nachthemd über die Schultern hinunter. Mit hungrigen Blicken betrachtete er ihren Körper, jeden einzelnen Zentimeter schien er sich einzuprägen, ehe er sich auf sie schob.

Sie hatte nach Hause gefunden.

Ihrer beider Atem mischte sich, als sie einen langen, zufriedenen Seufzer ausstießen. Lance schmiegte sein Gesicht zwischen ihre Brüste und hielt sie an sich gedrückt. Erin schlang die Arme um seinen Rücken. Seine nackte Männlichkeit ergänzte ihre Weiblichkeit, sie freuten sich an dem Kontrast – haarige Rauheit gegen seidig sanfte Haut, harte Muskeln gegen sanfte Rundungen, drängende Kraft gegen eine einladende Verletzlichkeit.

Seine Hände begannen einen sinnlichen Angriff auf ihren

Körper, mit jeder Berührung erregte er sie. Er massierte sanft ihre Brüste, wurde dann kühner und streichelte die rosigen Spitzen, bis sie sich wieder aufrichteten und sich ihm entgegenreckten. Er senkte den Kopf und nahm eine der Versuchungen zwischen seinen Lippen, streichelte sie mit seiner Zunge, bis Erin leise Wonnelaute hörte und erst dann feststellte, daß sie von ihren eigenen Lippen kamen.

Sie lispelte seinen Namen und hob ihm ihren Körper entgegen, schmiegte sich an ihn und bedrängte ihn, doch er schob sie ein wenig von sich, legte ihr eine Hand auf den Bauch. Dann glitt seine Hand immer tiefer. Wie war es nur möglich, daß er mit seiner Hand, mit seinen Fingern, seinem Daumen, solch eine provozierende Energie auslösen konnte? Doch als er sich vorantastete, als er die Geheimnisse ihres Körpers erforschte, war Erin machtlos, sie keuchte auf vor Entzücken, das er dabei in ihr weckte.

Erin brauchte ihn nicht dazu anzuhalten, ihrem Körper noch gründlicher auf die Spur zu kommen. Er fuhr fort, sie mit seinen Liebkosungen zu quälen. Vorsichtig schob er die sanften Falten auseinander und streichelte zärtlich die kleine Knospe im Inneren, die feucht und nachgiebig war. »Erin«, war alles, was er sagen konnte, doch die Verwunderung in seiner Stimme drückte mehr aus als ein Lobgesang.

Erin bot ihm ihren Körper erwartungsvoll dar und rief seinen Namen. Oder war es nur ein Echo ihrer vibrierenden Sinne? Er hörte ihre Bitte, ob sie sie nun ausgesprochen oder sie ihm mit ihrem Körper übermittelt hatte, und drang dann mit einem einzigen Stoß tief in sie ein.

Dann aber hielt er abrupt inne, er bewegte sich nicht mehr, sondern sah nur fassungslos auf sie hinunter.

»Mein Gott, Erin. Warum hast du mir das nicht gesagt?« fragte er erschüttert.

»Ich dachte, es sei nicht so wichtig«, antwortete sie.

Tief sah er ihr in die Augen. »Du irrst dich, so etwas ist sehr wichtig.«

»Ich will ja die Bedeutung nicht heruntersetzen. Es ist ganz einfach so, daß es mir jetzt gerade nicht so wichtig erscheint.«

»Was ist dir denn wichtig?«

Mit zitternder Hand strich sie über sein Gesicht. »Ich will nur gut sein für dich.«

»O Gott«, hauchte er und küßte sie, dann durchbrach er den letzten Rest ihrer Unschuld.

Sie bewegten sich im Einklang, als hätten sie es zuvor eingeübt, befanden sich in perfektem Zusammenspiel ihrer Körper, jeder schenkte dem anderen die größten Wonnen der Ekstase und erfüllte ein Begehren, das sie beide bis zum jetzigen Augenblick niemals geahnt hatten.

Es gab keine Erklärungen für diesen spontanen Liebesakt. Hätten sie sich die Zeit genommen, ihre Motive zu durchleuchten, so hätten sie keine logische Erklärung dafür gefunden. Sie waren Träger einer angeborenen Kraft, die weder Entschuldigung noch Erklärung brauchte. Diese Kraft pflegt erst sichtbar zu werden, wenn sie zwischen zwei Menschen Funken entzündet hat. Und das ist seit altersher Rechtfertigung genug für ihre Existenz.

Sie flüsterten einander Worte zu, deren Bedeutung sie nicht erfassen konnten und die von selbst heraussprudelten. Lance stimulierte sie, führte sie ihrer Bestimmung zu, die sie sich bis jetzt nicht hatte vorstellen können. Als sie sie erreichte, war er bei ihr, auf dem Scheitelpunkt der Woge, die sie erfaßt hatte, und sie fühlte, daß dieses selige Gefühl, ihn in sich zu spüren, eine große Leere in ihrem Inneren füllte.

Er zog sich nicht sofort wieder zurück. Sein Atem ging schnell und ungleichmäßig, sie fühlte ihn an ihrem Ohr, als er sein heißes Gesicht an ihres legte. Zärtlich und sehr besitzergreifend hielt er sie in seinen Armen. Glaubte er, daß sie nur ein Traumwesen war? Die streichelnden Hände, die über ihren Körper glitten, schienen zu befürchten, daß sie im nächsten Augenblick verschwinden könnte.

Als sie sich bewegte, um unter ihm eine bequemere Lage zu finden, gab er ein leises Stöhnen von sich, das sich zu einem lustvollen Seufzer steigerte. Als Antwort darauf verspürte Erin ein neues heißes Verlangen in sich erwachen, das er mit aller Zärtlichkeit stillte.

Schließlich, als sie völlig erschöpft in den Kissen lagen und ihr Keuchen abflaute, zog er sich aus dem warmen, seidigen Hafen zurück. Ihre Beine waren noch immer verschlungen, als er sie in seine Arme zog und ihren Kopf an seine Brust drückte.

»Fühlst du dich gut?« fragte er und strich dabei über ihren Rücken.

»Noch ein wenig besser als gut.«

Ein leises Kollern ließ seine Brust beben, und sie hob den Kopf. »Du lachst?« fragte sie überrascht.

»Ist das denn verwunderlich?« Er zog eine Braue hoch.

»Bei dir schon. Du lachst so selten«, tadelte sie sanft.

Seine Schläfen kräuselten sich, doch die Augen blieben ernst. »Du bringst mich dazu«, gestand er.

»Wirklich?«

»Ja, das tust du.« Er küßte sie innig. Als sich allerdings ihre Zunge in seinen Mund schob, stieß er sie von sich.

»Erin, hör auf, sonst kann ich mich nicht zurückhalten. Und du bist noch krank.« Er stand auf und suchte seine Kleidung zusammen, dann begann er sich anzuziehen. »Was mußt du von mir denken, wenn ich mich einer schwachen, hilflosen Frau so aufdränge? Außerdem bin ich im Dienst. Im Dienst der Regierung.« Sein Grinsen war in seiner Offenheit schamlos. »Aber das nennt man eine überirdische Kaffeepause.«

Erin kicherte. »Du machst dich. Du hast sogar ein Späßchen gewagt.«

Er zog einen kurzen blauen Slip an. Erin seufzte, weil es ihr so viel Vergnügen bereitete, ihm beim Anziehen zuzuschauen. »Ich hätte nie gedacht, daß du so heiße Unterwäsche trägst. In dieser Aufmachung siehst du beinahe genauso gut aus wie ohne«, meinte sie schelmisch.

Ihre Verwegenheit ließ ihn kurz innehalten, doch dann verzog sich sein Gesicht zu einem breiten Lächeln. »Ich wette, das sagst du allen Jungs«, neckte er sie. Wieder gackerte Erin laut auf.

Als er fertig angezogen war, kam er zum Bett und beugte sich über sie. »Geht es dir wirklich gut? Ich wollte nicht so stürmisch sein, aber Erin, du ...« Er konnte den Satz nicht beenden, ohne sie zunächst einmal zu küssen. »Habe ich dir weh getan?« Aus seiner Stimme klang hörbare Besorgnis.

»Bitte, Lance, es geht mir so gut. Nein, du hast mir nicht mehr weh getan, als ich wollte.« Sie lächelte ihn liebevoll an, dann strich sie ihm eine Haarsträhne aus der Stirn. »Es war wunderschön, und ich fühle mich großartig.«

Er setzte sich auf die Bettkante und nahm ihre Hände in seine. »Erin«, begann er langsam. Sein Daumen zeichnete kleine Kreise in ihre Handfläche, und er starrte darauf. Dann hob er den Kopf, und ihre Blicke trafen sich. »Es gibt noch so viele unbeantwortete Fragen, aber ich wollte nicht über andere Männer sprechen, während ich dich liebte.«

»Das verstehe ich.«

Er beugte sich über sie und küßte die sanfte Rundung ihrer Brust, dann legten sich seine Lippen auf ihre. »Können wir uns später sehen?« fragte er und betrachtete sie von Kopf bis Fuß, was seinen Worten doppelte Bedeutung verlieh.

»Hmm-hmm.« Ihre Erwiderung klang wie ein Versprechen.

»Ruh dich aus.« Er drückte noch einen Kuß auf ihre Stirn und machte sich auf den Weg.

8. Kapitel

Einige Stunden später war Erin gerade aus dem Bad gekommen und rieb sich das feuchte Haar trocken, als jemand an ihre Schlafzimmertür klopfte. Sie schlang ein dickes Handtuch um den Kopf und rief munter: »Herein.«

Mike steckte den Kopf durch die Tür. »Miss O'Shea, da ist ein Anruf für Sie, von einem gewissen Bart Sowieso. Möchten Sie ihn sprechen?«

Bart! Erschrocken preßte sie die Hände vor den Mund. Mike sah sie neugierig an, und sie stotterte: »J-ja ... ich ... ich werde den Anruf entgegennehmen. Bitten Sie ihn, einen Augenblick zu warten.«

»Sie brauchen nur den Hörer in Mrs. Lymans Zimmer abzunehmen, der funktioniert genauso.«

»Danke, Mike.«

Er hatte die Tür beinahe hinter sich geschlossen, als er sich noch einmal umwandte: »Ach, übrigens, es freut mich, daß es Ihnen besser geht.« Noch ehe sie Zeit hatte, ihm zu antworten, war er schon draußen. Verglichen mit Mikes gewohnter Zurückhaltung war dieser Satz fast ein Epos.

Erin brachte das Handtuch ins Bad zurück und fuhr sich mit dem Kamm durch ihre feuchten Locken. Was konnte sie Bart sagen? Eigentlich hatte sie keine Lust, mit ihm zu sprechen, nicht schon so bald, nachdem sie Lance geliebt hatte.

Als Lance sie verlassen hatte, war sie eingeschlafen und hatte deshalb auch noch keine Zeit gefunden, über ihre Reaktion auf ihr intimes Zusammensein nachzudenken. Das Ausmaß dieses Geschehens war noch zu neu für sie, zu innig und auch zu beängstigend. Sie wollte alles in Gedanken noch einmal erleben, jede Berührung, jedes Gefühl und wollte noch einmal in Gedanken den Worten lauschen, die Lance zu ihr gesagt hatte.

Aber wenn sie jetzt nicht mit Bart redete, wer weiß, was ihm dann einfiele. Er könnte die falschen – oder die richtigen – Schlüsse ziehen und das nächste Flugzeug besteigen.

Sie seufzte, als sie in Richtung Melanies Zimmer loszog. Es wäre besser, gleich mit ihm zu reden, anstatt es auf später zu verschieben. Telefonisch konnte man keine Verlobung auflösen, deshalb würde sie sich im Augenblick ganz normal und unbefangen mit ihm unterhalten. Und sobald sie wieder in Houston war, würde sie ihm sagen, daß sie ihn nicht heiraten konnte.

Jetzt erst recht nicht, nach allem, was geschehen war.

»Hallo«, rief sie in den Hörer.

»Nun, es wurde langsam Zeit, meine Süße. Warum, um alles in der Welt, hat das so lange gedauert? Ich hänge jetzt schon volle fünf Minuten an diesem verdammten Telefon. Ist alles in Ordnung, Baby?«

Hatte Bart sie schon jemals mit ihrem Namen angesprochen? überlegte Erin verdrossen. Doch gleich tat es ihr leid, und sie antwortete so fröhlich wie möglich: »Mir geht es ausgezeichnet, Bart. Tut mir leid, daß du warten mußtest.« Doch eine Erklärung sparte sie sich.

»Wie geht es deinem Bruder? Magst du ihn?« Barts

Stimme strapazierte ihre Nerven. Seine Freundlichkeit und seine ewig gute Laune schienen ihr jetzt völlig fehl am Platze. Er war so gar nicht der Mann, der tiefe Gefühle hegte, der die Dinge ernst nahm und bei dem Lachen etwas Besonderes war. »Süße, bist du eingeschlafen?« bellte Bart in den Hörer.

»Oh, nein. Ich ... äh ... ich habe Ken überhaupt noch nicht gesehen«, gestand sie ihm.

»Was soll das heißen, Baby? Es ist doch hoffentlich alles in Ordnung, oder?«

»Ja, ja«, versicherte sie ihm schnell. »Aber er ist im Augenblick auf Geschäftsreise, und seine Frau, Melanie, die wirklich ganz besonders liebenswert ist, meinte, es wäre das beste, wenn wir ihm gar nichts verraten würden, bis er ... bis er diese Angelegenheit, in der er gerade unterwegs ist, zum Abschluß gebracht hat.« Klang das verständlich? Erin war es nicht gewöhnt zu lügen, und es fiel ihr nicht gerade leicht, auch mit der Konzentration hatte sie Schwierigkeiten. Immer wieder sah sie in Gedanken Lances durchdringenden Blick vor sich, und sie hörte die kostbaren Worte der Liebe, die er ihr zugeraunt hatte.

»Ich bin gestern erst aus dem Panhandle zurückgekommen. Wir haben eine neue Ölquelle erschlossen, Süße. Ich wünschte, du wärst bei mir gewesen, um diesen Erfolg mit mir zu feiern.«

»Das ist ja großartig, Bart.« Ihre Begeisterung hielt sich in Grenzen. Was für einen Unterschied machte schon eine Ölquelle mehr, besaß er doch schon dreißig andere.

»Ich habe heute morgen in deinem Büro angerufen, und Betty hat mir diese Nummer gegeben. Wer war denn der Mann am Telefon, da es nicht dein Bruder sein konnte?«

Barts Intelligenz durfte man niemals unterschätzen. »Ach das …« Denk nach, Erin! »… ist ein Geschäftspartner von Ken. Er war eben hier und hat einige Unterlagen gebracht. Melanie und ich saßen draußen im Garten. Deshalb hat es auch so lange gedauert, bis ich ans Telefon gekommen bin. Er mußte uns erst suchen.«

Sie wollte ihm nichts davon erzählen, daß sie krank gewesen war. Es wäre typisch für ihn, wenn er ohne lange Umstände anreisen würde. Im letzten Herbst hatte sie eine ganz normale Erkältung gehabt. Am nächsten Morgen holte die Klingel sie aus dem Bett, und zu ihrem Erstaunen stand eine Krankenschwester vor der Tür, die sich für diesen Tag bei ihr zum Dienst meldete. Nein, Bart brauchte nicht zu wissen, daß sie krank war.

»Wann kommt denn dein Bruder zurück? Und wann wirst du endlich heimkehren? Ich fühle mich so einsam wie ein Iltis. Ich vermisse dich, mein Liebling.«

Was war es doch gleich, was Lance in ihr Ohr geflüstert hatte? »Heb dich ein wenig … ah, Erin … Ja, so ist es richtig … Ja … Ich werde auf dich warten … Ich warte auf dich, mein Liebes … aber beeil dich!«

»Ich vermisse dich auch, Bart«, hörte sie sich selbst bestätigen wie ein Automat.

»Ich weiß, wie wichtig das für dich ist, Liebling, sonst würde ich nicht so ergeben hier stillsitzen und auf dich warten.«

»Und ich weiß, daß du bei weitem nicht so einsam bist, wie du mir weismachen willst«, antwortete sie. »Oder hast du etwa deine Einladungen zum Dinner von sechs auf vier zurückgeschraubt in dieser Woche?«

»Ach, komm schon, Süße. Mach dich nicht lustig über mich«, jammerte Bart. »Dir ist hoffentlich klar, daß ich das alles gar nicht genießen kann ohne dich. Beeil dich und komm nach Hause, mein Herz. Ich liebe dich, das weißt du doch.«

Erin schluckte. Hatte Lance von Liebe gesprochen? Hatte sie gesagt: »Lance, ich liebe dich«? Sie glaubte nicht, denn wenn es so gewesen wäre, hätte sie sich daran erinnert. »Natürlich weiß ich das, Bart«, flüsterte sie. »Und ich liebe dich ja auch.«

Aber nicht so. Nicht genug. Bei weitem nicht genug. Nicht wie ...

»Brauchst du irgend etwas? Geld? Kann ich von hier aus etwas für dich tun?«

Er war wirklich schrecklich nett zu ihr. Würde es ihn verletzen, wenn sie ihm erklärte, daß sie sich plötzlich und unwiderruflich in einen anderen Mann verliebt hatte? »Nein, Bart, mir fehlt nichts. Ich werde dich in ein oder zwei Tagen anrufen und dir meine Pläne mitteilen.«

»Okay, Süße. Paß gut auf dich auf. Es gibt wirklich Gesindel dort in San Francisco, mußt du wissen. Sei vorsichtig.«

»Das bin ich, ich verspreche es dir. Auf Wiedersehen, Bart.«

»Auf Wiedersehen, Baby.«

Erin blickte auf den Diamantring an ihrem Finger und bewunderte ihn für das, was er war – ein kostbares, edles Juwel. Aber sein Licht war kalt, er strahlte keine Wärme aus. Er rührte mit seinem Feuer nicht an ihr Herz, so wie es ein paar blaue Augen unter goldenen Brauen getan hatten. Diese Augen waren schillernder und besaßen mehr Strahlkraft als jeder perfekt geschliffene Edelstein.

Sie zog den Ring vom Finger, und als sie dann wie im Traum ins Gästezimmer zurückgegangen war, trat sie an die Kommode mit ihrem Schmuckkästchen. Sie hob den Deckel und ließ den Ring hineinfallen, dann schloß sie das Kästchen mit einem hörbaren Geräusch.

Als sie schließlich ihr Haar trocknete, eine warme Hose und einen Angorapullover angezogen hatte, zitterte sie vor Schwäche. Das heiße Bad war wunderbar gewesen, aber jetzt fühlte sie sich wackelig und benommen. Sie brauchte unbedingt eine Stärkung.

Zuerst unterhielt sie sich mit Mike, der im Wohnzimmer in der Nähe des Telefons postiert war. Dann ging sie in die Küche und knipste das Licht an. Es hatte aufgehört zu regnen, doch der Nachmittag war trübe und bewölkt. Sie konnte die Dose mit Kartoffelsuppe, die Lance erwähnt hatte, nicht finden, deshalb machte sie sich ein überbackenes Käsesandwich und eine Tasse Bouillon.

Sie hatte das Sandwich fast aufgegessen und aß gerade die Bouillon, als sich die Hintertür öffnete und Lance eintrat. Sofort begann sie zu strahlen. Sie wußte, sie sah frisch aus, und in der Freude, ihn wiederzusehen, war sie ganz rot geworden. Würde er es wagen, sie vor Mike zu küssen?

Das glückliche Lächeln gefror auf ihrem Gesicht, die fröhliche Begrüßung blieb ihr auf der Zunge stecken, nachdem Lance die Tür hinter sich geschlossen hatte und sich dann zu ihr umwandte. Sein Gesicht war hart, und seine Augen blickten kälter als an dem Tag, an dem er ihr zum ersten Mal begegnet war. Er schien durch sie hindurchzusehen, sein Körper war angespannt und das Stimmungsbarometer sichtlich auf dem Gefrierpunkt.

»Ich sehe, du fühlst dich merklich kräftiger. Es ist doch erstaunlich, was ein wenig Bewegung fertigbringt.« Seine Stimme klang bitter und die Worte kamen schnarrend, gezielt verletzend und voller Zweideutigkeit aus seinem Mund.

»Es geht mir wirklich viel besser«, sagte sie betroffen. Warum nur sah er sie so böse an? »M-möchtest du irgend etwas?« Sie haßte sich dafür, daß sie stotterte. Was hatte sie nur verbrochen, daß er so aufgebracht war? War ihr Zusammensein vor ein paar Stunden bereits Vergangenheit?

»Nein. Ich hasse Bouillon.«

»Möchtest du etwas Kaltes?«

»Nein, danke, Miss O'Shea«, antwortete er übertrieben höflich. »Eigentlich bin ich nur gekommen, um Sie zu fragen, ob Sie mir Ihren Wagen leihen können. Ihren Mietwagen«, korrigierte er sich. »Clark hat mich gerade angerufen. Der Wagen, mit dem er Mrs. Lyman zu ihren Eltern gefahren hat, hat eine Panne. Sie stehen in einer Werkstatt. Mrs. Lyman hat mich gebeten, sie abzuholen.«

»Selbstverständlich.«

»Sie hat gefragt, ob Sie mitkommen würden – wenn Sie sich kräftig genug fühlen.«

Erin stand mit zitternden Knien auf und nickte. »Aber gern! Etwas frische Luft könnte ich gut gebrauchen.«

»Man sieht Ihnen gar nichts an, Miss O'Shea. Wie mir scheint, sind Sie in einer ausgezeichneten körperlichen Verfassung«, schnaufte er verächtlich. Er wandte ihr den Rücken zu und begab sich stampfend ins Wohnzimmer.

Warum benahm er sich so? Was war geschehen in diesen wenigen Stunden, um aus dem zärtlichen, wilden Geliebten einen sarkastischen Rüpel zu machen? Wie konnte er, wie konnte irgend jemand, ein solch explosives Liebesereignis einfach in Hohn und Spott untergehen lassen?

Die Antwort auf ihre Frage traf sie wie ein Eimer kaltes Wasser ins Gesicht. Für ihn war das Ganze gar nicht so weltbewegend gewesen. Affären wie diese standen wahrscheinlich für einen Mann wie Lance auf der Tagesordnung. Bei ihm war Liebe nicht blind. Sie wußte, daß sich auch andere Frauen von seinem guten Aussehen angezogen fühlen würden, genauso wie es ihr erging. Erin O'Shea würde in die Liste der Gespielinnen eingehen, die Lance Barretts sexuelle Gelüste für einen Augenblick lang befriedigt hatten. Er hatte sehr schnell wieder vergessen, was geschehen war.

Sie war ein solcher Dummkopf, nicht einmal schüchtern hatte sie versucht zu protestieren. Ihr Gewissen hatte sie vollständig im Stich gelassen. Erin O'Shea, die immer so stolz auf ihre aufrechte Moral gewesen war und auf ihre umsichtige Lebensweise, hatte ihren Körper einem Mann geschenkt, ohne überhaupt einen Gedanken an die moralischen Konsequenzen zu verschwenden. Und jetzt wurde sie, wegen Lances Verhalten, von Schuldgefühlen und Selbstvorwürfen gepeinigt.

Er hatte sie mit unentschuldbarer Grobheit behandelt, hatte sie verächtlich gemacht und ihr dann den Rücken zugewandt, um zu verschwinden. Hätte er sie angeschrien, sie mit Worten beleidigt, sie hätte es ertragen, weil er ihr das Gefühl gab, es nicht anders zu verdienen. Doch dann wurde sie plötzlich zornig. Wie die meisten Frauen gab es eines, was Erin von einem Mann nicht ertragen konnte, und das war Gleichgültigkeit.

Sie flog aus der Küche, ihre Augen blitzten kampfbereit.

Als sie ihn dann sah, wie er am Schreibtisch lehnte und ruhig mit Mike sprach, verlor sie einen Großteil ihrer Angriffslust. Er trug seine Brille und las einen Bericht, den einer seiner Agenten durchgegeben hatte. Gerade in dem Augenblick, als Erin ins Zimmer trat, schob er seine Brille auf den Kopf. Es war eine so entzückende Gewohnheit von ihm. Lance, was ist denn geschehen? flehte ihr Inneres.

Er wirbelte zu ihr herum, als hätte er ihre Worte gehört. Verdammt! fluchte er stumm. Warum mußte sie so wunderschön sein? Der korallenrote Pullover unterstrich noch die cremig zarte Haut, die er ja nun von Kopf bis Fuß kannte. Die graue Hose umschloß ihren kleinen Po so eng wie ein Handschuh, und er konnte das feste Fleisch beinahe fühlen. Ihre dunklen, weichen Locken umrahmten ihr Gesicht, und er wußte, wie sie sich anfühlten. Ihre Augen, die ihn vom ersten Augenblick an verzaubert hatten, leuchteten. Es war ein Leuchten, das unmißverständlich verriet, daß sie gerade geliebt worden war. Von ihm.

Beinahe hatte er sich selbst davon überzeugt, daß das ganze Geheimnis um sie zerfallen würde, wenn er sie wiedersah, außerhalb ihres Schlafzimmers. Bloß der rauschende Regen hatte sie in eine so intime Verzauberung gehüllt, daß sich danach alles als ein großer Betrug herausstellen mußte. Keine Wirklichkeit konnte so wunderbar sein. Sein heimtückisches Gemüt hatte ein kleines sexuelles Abenteuer zu einer Erfahrung werden lassen, die ihn bis in die Seele erschüttert hatte.

Wie hatte sie so lange auf der Welt sein können, mit solch einem Aussehen, ohne je einen Mann gehabt zu haben? Seine unerwartete Entdeckung, daß sie noch Jungfrau war, hatte ihn beinahe zurückweichen lassen. Beinahe. Aber zu diesem Zeitpunkt hätten das zu guter Letzt weder Himmel noch Hölle geschafft.

Aber sie war doch verheiratet gewesen. Was war mit ihrem Mann? Vielleicht hatte sie ihn ja doch angelogen. Dieser Verlobte, von dem sie erzählt hatte, mußte der dümmste Trottel auf Gottes Erdboden sein. Jeder, der so dumm war, eine Frau wie sie ihre Unschuld hüten zu lassen, verdiente es, von dieser hinterhältigen kleinen Schlampe betrogen zu werden.

Er seufzte insgeheim auf. Also gut, Barrett, sie ist keine hinterhältige kleine Schlampe. Bis vor ein paar Stunden noch war sie eine Jungfrau. Lance Barrett war nie ein Mann gewesen, der einer Frau die Unschuld nahm, und auch Erin hatte er nicht gezwungen. Warum hatte sie sich ihm widerspruchslos hingegeben?

Warum? Warum hatte sie sich von ihm lieben lassen? Warum hatte sie überdies bis zum heutigen Morgen ihm selber das Gefühl der Unschuld vermittelt?

Nie zuvor hatte ihn jemand so tief und ohne Einschränkung akzeptiert. Sie war ihm mit einer solchen Bejahung entgegengekommen, daß es mehr würde als eine körperliche Vereinigung – Seelen hatten sich getroffen. Auch als sie liebessatt und schläfrig geworden waren, hatte er gezögert, die intime Umarmung zu lösen. Nur unter Aufbietung eisernen Willens war es ihm gelungen, sie loszulassen, ehe er nochmals Opfer seines wilden Verlangens wurde.

Jetzt sah er sie an und wußte nicht, ob er sie mitten in ihr verlogenes Gesicht schlagen oder sie so lange küssen sollte, bis sie seinen Namen rief, so wie vor einigen Stunden, als das blendend helle Licht auf dem Höhepunkt ihrer Vereinigung sie miteinander verschmolzen hatte.

Brüsk sprach er sie an. »Holen Sie Ihren Mantel und die Autoschlüssel.« Dann wandte er sich an Mike. »Es wird sicher nicht lange dauern, ich bin bald wieder zurück.«

»Sicher, Lance.« Mike salutierte.

Lance legte die Hand um Erins Oberarm und schob sie aus der Tür, auf den Mercedes zu. »Vertrauen Sie mir genug, um mich fahren zu lassen?« fragte er.

»Das einzige, worauf ich bei Ihnen vertrauen kann, ist, daß Sie sich wie ein Barbar aufführen.« Sie entriß ihm ihren Arm und warf ihm die Autoschlüssel zu. Ohne ein Wort ging sie zur Beifahrerseite des Wagens. Beide ließen die Autotüren krachen, dann startete Lance den Motor und fluchte leise, als er nicht gleich ansprang. Schließlich legte er den Gang ein und fuhr mit quietschenden Reifen aus der Einfahrt.

Es tat gut, wieder draußen zu sein. Erin drückte auf den Knopf, der die Fenster öffnete, und atmete tief die frostige Luft ein. Schweigend fuhren sie durch die Straßen. Lance hielt das Lenkrad in beiden Händen, seine Augen starr auf die Straße vor ihm gerichtet.

Verwirrung, Schmerz und Wut stritten in Erins Innerem, doch sie wollte auf keinen Fall, daß Lance ihre Nervosität bemerkte. Eher würde die Hölle einfrieren, als daß sie ihn danach fragen würde, warum er sein Verhalten ihr gegenüber so grundlegend geändert hatte. Sie brauchte allerdings nicht lange auf die Antwort zu warten.

Erin sah ihn überrascht an, als er von der Hauptstraße abbog und den Wagen durch baumbestandene Seitenstraßen lenkte. Ihr wurde klar, daß sie sich im Golden Gate Park befanden, aber die Gegend, durch die sie im Augenblick fuhren, war unbeleuchtet und verlassen. Er bremste und stellte dann den Motor ab. Große Bäume breiteten ihre kahlen Zweige über ihnen aus, wie ein Schirm ohne Stoff. Der neblige Dunst des Abends hüllte sie mit seinem Schweigen ein.

Lance legte den Arm auf die Lehne ihres Sitzes und wandte sich zu ihr. Tiefe Schatten lagen auf seinem Gesicht und gaben ihm ein unheimliches Aussehen. Erin verspürte einen Anflug von Furcht.

»Sie können wirklich stolz auf sich sein, Miss O'Shea.«

»Wie meinen Sie das?«

»Ich meine damit, daß Sie einen Mann, der alt genug ist, es besser zu wissen, wie einen riesigen Narren haben aussehen lassen.«

»Bitte, Lance, ich weiß nicht, was du meinst.« Sie zwang sich, ihr wild schlagendes Herz unter Kontrolle zu bringen. »Sollten wir nicht Melanie ...«

»Das kann warten«, fertigte er sie ab. »Ich will das jetzt hier ein für allemal klären.«

Ihre eigene Verärgerung wuchs unter seinem herablassenden Ton. »Was ist denn los? Ich habe keine Ahnung, wovon du sprichst.«

Zu ihrem Erstaunen grinste er, doch das Lächeln erreichte seine Augen nicht. »Dieser einsame alte Iltis vermißt dich schrecklich, meine Süße«, meinte er in perfekter Imitation von Barts Stimme mit dem Texas-Akzent.

Jetzt begann Erin langsam zu begreifen, Erniedrigung und Wut stiegen in ihr auf. »Du hast gelauscht! Du hast meine Unterhaltung am Telefon mitgehört!«

Er zuckte lässig die Schultern. »Das ist Gewohnheit. Ich

höre alle Telefongespräche mit, die im Hause der Lymans ankommen. Das hast du gewußt.«

Sie hatte es gewußt, jedoch nicht mehr daran gedacht. »Aber du hörtest doch, daß dieser Anruf für mich war. Es hätte dich nicht zu interessieren brauchen, was da geredet wurde!«

»Oh, es hat mich aber interessiert, Miss O'Shea«, widersprach er. »Sie würden sich wundern, wie aufschlußreich diese Unterhaltung für mich gewesen ist. Jetzt weiß ich endlich, was für eine hinterhältige Lügnerin du bist.«

»Das bin ich nicht«, widersprach sie heftig.

»Nein? Ich vermisse dich, Bart, ich liebe dich, Bart«, ahmte er sie nach. »Du hast es nur versäumt, dem guten alten Bart zu erzählen, was du gerade getan hattest, ehe er anrief.«

»Das ist ja abscheulich.« Sie wollte ihren Ohren kaum trauen.

»Da hast du verdammt recht.« brüllte er. »Ich denke, Bart würde es ziemlich abscheulich finden, wenn er erführe, daß seine Verlobte heute morgen gelernt hat, mit einem unvergleichlichen Talent zu bumsen.«

Erin dachte gar nicht lange nach, sie hob die Hand und schlug ihm ins Gesicht. Es war ihr zunächst nicht bewußt, daß sie ihn geschlagen hatte; erst als sie das Geräusch hörte, das durch die Abgeschiedenheit des Wagens klatschte, erkannte sie den Vorgang. Ihre Hand brannte, doch es war die Sache wert, dachte sie, als sie den erstaunten Ausdruck auf Lances Gesicht sah. Ihr Sieg war hingegen von kurzer Dauer, denn er reagierte sofort. Er griff nach ihr und hielt ihr Handgelenk eisern fest.

»Wenn du so etwas noch einmal tust, breche ich dir den Arm in Stücke«, drohte er, und sie glaubte ihm. Seine Stimme klang rauh, als hätte er etwas im Hals. »Ich kenne Ihren Typ, Miss O'Shea.«

Sie wand sich unter der Klammer seiner Faust um ihr Handgelenk. »Ich bin kein Typ«, wehrte sie sich, mit mehr Mut, als sie fühlte.

»Doch, das sind Sie«, sagte er unnatürlich sanft. »Es macht Spaß, sich mit einem Regierungsbeamten zu vergnügen, ein wenig Spion zu spielen, wenn man doch weiß, daß man immer noch einen Millionär in Texas warten hat.«

»Nein«, wehrte sie sich. Tränen des Schmerzes rannen über ihre Wangen. Es war nicht der Schmerz, den seine Finger um ihr Handgelenk verursachten, es war der Schmerz über seine schlechte Meinung von ihr. Wenn er sie doch nur erklären lassen würde.

»Nun, das Spielchen ist vorbei. Es mag Ihnen ja gefallen, mit mir herumgemacht zu haben, aber ich bleibe lieber in meinen Kreisen.«

»Kreise?« fragte sie. »Wieso glaubst du, daß wir uns in verschiedenen Kreisen bewegen?«

»Weil du einen beknackten weißen Mercedes fährst und ich eine braune Chevette. Sagt dir das nichts?« Er ließ sie so unvermittelt los, daß sie schwankte und dann gegen ihn stieß. Er rückte von ihr ab und schaute trübe aus dem Seiten fenster.

Es dauerte einen Augenblick, bis sie begriff, was er mit seinen Worten gemeint hatte. Doch als sie es begriffen hatte, schäumte sie vor Wut. »Wie kannst du es wagen, mich so zu beleidigen!« Ihre Stimme gellte. »Wie kannst du es wagen anzunehmen, daß es mir etwas ausmacht, was für einen Wagen ein Mann fährt oder wieviel Geld er hat. Ich ... ich habe mit dir ... mit dir geschlafen, weil ich es wollte.«

»Ach, wirklich?« säuselte er und wandte sich zu ihr um. Dann machte er eine plötzliche Bewegung auf sie zu, legte die Hände auf ihre Schultern und drückte sie in ihren Sitz. Er beugte sich über sie. »Magst du es denn nicht, wie Stanton dich liebt? Was für eine Entschuldigung wirst du dem armen alten Bart denn in deiner Hochzeitsnacht liefern, wenn er herausfindet, daß du noch nicht mehr so unschuldig bist? Aber er wird ja sicher glauben, daß dein Mr. Greene sich das genommen hat, was ihm rechtmäßig zustand.«

»Hör bitte auf«, schluchzte sie.

Er schob sich über sie: »Wenn er dich in deinen Armen hält, schmiegst du dich dann auch so an ihn?« Erin wand sich und versuchte ihn von sich zu stoßen, doch er war viel zu stark, und die Bewegungen seines Körpers auf ihrem machten deutlich, was er meinte. »Wenn er dich küßt, schnurrst du dann auch ganz leise?«

Er versuchte sie zu küssen, doch Erin wandte den Kopf ab. Er griff nach ihrem Kinn und zog ihren Kopf zu sich, dann fiel sein Mund wie ein Schmiedehammer auf ihren. Sie kämpfte gegen ihn, doch er hielt sie so fest, daß sie sich nicht wehren konnte. Der Druck seiner Finger auf ihrem Kinn war so unerbittlich, daß sie fürchtete, ihre Knochen würden brechen.

»Reagiert dein Körper auf ihn genauso wie auf mich?«

Er schob ihren Mantel auseinander und legte seine Hand auf ihre Brust. Ganz gegen ihren Willen fühlte sie, wie sie seine Berührung genoß. Seine Finger drückten sich in das weiche Fleisch, dann begann er sie zu streicheln. Er schob eine Hand unter ihren Pullover und massierte sanft ihre Brust. Es gelang ihm, ihren Büstenhalter zu öffnen, er nahm ihre Brustspitze zwischen zwei Finger, doch jetzt war er nicht mehr brutal, sondern entschlossen, sie zu erregen.

Auch mit seinen Lippen setzte er den Angriff auf sie fort. Doch wurde desgleichen sein Kuß langsam sanfter. So langsam, daß Erin es anfangs nicht bemerkte, bis sie plötzlich hörte, wie sie leise aufstöhnte. Ihre Lippen wurden nachgiebig unter der verführerischen Macht seiner Zunge, ihr Körper schwoll unter seinen forschenden Händen an. Sie wußte nicht einmal, daß sie sprach, als sie flüsterte: »Oh, Lance«, bis er sich mit einem Ruck von ihr losriß.

Sein Name hatte die Mauer der Enttäuschung, der Wut und der Ablehnung durchbrochen, die er um sie herum errichtet hatte, seit er heute morgen Zeuge ihrer Unterhaltung mit Stanton geworden war. Im Nu rutschte er wieder auf den Fahrersitz und umklammerte das Lenkrad, bis die Fingerknöchel weiß hervortraten. Es war beinahe so, als wolle er es aus der Verankerung reißen, und er legte die Stirn auf seine Hände.

Gott! Was hatte er nur getan?

Erin sah ihn mit einem Gefühl der Leere und Hilflosigkeit an. Seine Schultern krümmten sich, er preßte die Hände vor die Augen. Seine Brust hob und senkte sich heftig, es war eine komplette Niederlage.

Schließlich hob er den Kopf und streckte beide Arme in Verzweiflung von sich. »Es tut mir leid«, wimmerte er. »Nie, noch nie zuvor in meinem Leben habe ich ... Wenn ich dir weh getan habe ... es tut mir so leid«, wiederholte er mit hohler Stimme. Er kniff die Augen zusammen und legte Daumen und Zeigefinger an die Nasenwurzel. Als er sprach, war es mehr zu sich selbst als zu ihr, und er hörte nicht auf, den Kopf zu schütteln. »Ich weiß nicht, was in mich gefahren ist.«

Melanie schien, als sie sie abholten, die Anspannung gar nicht aufzufallen, die zwischen den anderen Fahrgästen des Wagens herrschte. Schweigend fuhren sie nach Hause.

Erin hatte bemerkt, daß die Augen ihrer Schwägerin rot und geschwollen waren, also hatte sie geweint. Die sonst so lebhafte junge Frau hatte sie und Lance ganz zerstreut begrüßt, als sie aus dem Haus gekommen und in den Fond des Wagens gestiegen war. Lance hatte Clark gebeten, bei dem Wagen zu bleiben, bis er fertig repariert war.

Melanie hockte zusammengesunken in einer Ecke, und man sah ihr an, daß sie keine Lust hatte, sich zu unterhalten. Seit ihrer Ankunft in San Francisco hatte Erin Melanie noch nie so verzagt gesehen. Es schien, als habe eine Verzweiflung sie erfaßt, die zu tief war für Tränen, eine Hoffnungslosigkeit, die mit normalen Mitteln nicht zu besiegen wäre.

Sobald sie das Haus betreten hatten, entschuldigte Melanie sich und ging die Treppe hinauf in ihr Zimmer.

Lance und Erin wechselten kein einziges Wort. Sie hängte ihren Mantel an die Garderobe und verschwand in der Küche, um etwas zu trinken. Auf dem Flur zur Treppe begegnete sie Lance nochmals, der aus dem Wohnzimmer kam, wo er mit Mike gesprochen hatte. Kalt und unpersönlich nickte er ihr zu, als sei er ein Fremder. Dabei hatte sie am Vormittag in seinen Armen gelegen und seinem Liebesgeflüster gelauscht. Sie kannte seinen Körper und dennoch kannte sie den Mann nicht, dem er gehörte. Den Grund für seinen Ärger hatte er ihr erklärt – ihre Unterhaltung mit Bart – und hatte sie völlig mißverstanden.

Wie konnte er nur glauben, daß sie einer solchen Hinterhältigkeit fähig wäre? Dachte er wirklich, daß sie das, was zwischen ihnen geschehen war, auf die leichte Schulter nehmen würde? Er kannte sie einfach nicht. Und genau darum ging es. Sie kannten einander nicht in den Zusammenhängen, die eigentlich zählten.

In ihrem Zimmer bereitete sie sich auf das Schlafengehen vor. Sie hatte gerade das Licht im Bad gelöscht und wollte sich hinlegen, als es an der Tür klopfte.

»Ich bin es.«

»Komm rein, Melanie. Ich bin noch nicht im Bett«, antwortete Erin.

Melanie hatte einen dünnen Morgenmantel über ihr Nachthemd geworfen. »Störe ich?«

»Natürlich nicht.«

»Wie war dein Tag heute?« fragte Erin die jüngere Frau, die erschöpft in den Lehnsessel sank.

»Es war schrecklich, Erin.« Sie fuhr sich durchs Haar und drehte den Ehering an ihrem Finger. »Meine Eltern machen mich verrückt. Sie haben heute morgen angerufen und darauf bestanden, daß ich sie besuchen sollte. Weißt du, worüber sie mit mir sprechen wollten? Über eine Scheidung. Sie wollen, daß ich mich von Ken scheiden lasse.«

»Oh, Melanie! Wie konnten sie dir so etwas vorschlagen, ausgerechnet zum jetzigen Zeitpunkt?«

»Ich weiß es nicht. Natürlich habe ich mich geweigert, sie

auch nur anzuhören, aber sie haben mich in die Zange genommen und mir all die Gründe für eine Scheidung klarzumachen versucht. Den Hauptgrund, der dagegen spricht, wollten sie gar nicht hören. Ich liebe Ken.« Sie barg ihr Gesicht in den Händen und begann zu schluchzen, ihre Schultern bebten so sehr, daß es Erin das Herz zerriß. Sie kniete vor ihrer Schwägerin nieder und zog sie in ihre Arme.

»Mein Vater ist schuld, daß Ken das alles getan hat. Er hat ihn immer unter Druck gesetzt, in der Bank hat er ihm die unmöglichsten Arbeiten aufgehalst, und dann hat er ihn vor anderen Leuten lächerlich gemacht, wenn ihm Fehler unterliefen. Ken hat sich solche Mühe gegeben, es meinem Vater recht zu machen, aber dem reichte es nie. Seit etwa einem Jahr hat er davon gesprochen, sich einen anderen Job zu suchen, aber ich habe ihn gebeten, abzuwarten. Mein Vater hat keinen Sohn, verstehst du, und ich glaubte, daß Ken vielleicht diese Lücke füllen könnte, weil mir das nicht gelungen war. Ich war so selbstsüchtig, ich habe nicht begriffen, wie schrecklich Ken gelitten hat.«

»Mach dir keine Vorwürfe, Melanie. Ken ist ein erwachsener Mann. Er hat vielleicht gelitten, hat sich unzulänglich gefühlt, aber er hat etwas Unrechtes getan und wird die Konsequenzen tragen müssen. Das weiß er auch, und bestimmt wird er dir deswegen keine Vorwürfe machen.«

»Aber warum hat er dann nicht versucht, sich mit mir in Verbindung zu setzen? Ich habe seit dem Morgen, als er zur Arbeit ging, nichts mehr von ihm gesehen oder gehört. Erin, ich fühle mich so elend ohne ihn.«

Erin tätschelte Melanie den Rücken, so gut es ihr möglich war, und tröstete ihre Schwägerin: »Ich glaube, er setzt sich deshalb nicht mit dir in Verbindung, weil er dich liebt. Er möchte sicher nicht, daß du auch noch in die ganze Sache hineingezogen wirst. Er will dich auf diese Art schützen.«

»Weniger Schutz und mehr von ihm wäre mir lieber.«

Erin lächelte zärtlich. »Ich kann das verstehen, aber ich bezweifle, ob ein Mann dazu in der Lage ist.« Ihre Gedanken schweiften einen Augenblick ab. »Männer sehen die Dinge anders als wir Frauen.« Sie klang melancholisch.

Melanie putzte sich die Nase und wischte sich die Tränen aus den Augen. »Ich habe mich heute gar nicht um dich kümmern können«, schniefte sie. »Nicht einmal erkundigt habe ich mich, wie du dich fühlst.«

»Mir geht es gut. Ich fühle mich wesentlich besser.«

Melanie nickte abwesend. Erin sah, daß sie in ihrer Depression verharrte. Die Abwesenheit ihres Mannes hatte ihr den Boden unter den Füßen weggezogen, den sie nur selber zurückerobern konnte.

Melanie bestätigte Erins Überlegungen, indem sie sagte: »Wenn du nichts dagegen hast, werde ich jetzt wieder in mein Zimmer gehen. Heute abend bin ich bestimmt keine gute Gesellschaft. Ich möchte mich ins Bett legen, das ich mit Ken geteilt habe, und möchte an ihn denken. Klingt das verrückt?«

»Mir kommt das ganz normal vor. Aber wenn du mitten in der Nacht den Wunsch verspürst, mit jemandem zu reden, dann gibt es mich. Du störst mich nicht!«

»Danke, Erin. Ich ... ich bin wirklich froh, daß du hier bist.«

Sie schlang die dünnen Arme um Erins Hals, und Erin erwiderte die Umarmung. »Ich bin auch froh, hier zu sein. Gute Nacht.«

»Gute Nacht.«

Erin hatte den Tag über so viel geschlafen, daß sie sicher nicht würde einschlafen können. Erstaunlicherweise schlief sie trotzdem sofort ein. Sie hatte noch über Lances eigenartiges Benehmen nachdenken wollen, aber ihre Gedanken vollführten seltsame Kapriolen. Kens Verschwinden war ein Problem, mit dem sie noch fertigwerden mußte, und Melanies Verzweiflung erfüllte sie auch mit Sorge. Doch ihr Kopf weigerte sich, solch beunruhigende Dinge zu ordnen. Sobald sie sich in die Kissen gekuschelt hatte, sank sie bereits in Schlaf.

Ihre Träume waren erfüllt von Lance. In einem Augenblick ragte er grausam und rachsüchtig auf, im nächsten Augenblick schon lag sie in seinen Armen, und er liebte sie. Ihre Fingerspitzen fühlten das dichte Haar in seinem Nacken, sein Duft hüllte sie ein, als er sie an sich drückte. Immer wieder flüsterte er ihren Namen in ihr Ohr. Erin. Erin. Sie zog ihn noch enger an sich und umarmte ihn.

Einen Augenblick lang, nachdem sie die Augen geöffnet hatte, glaubte sie noch immer zu träumen, Lance, rief sie leise. Er beugte sich über sie, und ihre Arme lagen um seinen Hals.

»Was …«, keuchte sie, löste sich von ihm und verschwand unter der Decke.

9. Kapitel

»Psst, es ist alles in Ordnung. Entschuldige, wenn ich dir angst gemacht habe«, flüsterte er. »Erin …«

»Was tust du hier?« fragte sie unwirsch. Was für eine Nummer war jetzt dran? Sie traute ihm nicht, er war undurchschaubar. Und deshalb verstand sie nicht, warum ihr Herz Bocksprünge machte und sie am ganzen Körper bebte, als sei ihr Traum Wirklichkeit geworden. Sie hatte buchstäblich gefühlt, wie …

»Erin, ich muß dir etwas sagen. Soll ich das Licht anmachen?« Sie wehrte ab. »Wir haben Neuigkeiten bekommen. Sie sind nicht gut. Ich brauche dich, um es Mrs. Lyman beizubringen.«

»Ken?«

Sie spürte, daß er nickte. »Ja«, sagte er dann. Eine schlimme Vorahnung überkam sie.

»O Gott«, flüsterte sie. »Lance, habt ihr ihn gefunden?«

»Ja.« Er holte tief Luft. Im Dunkeln suchte er nach ihren Händen, sie hatte sie vor den Mund gepreßt. Er nahm sie in seine und wärmte sie zwischen seinen kräftigen Fingern. »Erin, er ist tot.«

»Nein«, ächzte sie und schüttelte den Kopf. Das durfte nicht wahr sein. Gott war nicht so grausam. »Nein«, wiederholte sie entschieden.

Lance griff nach ihren Schultern. »Es tut mir leid, Erin, du mußt mir glauben. Sie haben ihn gestern abend gefunden, in einem schmuddeligen Hotel in den Außenbezirken von San Diego. Offensichtlich plante er, im Dunkeln über die Grenze zu schlüpfen.«

Sie versuchte, all das zu begreifen, was er sagte, aber es gelang ihr nicht. Nur eine grausame Wahrheit hatte noch Bedeutung für sie. Sie würde ihren Bruder nie lebend sehen. Kenneth Lyman war tot. Erst nach einer Weile dämmerte es ihr, daß Lance aufgehört hatte zu sprechen. »Wie ist es geschehen?« fragte sie. Aber was bedeutete das jetzt noch?

»Darüber sprechen wir später.«

»Sag es mir jetzt«, verlangte sie mit tonloser Stimme.

»Er wurde umgebracht.« Lance seufzte. »Man hat ihn ausgeraubt, sein Taschengeld, seine Uhr und alles andere. Aber die Ironie des Ganzen ist, daß der Koffer mit dem Geld unter seinem Bett gefunden wurde.« Er hielt einen Augenblick inne, dann fragte er: »Bist du in Ordnung?«

»Ja«, antwortete sie. Ihre Ruhe überraschte sie selbst. »Wir sagen es jetzt Melanie.« Sie wartete nicht auf seinen Kommentar, stand auf und zog ihren Morgenmantel über. Als sie sich nach ihm umsah, wartete er bereits im Flur auf sie.

Vor der Tür von Melanies Zimmer schlug er vor: »Vielleicht ist es besser, wenn du reingehst und sie aufweckst. Ruf mich, wenn du soweit bist.«

Es war das Schwerste, was Erin in ihrem ganzen Leben zu bewältigen hatte, aber sie ging in das Zimmer, weckte Melanie auf, half ihr, sich etwas überzuziehen und stützte sie dann, als Lance der jungen Frau schonend den Tod ihres Mannes beibrachte. Erin hatte erwartet, daß ihre Schwägerin zusammenbrechen würde, daß sie weinen oder schreien oder vielleicht hysterisch werden würde. Aber sie lauschte Lances Worten unbewegt und ohne eine Träne zu vergießen.

Als er schließlich seinen Bericht geendet hatte, ohne Einzelheiten zu erwähnen, sagte sie abgehackt: »Ich glaube ... ich wußte, daß er tot war ... Ich hatte den ganzen Tag über so ein Gefühl ... als wenn ich ihn nie wiedersehen würde. Eigenartig ...«

Sie fragte Lance, was sie jetzt tun mußte, und er antwortete ihr behutsam: »Nun, wir sind sicher, daß er es ist, aber leider müssen Sie hinfahren, um die Leiche zu identifizieren. Weil er keines natürlichen Todes gestorben ist, haben Sie eine Menge Papiere zu unterschreiben, bis sein Leichnam freigegeben wird. Ich werde Ihnen natürlich bei alldem zur Seite stehen.«

»Danke, Mr. Barrett. Ich benötige Ihre Hilfe unbedingt.«

»Soll ich Ihre Eltern anrufen ...«

»Nein!« erklärte Melanie, plötzlich energisch. »Das tue ich selbst. Allerdings möchte ich gern, daß Erin mitkommt.«

Lance sah aus, als wolle er widersprechen, doch Erin versicherte ihr schnell: »Natürlich«, ehe er etwas einwenden konnte.

Mit grimmigem Gesicht sah er auf seine Uhr. »Ich kümmere mich um die Flugtickets. Es ist jetzt halb sieben. Könnten Sie in etwa zwei Stunden reisefertig sein?«

»Ja, das schaffen wir«, antwortete Melanie ganz ruhig.

Die Ereignisse der nächsten Tage blieben Erin für immer als ein verschwommener Wirbel von Agonie im Gedächtnis. Sie konnte sich später an keine Einzelheiten mehr erinnern, obwohl einige der Dinge für den Rest ihres Lebens in ihrem Gedächtnis haften würden.

Mit äußerster Disziplin schafften sie und Melanie es, sich in der zugestandenen Zeit auf die Reise nach San Diego vorzubereiten. Sie kleideten sich praktisch und warm, Erin trug einen blauen Blazer über einer elfenbeinfarbenen Seidenbluse zu einem Rock aus karamelfarbenem Wollstoff. Als sie das Haus verließen, holte sie noch ihren ledernen Trenchcoat aus der Garderobe.

Melanie war ähnlich gekleidet, sie hatte ihr Haar zu einem strengen Pferdeschwanz zurückgekämmt und sich nicht geschminkt – doch sah sie trotzdem schön aus, beinahe wie eine tragische Heldin. Erins Herz flog dieser jungen Frau zu, die sich als so tapfer erwies.

Lance fuhr sie mit dem mittlerweile reparierten Wagen der Regierung zum Flughafen. Melanie saß still in einer Ecke im Fond, Erins Augen waren voller Tränen, doch Melanie bewahrte die Fassung. Das einzige Anzeichen ihrer Verzweiflung war ihre Hand, die Erin auf dem Flug von San Francisco nach San Diego umklammert hielt. Sie saßen am Fenster und hatten ihre Mäntel und Taschen auf einen Sitz zwischen sich gelegt. Lance saß auf der anderen Seite des Ganges, den ganzen Flug über starrte er aus dem Fenster. Melanie gegenüber war er ausnehmend höflich, auch mit Erin ging er zuvorkommend um, jedoch in eher unpersönlicher, reservierter Weise.

Am Flughafen wurden sie von einem Mann empfangen, der Mike ähnelte, er führte sie zu einem anderen, gleichermaßen unauffälligen Wagen. Lance saß vorn neben dem schweigsamen Fahrer, Erin und Melanie teilten sich die

Rückbank. Die beiden Männer sprachen leise miteinander, aber was sie sagten, war nicht zu verstehen. Melanie betrachtete den Verkehr und die vorbeifliegende Landschaft, als sei sie davon hypnotisiert.

Es schienen Stunden zu vergehen, während derer sie in dunklen Korridoren saßen und auf den einen oder anderen Beamten warten mußten. Lance verschwand in verschiedenen Büros, er sprach mit nüchtern gekleideten Männern, die Melanie neugierige Blicke zuwarfen. Man erbat Auskünfte von ihr, und sie beantwortete alle Fragen teilnahmslos, aber wahrheitsgemäß.

Mit Erin sprach kaum jemand. Ihre einzige Aufgabe war es, Melanie zu unterstützen, die diese Tortur mit mehr Haltung durchstand, als Erin es ihr je zugetraut hätte.

Sie war Lance dankbar dafür, daß er Melanie, soweit es ging, vor den Unannehmlichkeiten schützte. Er mußte hinter den Kulissen eine Menge Papierkram erledigt haben, um die gesetzlich vorgeschriebenen Prozeduren abzukürzen. Jede Behörde, die etwas mit dem Gesetz zu tun hatte – sei es von Regierungsseite aus, von Staats wegen oder der Stadt –, schien irgendwie in den Fall verwickelt zu sein, und jede brauchte ihre Angaben und Informationen.

Die Sonne war längst untergegangen, als sie das letzte der Büros verlassen hatten, um sich auf den Weg zum Krankenhaus zu machen. Erin fürchtete sich vor dem, was jetzt auf sie zukam. Auch wenn man Ken zweifelsfrei identifiziert hatte, so mußten doch Melanie und sie in das Leichenhaus gehen, um ihre Bestätigung abzugeben, ehe ihnen der Tote übergeben werden durfte.

Der Mann, der sie am Flughafen abgeholt hatte, führte

Melanie durch einen Flur zu einer gepanzerten Tür, Erin folgte ihnen, zuletzt kam Lance.

Ehe sie vor der Tür stehenblieben, faßte Lance sie am Arm und drehte sie um. »Erin, du wirst nicht dort hineingehen«, erklärte er ruhig, aber bestimmt.

»Doch, das werde ich. Melanie braucht mich.«

»Ich gehe mit ihr. Du wirst nicht hineingehen«, wiederholte er ...

»Du brauchst mir nicht vorzuschreiben, was ich tun oder lassen soll.« Sie entzog ihm ihren Arm. »Ich möchte meinen Bruder sehen.«

»Nein, das möchtest du nicht. Nicht so.« Er hielt sie jetzt an beiden Armen fest. »Denk nach, Erin. Du hast dir ein Bild von ihm gemacht. Er war ein gesunder, gutaussehender junger Mann. Möchtest du ihn nicht lieber so in Erinnerung behalten, als wenn ...« Er hielt inne, dann drängte er: »Du willst doch nicht, daß deine einzige Erinnerung an ihn so bleibt, wie er jetzt aussieht. Geh nicht!«

Sein bittender Blick und beschwörender Gesichtsausdruck überzeugten Erin davon, daß er recht hatte. Sie nickte und taumelte dann gegen seine Schulter. Er führte sie zu einem typischen Behördensofa, und Erin setzte sich.

Melanie und der Mann waren inzwischen vor der Tür der Leichenhalle stehengeblieben und warteten auf Lance. Er legte Erin noch einmal aufmunternd eine Hand auf die Schulter. »Es wird nicht lange dauern«, flüsterte er.

Als die drei zurückkamen, weinte Melanie leise. Erin lief auf sie zu und nahm die junge Frau in die Arme, die ein Häuflein Elend geworden war.

Mit einer Hand hielt sie ein Stück Papier umklammert.

Ein tränenüberströmtes Gesicht blickte zu Erin auf. »Das haben sie in seiner Tasche gefunden, Erin. Es ist ein Brief an mich. Er hat mich geliebt, das steht drin, er hat mich geliebt.« Sie sank in Erins Arme und schluchzte, während sie unaufhörlich wiederholte, daß Ken sie geliebt hatte.

Erin stützte Melanie, sie setzte sich mit ihr auf das unbequeme Sofa, während Lance sich um den Transport des Leichnams nach San Francisco kümmerte. Erin war froh, daß Melanie endlich weinen konnte. Die Tränen erleichterten sie, sie waren wichtig für ihre Trauer. Besser sie ließ ihren Tränen freien Lauf, als daß sie völlig betäubt ihrer täglichen Arbeit nachging und wie eine Aufziehpuppe funktionierte – so wie es in den letzten Tagen der Fall gewesen war.

Auf der Fahrt zum Flugplatz und während der Zeit, in der sie auf ihren Flug warteten, weinte Melanie um ihre Liebe und ihr Leben. Als sie endlich in das Flugzeug stiegen, war sie am Ende ihrer Kräfte. Glücklicherweise gab es genug freie Plätze.

Eine hilfreiche Stewardeß schlug vor, die Armlehnen einiger Sitze hochzuklappen, damit Melanie sich hinlegen konnte. Sie war nicht mehr dazu fähig abzulehnen, und als Erin eine Decke über sie zog, schloß sie die vom Weinen geschwollenen Augen.

Lance, der sich noch mit seinem Kollegen unterhalten hatte, kam als letzter an Bord. Er setzte sich neben Erin und verstaute einen unauffälligen Koffer unter dem Sitz. Erin wußte, was es mit diesem Koffer auf sich haben mußte, sie wandte den Kopf ab. Dieser braune Koffer war grauenvoll, er hatte das Leben ihres Bruders zerstört.

Nachdem das Flugzeug die hellen Lichter San Diegos hinter sich gelassen hatte und der Himmel um sie herum dunkel war, fragte Lance: »Wie geht es ihr?«

»Die Tränen haben geholfen. Sie mußte sie herauslassen. Erst jetzt, durch das nochmalige Sehen, hat sie begriffen, daß er wirklich tot ist.« Sie biß sich auf die Lippen. »War er ...?«

»Nein, es war ein gnädiger Tod. Der Leichenbeschauer hat als Ursache Tod durch Ersticken angegeben. Wahrscheinlich hat man ihn im Schlaf überrascht und ihm ein Kissen auf das Gesicht gedrückt.«

Erin legte eine Hand vor den Mund, sie war ganz blaß geworden und starrte wort- und blicklos vor sich hin. »Ich bin froh, daß er diesen Brief geschrieben hat«, äußerte sie eine Weile später. »Was auch immer darin steht, er scheint Melanie versichert zu haben, daß er sie liebte.«

»Gott sei Dank, daß die Diebe ihm wenigstens diesen Brief nicht weggenommen haben.«

»Gibt es Hinweise auf Verdächtige?«

»Nein. Wahrscheinlich wird er als einer dieser unaufgeklärten Morde in die Geschichte eingehen. Das Motiv dafür war Raub. Der – oder die – Täter benötigten wohl kaum mehr als eine Minute, offensichtlich waren es Profis. Natürlich hatten wir Glück, daß sie den Geldkoffer unter dem Bett nicht gefunden haben.«

»Ja, ist das nicht toll von uns!« Sie klang schrill. Der unüberwindliche Drang, ihm weh zu tun, ergriff von ihr Besitz. Sie wollte ihn für die Art bestrafen, wie er sie gestern abend behandelt hatte. Sie wollte, daß er unter ihren Worten litt, so wie sie unter seinen gelitten hatte.

»Du darfst stolz auf dich sein, Mr. Barrett. Du kannst jetzt als Held nach Hause gehen. Was sagst du, wenn unter deinen

Augen das Leben eines Menschen ruiniert wird? ›Nun, Jungs, wenigstens hat die Regierung ihr Geld wieder‹? Oder sagst du ›alles erledigt‹?«

Es war nicht fair. Sie wußte, daß sie ihm gegenüber nicht fair war. Er trug schließlich nicht die Verantwortung für Kens Verbrechen. Aber sie war verletzt. Sie würde ihren Bruder nie im Leben zu Gesicht bekommen. All ihre Träume, Familienbande zu knüpfen, sich ihm mitzuteilen, Zuneigung zu finden, waren grausam zunichte gemacht. Sie wollte jemanden strafen, wollte sich rächen für den Schmerz, der sie zerriß. Dafür mußte Lance jetzt herhalten. Es war nicht fair, aber sie verspürte ein perverses Gefühl der Befriedigung, als sie sah, wie die Linien um seinen Mund sich verschärften. Er zog die Brauen zusammen und sah sie finster an.

Um seinem Blick auszuweichen, lehnte sie sich in ihrem Sitz zurück und schloß die Augen. Ein paar Minuten später fühlte sie mehr, als sie es hörte, daß er sich an die Stewardeß wandte, die an ihrer Sitzreihe vorbeiging.

Er berührte ihren Arm. »Hier, trink das.«

Er hielt Erin ein Glas hin. »Was ist das?«

»Brandy, den brauchst du jetzt.«

Sie schüttelte abwehrend den Kopf. »Nein, so was Starkes trinke ich nicht.«

Er warf ihr einen grimmigen Blick zu. »Nun, aber ich«, sagte er und trank sein Glas in einem großen Schluck leer. Tränen traten in seine Augen, er verzog das Gesicht und rang nach Luft, als der starke Alkohol durch seine Kehle jagte. Doch dann lehnte er den Kopf zurück und schloß die Augen. »Du solltest es wirklich versuchen. Für die Nerven wirkt das Wunder.« Langsam nippte er an Erins Ration.

Lange schwiegen sie. Es war Lance, der schließlich das Schweigen brach: »Tut mir leid, was mit Lyman passiert ist, Erin. Ich habe niemandem gewünscht, daß es so enden würde.«

Sie wandte den Kopf zu ihm. Ihre Blicke trafen sich. »Das weiß ich«, flüsterte sie. »Was ich eben gesagt habe, war gemein. Kannst du mir verzeihen?«

Anstelle einer Antwort griff er nach ihrer Hand und hielt sie fest. Er reichte der Stewardeß die Gläser und rückte dann ein Stück näher, die Armlehne zwischen ihren Sitzen klappte er hoch. Nur einige Lichter in dem Flugzeug brannten noch, die wenigen Passagiere schliefen entweder oder lasen im Licht der kleinen Lampen über ihren Sitzen. Die Flugbegleiterin hatte sich zurückgezogen, da alle Passagiere versorgt waren.

Lance hielt Erins Hand in seiner und streichelte sie mit der anderen. Er fuhr den Umrissen der langen ovalen Fingernägel nach, strich über ihre Knöchel und die dünnen, kaum sichtbaren Adern auf ihrem Handrücken. Sein Knie drängte sich an ihres, und irgendwann berührten sich auch ihre Schultern.

»Erzähl mir von deinem Mann, Erin.« Seine Bitte hatte er leise ausgesprochen, und sie traf Erin völlig unerwartet.

Sie tat nicht so, als hätte sie seine Worte nicht gehört. Statt dessen gab sie einem unerklärlichen Drang nach und legte den Kopf an seine Schulter. »Joseph war der netteste Mann, dem ich je begegnet bin. Als Geschäftsmann hatte er unerhörten Erfolg. Ein Teil seines Erfolges war auf die Tatsache zurückzuführen, daß seine Angestellten ihn verehrten. Selbst der niedrigste Mitarbeiter bekam seinen Anteil vom

Gewinn der Firma. Einige mochten ihm vielleicht vorwerfen, daß er ein gerissener Manager war, aber ich glaube, er wollte wirklich seinen Reichtum mit anderen teilen.«

Lance hob einen Arm und legte ihn um ihre Schulter, er zog sie an sich. Jetzt lag ihr Kopf auf seiner Brust. »Als er begann, Interesse an mir zu zeigen, da glaubte ich zuerst, daß es die Anerkennung meiner Arbeit war, meiner Entscheidungen auf geschäftlicher Ebene. Und so war es auch. Doch nachdem wir einige Male ausgegangen waren, um zusammen zu essen, wurde mir klar, daß er sich mit mir traf, weil er mich mochte. Ich denke, im Gegenzug ließ ich ihn seine Jugend noch einmal erleben. Er war schon seit vielen Jahren Witwer, seine erwachsenen Kinder führten ihr eigenes Leben. Lange Zeit bedeutete die Firma sein einziges Interesse am Leben. Er war sehr einsam.«

Sie holte tief Luft. »Nun ja, nach einer Weile bat er mich, ihn zu heiraten. Ich war erschrocken und hatte auch ein wenig Angst. Er war in seinem Benehmen mir gegenüber immer außerordentlich höflich gewesen, deshalb hatte ich mit einem Heiratsantrag überhaupt nicht gerechnet. Ich habe ja gesagt, nicht etwa, weil ich ihn liebte, wenigstens nicht auf die romantische Art, sondern weil ich glaubte, daß meine Ablehnung für ihn zu schmerzhaft gewesen wäre.«

Sie hatte eine Hand auf Lances Schenkel gelegt, jetzt fuhr sie mit dem Finger der Bügelfalte seiner Hose nach, auf und ab. »Ich habe ihn geheiratet, auch wenn alle anderen entsetzt waren. Vermutlich haben alle geglaubt, ich sei ein Mitgiftjäger, ein Goldgräber. Es hat mir nicht gefallen, daß die Leute so schlecht über mich sprachen, aber ich war wirklich nicht berechnend. Außerdem wollte ich nicht zulassen, daß das

Gerede der Leute mich oder Joseph in unserer Entscheidung beeinflußten. Ich war jung, einsam und fühlte mich auch ein wenig geschmeichelt, daß ein so erfolgreicher Mann mich liebte. Das war alles, mehr Gründe gab es nicht. Er ist noch im gleichen Jahr gestorben.«

Lance legte seine Hand auf ihre und preßte sie auf seinen Schenkel. »Nun, alles war es nicht, Erin.«

Sein Ton klang so intim, daß sie über und über rot wurde.

Sie hob für einen kurzen Augenblick den Kopf. Er beugte sich so nah zu ihr, daß ihre Gesichter fast zusammenstießen. Seine blauen Augen bohrten sich tief in die ihren. Schnell legte sie den Kopf wieder an seine Brust.

»Unsere Ehe wurde nie vollzogen. Joseph ... er hat es versucht, aber ... aber er war schon zu krank.« Sie stotterte, ihr Gesicht war jetzt hochrot. »Als er dann einen Arzt aufsuchte, um sich untersuchen zu lassen ... nun ja, du weißt schon, wo ... da wurde ein Tumor festgestellt. Er war nicht mehr zu operieren.«

Erins Gedanken gingen zurück zu den traurigen Tagen nach Josephs Tod. Erst jetzt wurde ihr bewußt, wie sehr sie sich geändert hatte, seit sie Lance kannte. Nach Josephs befremdlichen Bemühungen, sie zu seiner Frau zu machen, auch im körperlichen Sinne, hatte sie sich vor Sex gefürchtet. Joseph war völlig verzagt gewesen, als er begriff, daß er nicht auch in dieser Hinsicht ihr Mann werden konnte; Erin hatte seinen Schmerz und seine Enttäuschung so deutlich gefühlt, als seien sie Teil ihres Selbst. Sie wollte nie wieder in ihrem Leben mit Sex etwas zu tun haben. Er konnte den Preis der Selbstachtung eines Menschen nicht wert sein.

Danach hatte sie sich mit keinem Mann mehr eingelassen.

Das war keineswegs auf einen Mangel an Gelegenheiten zurückzuführen. Viele Männer in New York hatten ihr den Hof gemacht, doch gelang es ihr stets, ihre Leidenschaft so lange im Zaum zu halten, bis sie frustriert abließen und sich eine andere Partnerin suchten. Auch in Houston erging es ihr nicht besser, bis sie Bart traf und sie schließlich übereingekommen waren, nicht miteinander zu schlafen.

Es war nicht der Akt selbst, vor dem sie sich gefürchtet hatte. Die O'Sheas waren ein liebevolles Paar gewesen, mit einem gesunden, aktiven Liebesleben. Schon als Kind ahnte Erin, daß ihre Eltern da etwas ganz Besonderes teilten.

Ihr Problem war die Angst, nochmals enttäuscht zu werden, wenn etwas nicht stimmen sollte.

Warum aber hatte sie dann Lance Barrett so bereitwillig willkommen geheißen? Seit der ersten Umarmung, als sie noch geglaubt hatte, er sei Ken, hatte sie ein überwältigendes Verlangen gespürt, das dann in ihr loderte, bis es einem Waldbrand gleichkam. Selbst als sie ihm beleidigende Worte entgegengeschleudert hatte, hatte sie noch gegen die sexuelle Anziehungskraft ankämpfen müssen, die von ihm ausging.

Und er war über all das im Bilde gewesen. Ihr Körper hatte die Sehnsucht nicht länger geheimhalten können, und seiner hatte instinktiv darauf reagiert. Die uralte Herausforderung der Geschlechter brach sich Bahn, und er hatte sie weder ignoriert, noch wollte er ihr widerstehen.

Sie riskierte ein gefährliches Spiel. Der Grund, warum sie sich geweigert hatte, Barts Geliebte zu werden, war zum Teil darin begründet, daß sie sich zwanghaft nach einer Familie sehnte. Irgendwie hatte sie gewußt, daß Bart kein Ehemann und kein Vater für ihre Kinder sein würde. Und wenn sie sich zu weit mit ihm einließ, könnte er vielleicht zum Stolperstein werden, wenn sie das verwirklichen wollte, was sie sich im Leben am sehnlichsten wünschte.

Wenn Bart ein Stolperstein war, dann war Lance der reinste Felsen. In ein paar Tagen würde jeder seiner Wege gehen, und damit wäre die Sache ausgestanden. Warum setzte sie also jetzt und hier ihre Zukunft aufs Spiel? Eine kurze Affäre mit Lance würde zu nichts führen. Es war dumm – hoffnungslos und unmoralisch.

Doch jetzt, wo sie seinen warmen Atem an ihrer Wange fühlte und den sanften Druck seines Armes gegen ihre Brust, dachte sie an das Schicksal und daß sie die Kontrolle darüber verloren hatte.

Sie hob unglücklich den Kopf. Er ertrank in ihren großen Augen, in denen er ihre Gedanken lesen konnte, und preßte die Lippen zusammen, dann sagte er: »Das, was gestern abend im Park passiert ist, tut mir sehr leid.«

»Du warst wütend.« Sie nickte. »Ich habe es gespürt.«

»Das ist keine Entschuldigung für das, was ich beinahe getan hätte. Gott! Eine Vergewaltigung«, klagte er sich an. »Ich bin noch nie einer Frau gegenüber gewalttätig geworden, Erin. Das mußt du mir glauben. Habe ich dir weh getan?« Der schuldbewußte Ausdruck auf seinem Gesicht rührte sie.

»Ein wenig«, antwortete sie.

»Ich wünschte, es wäre nie geschehen. Wenn ich es irgendwie rückgängig machen könnte, ich würde alles dafür tun.«

»Warum entschuldigst du dich nicht einfach?« schlug sie mit einem verführerischen Lächeln vor.

Er erwiderte es zärtlich, dann legte er den Zeigefinger auf

ihre Lippen. Langsam und provozierend strich er damit von einem Mundwinkel zum anderen. »Erin, ich entschuldige mich für mein ekelhaftes Benehmen.«

»Vergebung ist gewährt«, flüsterte sie. Sein Finger glitt zu ihrer Unterlippe und stieß dann gegen ihre Zähne.

Verstohlen sah er sich um. »Ich wünschte, wir säßen hier nicht in der Öffentlichkeit«, brummte er.

»Warum? Was würdest du denn tun, wenn es anders wäre?«

»E ... Erin.« Er brachte ihren Namen zwischen zusammengebissenen Zähnen hervor, weil sie im gleichen Augenblick seinen Zeigefinger zwischen ihre Zähne nahm und sanft daran saugte. »Wenn du deine Hand auf meinem Oberschenkel noch ein wenig höher schiebst, dann weißt du zweifellos, was ich tun würde.«

»Was denn, bitte schön?« Sie wurde übermütig.

Er nahm ihre Herausforderung an. »Wahrscheinlich würde ich dich so küssen.«

Mit einem Arm hielt er sie fest, die andere Hand legte er um ihr Gesicht und senkte seinen Kopf. Zuerst stupste er sie nur, biß zart in ihre Lippen, strich mit der Zungenspitze darüber. Dann zog er sich ein wenig zurück, um das Ergebnis seiner Bemühungen zu betrachten. Über ihre Augen mit den dunklen Wimpern hatte sich ein Schleier gelegt, durch ihre halb geöffneten Lippen, die von seinem Kuß noch feucht waren, kam sanft ihr Atem.

»Erin«, hauchte er, dann schlossen sich seine Lippen über ihren. Im Augenblick konnte sie ihre Probleme sowieso nicht lösen. Sie hatte einen Verlobten, der Millionär war, na und? Immerhin trug sie diesen verdammten Diamantring nicht mehr. Er hätte auf die Minute genau sagen können, wann sie den Ring ausgezogen hatte, den Ring, der den Anspruch des anderen auf sie deutlich machte.

Und wenn er sie nun nie wiedersah? Und wenn ihr Einkommen viermal so groß war wie seines? Was, zum Teufel, machte das alles in diesem Augenblick aus?

Erin O'Shea. Die Kabine war dunkel und gemütlich, und sie brauchten einander. Ihr Körper war anschmiegsam, gab seinen Forderungen nach. Sie ließ ihre Hand über seine Lenden gleiten, die sie so gut kannte und die sich danach sehnten, sich wieder in ihr zu verlieren. Ihre Lippen waren leicht geöffnet und boten seiner suchenden Zunge Einlaß. Es fiel ihm schwer, das Stöhnen zu unterdrücken, das sich in seiner Brust formte und ihm den Hals zuschnürte.

»Du schmeckst nach Brandy.« Der Kuß war vorüber, doch ihre Lippen berührten sich noch immer. »Von jetzt an liebe ich Brandy.«

»Trink ruhig weiter«, forderte er sie auf. Und jetzt war es ihre Zunge, die in seinen Mund eindrang, ihn erforschte und ausfüllte. Als sie sich ein wenig zurückbeugte, fuhr sie mit der Zungenspitze über das Grübchen in seinem Kinn, und er fühlte sich gleichzeitig schwach und sehr mächtig.

Ihr Zeigefinger folgte ihrer Zunge und streichelte über die verlockende Stelle, dann fragte sie mit drängender Stimme: »Und wenn du es geschafft hättest, mich so zu küssen, was würdest du dann tun?«

Willig beteiligte er sich an dem Spiel der Sinne. Er setzte sein Regierungsgesicht auf: »Ich bin noch nicht überzeugt, daß du nicht vielleicht doch ein ausgekochter Verbrecher bist, der sich hinter einer verführerischen Maske verbirgt.

Ganz besonders jetzt, wo du versuchst, mich zu betören, regt sich mein Mißtrauen.«

»Das ist aber längst nicht alles, was sich regt.« Sie rückte noch näher.

Hatte sie ihn wirklich mit ihrer Hand berührt oder hatte ihm das nur seine überaus lebhafte Vorstellungskraft vorgegaukelt? Herrjeh, so wie er sich im Augenblick fühlte, war alles möglich. Er schluckte. »Du lenkst mich vom Thema ab«, knirschte er.

»Das tut mir leid, Sir«, flötete sie zerknirscht. »Bitte, sprich weiter.«

»Wie ich schon sagte.« Er räusperte sich gebieterisch. »Wahrscheinlich würde ich es für nötig erachten, dich noch einmal zu durchsuchen.«

Er verzog den Mund in dieser unverschämten Art, die ihr mittlerweile vertraut war. Beim ersten Mal hatte dieser arrogante Ausdruck sie eingeschüchtert. Jetzt stellte sie fest, daß er ihr Herz vor Erregung schneller schlagen ließ.

»Du möchtest doch sicher nicht in deiner Pflichterfüllung nachlassen«, erklärte sie mit ernstem Gesicht.

»Nein, das kann ich mir auf keinen Fall leisten.« Er senkte den Kopf wieder zu ihr, doch diesmal küßte er sie nicht. Stattdessen sah er ihr tief in die Augen und schob dann seine Hand unter ihren Blazer. Warm und schwer lag sie auf ihrer Brust, und genauso warm und schwer war das Gefühl, das sie in ihrem Unterleib und zwischen ihren Schenkeln verspürte. Mit quälender Langsamkeit schob er seine Hand tiefer.

Erin war gefangen von diesem Gefühl, das seine Finger durch ihre Bluse auf ihrem Körper auslösten. Seine Augen bezwangen sie, hielten ihre Blicke zärtlich und doch bestimmt gefangen. Er konnte nicht genug bekommen von ihr.

Seine Hand umschloß ihre Brust, sanft massierte er sie, bis er fühlte, wie sich ihre Brustspitze in seiner Hand aufrichtete und sich ihm voller Verlangen entgegenreckte. Ihre Lippen öffneten sich leicht, und sie hauchte seinen Namen.

»Du hast zwei sehr feminine Angewohnheiten, Erin O'Shea«, flüsterte er leise. »Die eine ist diese hier.« Er strich mit dem Daumen über ihre empfindsame Knospe. »Die andere ist, meinen Namen auszusprechen, ohne ihn wirklich zu sagen. Ich finde beide Angewohnheiten hinreißend.«

Nun kümmerte er sich um die beiden obersten Knöpfe ihrer Bluse, dann glitt seine Hand über ihre nackte Haut. So sanft, als würde er ein Kind entkleiden, schob er die Spitze ihres Büstenhalters beiseite und umschloß die Rundung mit seiner Hand.

Erin schmiegte sich mit ihrer Brust fest an ihn, doch selbst dabei ließen ihre Blicke ihn nicht los. Als sein Daumen wieder über ihre Brustspitze strich, legte sich ein Schleier über ihre Augen.

Er beugte sich zu ihr, preßte seinen Mund auf ihr Ohr und bedeckte es mit vielen kleinen Küssen, dann wisperte er: »Erin, Gott helfe mir, aber ich verlange nach dir.« Seine Worte und suchenden Hände hüllten sie in Seligkeit.

Er rollte ihre Brustspitze zwischen seinen Fingern. »Habe ich dir eigentlich schon gesagt, was für eine wunderschöne Farbe sie haben? Ich kann mich genau daran erinnern, wie sie sich angefühlt haben, wie ich sie mit meiner Zunge gestreichelt habe. Ich weiß, wie sie schmecken. Und genau jetzt möchte ich ...«

Das Signal zum Anlegen der Gurte leuchtete auf, und sie hörten die leise Glocke, die die Aufmerksamkeit der Fluggäste wecken sollte. Lance erlaubte sich an ihrem Ohr einen herzhaften Fluch. Er setzte sich auf und schloß schnell die Knöpfe ihrer Bluse, ehe er sich auf seinen Platz zurückzog.

Erin streckte die Hand aus und legte sie auf seinen Arm, doch er zischte: »Rühr mich nicht an.« Als er sah, daß sein Aufbrausen sie verletzt hatte, lächelte er. »Hast du noch nicht bemerkt, daß es bei mir ein wenig dauern wird, ehe ich mich wieder sittsam sehen lassen kann?« Mit einem schiefen Grinsen sah er sie an, und es dauerte einen Augenblick, ehe sie begriff, was er meinte. Als es ihr klar wurde, zog sie die Hand mit einem Ruck zurück und blickte nach vorn, sie wagte nicht, sich zu bewegen. Er lachte leise.

Erst als sie zur Landung ansetzten, riskierte sie einen zweifelnden Blick zu ihm hinüber. »Lance, glaubst du ... findest du, daß ich mich schamlos benehme, nach alldem, was heute geschehen ist? Bin ich deswegen ein abscheulicher Mensch?«

Das Lächeln, mit dem er sie bedachte, war zärtlich und offen zugleich. »Ich habe in den letzten Jahren genug Erfahrung damit gesammelt, die Reaktionen der Menschen in den verschiedensten Schreckenssituationen zu beobachten. Dabei habe ich festgestellt, daß ein Ausbruch der Gefuhle aufgrund von Aufregung oder Trauer die vielfältigsten Formen annehmen kann. Manche Menschen weinen oder schreien oder fangen an zu toben. Andere lachen unkontrolliert. Und einige wenden sich der Liebe zu.« Er machte eine inhaltsschwere Pause. »Das eine Gefühl ist dabei genauso natürlich wie das andere, Erin.«

»Danke«, murmelte sie.

10. Kapitel

»Hallo, Tante Reba. Hier spricht Erin. Ist Mutter da?«

»Erin, wir haben gerade über dich gesprochen. Bist du wieder in Houston?«

»Nein, ich rufe aus San Francisco an.«

»Gut, dann will ich dich nicht aufhalten. Deine Mutter kann es kaum erwarten, mit dir zu sprechen. Auf Wiedersehen, mein Liebes.«

Die Beerdigung sollte in einer Stunde sein, aber Erin hegte den unaufschiebbaren Wunsch, vorher mit ihrer Mutter zu sprechen; deshalb hatte sie sich die Zeit genommen zu diesem Ferngespräch.

Gestern war der schwerste Tag in Erins gesamtem bisherigen Leben gewesen. Melanie hatte sich entschieden, Kens Beerdigung nicht mehr hinauszuschieben. Sie sollte um vier Uhr am heutigen Nachmittag stattfinden, und das bedeutete, daß sie kaum Zeit hatten für all die Vorbereitungen, die bis dahin getroffen werden mußten. Dennoch war es eine kluge Entscheidung, dachte Erin. Je eher Melanie wieder zu einem normalen Leben zurückkehren konnte, desto besser.

»Hallo, Erin.« Die fröhliche Stimme von Merle O'Shea war Balsam für Erins wunde Seele.

»Mutter, es tut so gut, deine Stimme zu hören. Wie geht es dir?«

»Gut. Aber viel wichtiger ist, wie es dir geht? Du klingst unglücklich.«

Mehr Anstoß brauchte Erin nicht, die ganze Geschichte sprudelte aus ihrem Mund, stoßweise, unterbrochen von vielen Tränen. Sie begann mit ihrer Ankunft vor dem Haus von Ken Lyman und beendete ihre Geschichte damit, daß um vier Uhr am heutigen Nachmittag eine Beerdigung stattfinden würde. Heftiges Schluchzen folgte.

»Oh, mein liebes Mädchen, es tut mir ja so weh um dich. Ich kann mir vorstellen, wie furchtbar das alles für dich gewesen sein muß. Ganz besonders, weil du dich doch so darauf gefreut hast, deinen Bruder endlich kennenzulernen.« Erin hörte, wie ihrer Mutter die Stimme versagte. Immer, wenn Erin litt, litt ihre Adoptivmutter mit. Sie war zwar nicht in ihrem Leib gewachsen, doch ganz sicher in ihrem Herzen.

»Gibt es irgend etwas, das ich für dich tun kann? Möchtest du, daß ich nach San Francisco komme?«

Das wäre wirklich ein übermenschliches Opfer. Merle O'Shea fürchtete sich vorm Fliegen. »Nein, Mutter. Es hat mir so sehr geholfen, mit dir reden zu können. Wirklich, jetzt geht es mir schon viel besser. Ich muß mich zusammenreißen, um Melanies willen.«

»Es hört sich an, als wäre sie ein liebes Mädchen.«

»Das ist sie auch. Wir fühlen uns wie Schwestern.«

Die nächste Frage schien ihrer Mutter schwerzufallen. »Erin, hast ... ich meine, hast du irgendwelche Informationen gefunden über ... über deine natürliche Mutter?«

Erin lächelte in den Hörer. Ihre Mutter konnte also einen Anflug von Eifersucht nicht unterdrücken. »Nein, Mutter, das habe ich nicht.«

»Ich werde es mir nie verzeihen, daß ich damals alle Unterlagen vernichtet habe, die mir das Waisenhaus gegeben hat, noch ehe ich sie überhaupt gelesen hatte. Als Gerald und ich dich bekamen, war ich so aufgeregt und wollte dich ganz für mich allein haben ...«

»Mutter, bitte. Das haben wir doch alles schon tausendmal besprochen. Damals hattest du das Gefühl, das Richtige zu tun für mich. Außerdem bin ich nicht einmal sicher, ob ich überhaupt noch mehr erfahren möchte. Ich glaube, eine weitere Enttäuschung könnte ich nicht verkraften.«

Beide waren einen Augenblick lang in Gedanken versunken, ehe Merle fragte: »Dieser Mr. Barrett, ist er nett? ich hoffe, er ist nicht einer von diesen Hartgesottenen.«

Erin hatte absichtlich nicht von ihrer persönlichen Beziehung zu Lance Barrett angefangen. War er nett? »Ja, er ist, glaube ich, ganz nett, obwohl er die Sache natürlich sehr professionell angeht. Ich würde ihn aber nicht hart nennen.«

Ihre Mutter gab sich mit dieser Antwort zufrieden. »Gut. Ich denke, du solltest wenigstens im Augenblick dankbar sein dafür.«

»Ja, der Meinung bin ich auch.«

»Wann kommst du nach Hause, Erin? Ich fühle mich viel besser, wenn ich dich wieder in Houston weiß. Dann bist du wenigstens nicht ganz so weit weg.«

Erin seufzte. Sie hatte noch keine Terminpläne gemacht, obwohl sie wußte, daß es unvermeidbar auf sie zukam. »Ich kann es noch nicht sagen, Mutter«, antwortete sie wahrheitsgemäß. »Ich möchte auf jeden Fall zuerst sicher sein, daß es Melanie gutgeht. Ich denke, in ein paar Tagen wird es soweit sein. Ich sage dir Bescheid.«

»Tu das bitte.« Merle zögerte noch einen Augenblick, dann sprach sie weiter. »Erin, ich weiß, wieviel dir das alles bedeutet hat. Wenn ich dir diesen Schmerz hätte ersparen können, dann hätte ich es getan. Das weißt du doch sicher, nicht wahr?«

»Ja, Mutter, natürlich.«

»Manchmal geschehen Dinge in unserem Leben, für die es keine Erklärung gibt. Ich hoffe, das hat nicht deinen Glauben erschüttert, daß Gott immer in deiner Nähe ist.«

»Hat es nicht, diesen Glauben brauche ich im Augenblick dringender als alles andere.«

»Ich werde dich in meine Gebete einschließen. Ich liebe dich, Erin.«

»Ich dich auch. Auf Wiedersehen, Mutter.«

»Auf Wiedersehen.«

Erin legte den Hörer auf, sie haßte es, die liebevolle Verbindung zu der Frau abzubrechen, die ihr ihr Leben gewidmet hatte, auch wenn sie nicht ihre leibliche Mutter war.

Bekümmert ging sie in das Gästezimmer zurück und zog sich für die Beerdigung um. In Houston hatte sie ein schlichtes Halston Kleid aus schwarzer Wolle eingepackt, das sie zu einer Dinnerparty hätte tragen können, wenn es sich ergeben hätte. Statt dessen trug sie es jetzt zu einer Beerdigung. Eine schwarze Strumpfhose und schwarze Wildlederpumps vervollständigten ihre Garderobe. Als Schmuck dienten allein zwei Perlen in ihren Ohren und eine Perlenkette um den Hals.

Erin stand Schwarz sehr gut, es paßte zu ihrem dunklen Haar, den dunklen Augen und ihrer hellen Haut. Doch Melanie hatte dieses Glück nicht. Das schwarze Kleid, das sie sich von Charlotte Winslow geliehen hatte, hing wie ein Sack um ihren Körper. Ihr helles Haar hatte sie streng nach hinten gekämmt, und das Kleid ließ sie noch blasser erscheinen. Ihre Augen, in denen Erin gelegentlich kindliche Freude hatte tanzen sehen, waren jetzt ausdruckslos und leer.

Ein eigenartiger Zug setzte sich vom Haus aus zur Friedhofskapelle in Bewegung. Erin und Melanie fuhren mit dem unauffälligen Wagen, den das Bestattungsunternehmen ihnen zur Verfügung gestellt hatte. Sie wurden von Melanies Eltern begleitet, die von der ganzen Hektik abgestoßen zu sein schienen. Erin warf ihnen einen geringschätzigen Blick zu und fragte sich, ob die Beerdigung wohl zeitgleich mit einem Bridge-Turnier stattfand oder mit einem Golfspiel, zu dem Melanies Eltern lieber gegangen wären, das sie aber der Umstände halber hatten absagen müssen.

Lance, Mike und Clark folgten ihnen in einigem Abstand in ihrem Regierungswagen.

Melanie schien alle Tränen geweint zu haben, die sie hatte, ehe sie gestern in das Flugzeug gestiegen waren. Nach der Landung, als Lance und Erin sie aufgeweckt hatten, war sie still und in sich gekehrt gewesen, ein wenig abweisend sogar. Die Beerdigung überstand sie äußerlich gelassen.

Eine Trauer, wie sie sie seit dem Tode Gerald O'Sheas nicht mehr verspürt hatte, ergriff von Erin Besitz, als sie einen Blick auf den bescheidenen Sarg mit den kupferfarbenen Chrysanthemen warf, der die sterblichen Überreste ihres Bruders enthielt.

Sie hatte so kurz davorgestanden, ihn kennenzulernen und zu lieben, so nahe am Ziel war sie gewesen, und nun mußte sie diese Hoffnung mit ihm begraben. Nie würde sie seine Stimme hören. Und sie würde nie die Eigenheiten seiner Persönlichkeit kennenlernen. Wäre sie nur ein paar Tage früher in sein Leben getreten, so hätte ihr Erscheinen vielleicht seinen ganzen Lebenslauf ändern können. Hätte ihre Existenz in seinem Leben vielleicht die Wende gebracht?

Während der Beerdigungszeremonie hielt sie sich tapfer, genau wie Melanie. Nur ganz am Rande folgte sie dem Geschehen, war sie doch in einen tiefen Sumpf der Verzweiflung gestürzt.

Als sie ins Haus der Lymans zurückkehrten, herrschte schon Dämmerung. Erin ging mit Melanie nach oben und brachte sie bis zu ihrem Zimmer. Als allererstes wollte Erin das schwarze Kleid ausziehen, und zwar ein für allemal, sie würde es nie wieder tragen.

Rasch schlüpfte sie in die Jeans, die sie in der ersten Nacht in diesem Haus angehabt hatte und dazu in einen bequemen Pullover, dann bürstete sie ihr Haar und erneuerte das Makeup. Als sie damit fertig war, fühlte sie sich schon ein wenig besser, deshalb beschloß sie, obwohl sie gar nicht hungrig war, etwas von den vielen Gerichten zu probieren, die Freunde und Nachbarn mitgebracht hatten. Sie hatte sich noch immer nicht vollständig von ihrer Krankheit erholt, fühlte sich weiterhin angeschlagen und hatte auch in den letzten drei Tagen nur wenig gegessen.

Am Fuß der Treppe blieb sie wie angewurzelt stehen, denn zu ihrem Erstaunen kam Melanie die Treppe herunter und schleppte zwei schwere Koffer mit sich.

»Melanie, was ...«

»Erin, das ist wahrscheinlich das Unhöflichste, was ich je

in meinem Leben getan habe, aber ich werde dich hier alleinlassen.«

Erin war verblüfft über Melanies Ruhe. »Aber … aber wo willst du hin? Und warum?«

»Hast du meine Eltern nicht gehört?«

Man kann sie nicht überhören, wäre Erin beinahe herausgerutscht. Die Winslows hatten ihre Tochter von der Beerdigung nach Hause begleitet, und kaum im Haus angelangt, hatten sie Melanie bedrängt, sie solle mit ihnen kommen. Sie waren recht massiv geworden und der jungen Witwe auf den Leib gerückt.

»Ich habe ihnen gesagt, daß ich die Nacht in meinem eigenen Haus verbringen möchte, ganz besonders, da du ja auch noch hier bist. Aber ich mußte ihnen meine Rückkunft für morgen versprechen.« Melanie preßte entschlossen die Lippen aufeinander. »Das ist ein Versprechen, das ich auf keinen Fall einlösen werde. Sie haben mein Leben ruiniert, ganz zu schweigen von Ken. Ich werde ihnen nicht die Möglichkeit geben, mich wieder vor ihren Karren zu spannen.«

Erin sah sich hilfesuchend um, sie entdeckte, daß Lance hinter ihr stand. Er hörte Melanies Erklärung ebenfalls.

»Aber wo willst du heute nacht hin?« fragte Erin, als klammere sie sich an einen Strohhalm.

»Das weiß ich noch nicht.« Melanie zuckte die Schultern. »Es ist mir auch gleichgültig, ich will auf alle Fälle weg. Weg von ihnen.« Sie vergrub die Hände in den Taschen. »Eigentlich will ich das Haus gar nicht verkaufen, aber ich kann es nicht ertragen, hierzubleiben und ihren ständigen Sticheleien ausgesetzt zu sein. Verstehst du mich?«

Es war eine Bitte um Mitgefühl. Trotz all ihrer Einwände gegen Melanies Pläne sagte Erin: »Natürlich verstehe ich dich.«

»Danke, Erin, inzwischen kenne ich dich ja. Ich lasse einen Brief für meine Eltern hier und lege ihn auf den Tisch im Flur. Bitte gib ihn ihnen, wenn sie morgen kommen, um mich abzuholen.«

»Gerne würde ich mehr für dich tun.«

»Nein, ich werde mich bei dir melden. Ich habe deine Adresse und deine Telefonnummer in Houston notiert. Ganz gewiß ist es nicht nett von mir, einen Gast einfach so sitzenzulassen, aber ich muß es tun, es geht nicht anders.«

Erin lächelte. »Ich bin kein Gast, ich gehöre zur Familie.«

»Brauchen Sie noch etwas, Mrs. Lyman? Haben Sie genug Geld?« fragte Lance ruhig, der noch immer hinter Erin stand. Er befürwortete Melanies Entschluß voll und ganz.

»Ja, ich habe mein eigenes Konto. Es tut mir leid, daß ich Ihnen noch mehr Arbeit aufbürde, Mr. Barrett, aber wenn Sie all Ihre Sachen aus dem Haus geholt haben, würden Sie dann bitte den Schlüssel bei den Leuten nebenan abgeben? Ich habe ihnen schon Bescheid gesagt. Meine Nachbarin will sich in meiner Abwesenheit um das Haus kümmern, bis ich zurückkomme.«

»Abgemacht«, erklärte er.

Impulsiv ging Melanie zu ihm und lag im nächsten Augenblick in seinen Armen. »Ich danke Ihnen, daß Sie trotz allem so freundlich waren«, hörte Erin sie an seiner Brust murmeln. »Ich weiß, daß Sie Ihr möglichstes getan haben, um Ken zu finden und ihn mir wiederzubringen. Sie hätten ihn sicher gerecht behandelt, wenn Sie ihn gefunden hätten.«

Lance schloß für einen Augenblick die Augen. »Ich hätte Ihnen von Herzen gewünscht, daß es anders ausgegangen wäre, Mrs. Lyman.« Melanie löste sich aus seinen Armen und ging zur Tür.

»In gewisser Weise bin ich froh, daß Ken nicht ins Gefängnis gehen und noch mehr Schmach erleiden mußte. Er war schon so lange unglücklich. In seinem Brief an mich«, sie legte eine Hand an ihre Brust, und Erin nahm an, daß sie dort den Brief verborgen hielt, »hat er gesagt, daß er sich immer nach Anerkennung gesehnt hat. Ich denke, er hat das Geld nur deshalb genommen, weil er so die Aufmerksamkeit auf sich ziehen wollte, als hätte er gesagt: ›Ich lebe. Hier bin ich, Kenneth Lyman.‹ Ich bin zwar keine Psychologin, aber seine Motive sind mir plötzlich klargeworden. Und ich weiß, daß er mich geliebt hat, trotz allem.«

Erin rollten ganz von allein die Tränen über die Wangen, als sie ihre Schwägerin noch einmal in die Arme schloß. Sie und Lance standen an der Haustür, als Melanie ihren Wagen aus der Garage fuhr, ihnen zuwinkte und davonrollte.

»Glaubst du, sie wird es schaffen, Lance?« fragte Erin ein wenig ängstlich.

»Es wird ihr wesentlich bessergehen als bisher«, murmelte er, und seine Worte trösteten Erin. »Komm«, forderte er sie auf und grinste begütigend. »Ich werde dir dein Gesicht abwischen.« Er zog ein Taschentuch aus seiner Tasche und wischte ihr die Tränen von den Wangen. »Wie lange ist es eigentlich her, seit du etwas Vernünftiges gegessen hast?«

»Ich kann mich gar nicht mehr erinnern.« Sie runzelte die Stirn.

»Das habe ich mir gedacht«, bestätigte er. »Du bist schon

ganz dünn geworden.« Als wolle er es ihr beweisen, legte er eine Hand auf ihre Rippen und schob Erin dann in Richtung Küche. »Da drin ist genug zu essen für eine ganze Armee, und wenn wir es jetzt nicht essen, müssen wir es morgen wegwerfen. Auf die Plätze ...!«

Während Erin in der Küche ihren Teller füllte, ging Lance ins Wohnzimmer und hob den Hörer des roten Telefons ab. »Mike, sag den Jungs, sie sollen eine Pause machen und rüberkommen, um an dem Überfluß hier teilzunehmen.«

Lance trug keine Krawatte, die Ärmel seines Hemds hatte er hochgerollt, als er in die Küche zurückkam. »Das ist noch nicht genug«, er begutachtete ihren Teller. Trotz ihres lauten Protests nahm er noch ein gebratenes Hühnerbein und auch noch einen Löffel Kartoffelsalat und häufte beides auf ihren Teller.

»Ich werde zu fett«, wehrte sie ab, als er Anstalten machte, ihr noch mehr draufzupacken.

Er produzierte sein freundlich neckendes Grinsen, das sie so selten an ihm sah und das sie so bezauberte. »Unmöglich! Außerdem kenne ich an deinem Körper einige Stellen, die ein paar liebliche Polster ganz gut vertragen könnten.« Seine Augen blickten anzüglich auf ihre Brüste.

»Ich ...« Sie öffnete den Mund, um ihm zu widersprechen, doch in diesem Augenblick ging die Hintertür auf und die Männer polterten herein. Sie kannte nur Mike und Clark, aber es versammelten sich noch drei andere in der Küche. Sie war sicher, daß diese Männer sie kannten, und wußte auch, daß allesamt ihre Unterhaltung mit Bart gehört hatten. Die Bekanntmachung war ihr daher einigermaßen peinlich.

Alle verhielten sich ein wenig steif, über die Maßen höflich und viel zu still. Erin nahm an, daß ihre Zurückhaltung mit ihrer Anwesenheit zusammenhing. Schließlich hatte es heute eine Beerdigung gegeben, und jedermann kannte die Umstände. Um es sich selbst und auch ihnen ein wenig leichter zu machen, beschloß Erin, die Stimmung ein wenig aufzulockern.

Sie begann damit, den Männern einige entgegenkommende Fragen zu stellen, und es dauerte nicht lange, da antworteten sie ihr bereitwillig, ohne vorher Lance einen fragenden Blick um Erlaubnis zuzuwerfen. Die Schleusen waren geöffnet, und als sie zu Ende gegessen hatten und wieder aufbrachen, hatte es sogar spontanes Gelächter gegeben.

Erin sammelte die Pappteller ein und warf alles in den Abfalleimer. Lance bestand darauf, ihr zu helfen, zusammen spülten sie die Schüsseln und Töpfe. Dank der wackeren Kollegen war nicht viel übrig geblieben.

»Am besten bringe ich die Schüsseln morgen rüber zu der Nachbarin. Sie weiß sicher, wem sie gehören«, bot sich Lance an.

»Gute Idee.« Erin wischte die Anrichte mit einem feuchten Schwamm ab. Sie wollte ihn nicht fragen, aber es mußte heraus: »Wann wirst du abreisen?«

Lance antwortete nicht sofort. Er beschäftigte sich eingehend damit, den Plastiksack mit den Abfällen zuzubinden und ihn dann neben die Hintertür zu stellen, damit man ihn morgen hinaustragen konnte. »Wir bauen heute nacht all unsere Fahndungsgeräte ab. Ich habe noch einige Dinge zu erledigen; wenn ich es bis morgen nicht schaffe, werde ich wahrscheinlich erst übermorgen hier verschwinden. Und wie steht es mit dir?«

Erin vermied es, ihn anzusehen. Sie band die Schürze ab und hängte sie in den Schrank. »Ich weiß es nicht. Eigentlich hatte ich vor, noch ein paar Tage bei Melanie zu bleiben, aber jetzt ...« Sie hielt inne.

Als sie sich umwandte, stand er direkt hinter ihr. Er legte beide Hände auf ihre Schultern und massierte sie leicht. »Du bist erschöpft«, flüsterte er besorgt. »Es warten noch einige Papiere im Wohnzimmer auf mich. Ich schließe dann ab, wenn ich gehe. Geh du nur schon nach oben.«

Er schickte sie einfach weg. Sie hatte nicht so recht gewußt, was sie von ihm erwartete, aber vielleicht doch ein wenig mehr als nur einen Gute-Nacht-Gruß.

Als sie in den Flur trat, hörte sie hinter sich seine Stimme. »Erin?« Sie blieb stehen, ihr Herz begann schneller zu schlagen, dann drehte sie sich herum. Er schaute sie nicht an, sondern stand mit dem Rücken zu ihr und starrte aus dem Fenster. »Ja?« Lance, dreh dich um! schrie alles in ihr.

»Wenn dir heute nacht etwas fehlt, brauchst du nur den Hörer des roten Telefons aufzuheben. Wir lassen es bis morgen angeschlossen.«

War das alles? Hatte er ihr sonst nichts zu sagen?

»Okay«, antwortete sie enttäuscht und schlich die Treppe hinauf.

Mechanisch kleidete sie sich aus und machte sich bereit fürs Bett. Als sie dann unter die Decke schlüpfte, waren das Bett, das Zimmer, das Haus genauso kalt und leer wie ihr Herz.

Es ergibt doch alles einen Sinn, schalt Erin sich selbst. Du liebe Zeit, was hatte sie denn erwartet? Er tat seinen Job, und morgen war dieser Job zu Ende. Er würde nach Washington zurückfahren und auf seinen nächsten Einsatz warten. Erin O'Shea würde wahrscheinlich in dem Bericht erwähnt werden, den er ablieferte, und irgendwann einmal würde er sich an sie erinnern, doch ihre Affäre wäre bald vergessen ebenso wie die Erinnerung an ihr Gesicht.

Er hatte sie recht amüsant gefunden, eine Ablenkung bei einem schwierigen Fall. Sie bot ihm bei dem Druck, unter dem er während seiner Arbeit stand, eine willkommene Zerstreuung.

Aber wie konnte er sie jetzt schon ad acta legen? Erinnerte er sich denn nicht, was in diesem Zimmer geschehen war? In diesem Bett? Die vier Wände schienen das Echo der unverständlichen, leidenschaftlichen Worte, die sie in sein Ohr geflüstert hatte, zurückzuwerfen. Sie hatten doch wie ein Liebeslied klingen sollen.

Kindisch! Einfältig! schalt sie sich selbst.

Sie konnte auch ihn immer noch hören. »Oh, meine Süße ... du bist bereit ... perfekt, perfekt. Du fühlst dich ... Erin, ich werde warten ... Erin ... Erin ... Erin ...«

Es war spät in der Nacht, als sie aufwachte, wahrscheinlich schon nach Mitternacht. Trotz der Stille im Haus konnte sie nicht mehr einschlafen. Nachdem sie die Decke zurechtgezogen, ins Bad gegangen und sich dann eine Weile ruhelos im Bett hin- und hergeworfen hatte, kam sie auf die Idee, sich etwas zu trinken zu holen.

Sie kroch aus dem Bett, zog einen Morgenmantel über, machte sich aber nicht die Mühe, ihre Hausschuhe anzuziehen. Ohne Licht tappte sie leise nach unten. Am Fuß der Treppe angekommen, schlug Entsetzen über ihr zusammen.

Das Haus brannte!

In Panik fuhr ihre Hand zum Hals. Ihr Herz raste. Sekunden vergingen, ehe sie begriff, daß sie sich geirrt hatte. Kein Rauch stieg ihr in die Nase, das Feuer schien sich auf das Arbeitszimmer zu beschränken.

Mit zitternden Knien ging sie durch den dunklen Flur und wagte einen Blick nach vorn: Es brannte kein Licht, doch im Kamin, der bis jetzt nicht benutzt worden war, knisterte ein Feuer.

Erstaunt schritt sie über die Schwelle, doch dann blieb sie wie angewurzelt stehen. Lance lag in dem Sessel, in dem er schon einmal geschlafen hatte. In einer Hand hielt er ein leeres Glas, neben seinem Ellbogen auf dem Tisch stand eine Flasche Brandy.

Mutig schritt sie weiter, der Mann schlief tief und fest. Sie lächelte zärtlich, als sie bemerkte, daß er die Brille auf den Kopf geschoben hatte. Sein zerzaustes Haar leuchtete im Schein des Feuers golden.

Auf Zehenspitzen schlich sie sich noch näher und betrachtete sein Gesicht. Ihr Herz schwoll vor Liebe. Liebe? Ja! Sie liebte ihn, ein herrliches und zugleich schmerzliches Gefühl. Es gab eine Million Gründe, warum es falsch war, ihn zu lieben, aber in diesem Augenblick richteten all die Hindernisse in ihrem Kopf nichts aus gegen den Sturm der Gefühle, die sie überfluteten.

Hoffentlich würde sie ihn nicht aufwecken, zaghaft streckte sie die Hand aus und nahm ihm die Brille vom Kopf. Er bewegte sich nicht. Sie legte die Brille auf den Tisch. Sein

Haar schien lebendig zu werden im Schein des Feuers, die Versuchung, es zu berühren war mächtiger als ihre Vorsicht.

Die goldbraunen Strähnen zwischen ihren Fingern fühlten sich an wie das Fell eines Welpen, als sie ihm eine widerspenstige Locke aus der Stirn strich. Er öffnete die Augen.

Eine Ewigkeit blieben ihre Blicke ineinander versunken. Sie wagten beide nicht zu atmen, weil sie fürchteten, diesen träumerischen Zauber zu zerstören, dem sie sich ganz hingaben. Sie schienen nicht genug zu bekommen vom Anblick des anderen.

Er bewegte sich nicht, hob nur die Hand und nahm die von Erin, die sie immer noch über seinen Kopf hielt. Fest und warm umschlossen seine Finger die ihren. Er zog ihre Hand an seine Wange und preßte sie dagegen. Nur wenig bewegte er den Kopf, dann drückte er den Mund in ihre Handfläche, und Erin fühlte, wie sich seine Zungenspitze hervorwagte. Er küßte ihre Hand mit einer Inbrunst, die nur das Vorspiel zu einem Liebesakt sein konnte.

Langsam, als hätten sie die Schwerkraft überwunden, zog er sie auf seinen Schoß. Das Glas, das er noch immer in der Hand hielt, fiel mit einem leisen Splittern auf den Boden. Sie schmiegte sich auf seinen Schoß, die Beine legte sie über seinen rechten Oberschenkel. Er schob ihren Morgenmantel beiseite und barg sein Gesicht an ihrem Hals.

»Erin, wenn du ein Traum bist, hoffe ich, daß ich niemals aufwache.« Seine Stimme war drängend und voll unterdrückter Leidenschaft.

Sie legte den Kopf zurück, damit seine suchenden Lippen ihren Hals erreichen konnten. »Lance, ich bin kein Traum. Ich bin nur zu wirklich. Lance …« Seine Lippen preßten sich auf ihre und erstickten alle weiteren Worte. Er zog sie eng an sich. Das laute Klopfen seines Herzens dröhnte in ihren Ohren, ihre Lippen verschmolzen, erhitzt von der Flamme, die in ihnen brannte.

»Du schmeckst schon wieder nach Brandy«, meinte sie, als sich ihre Lippen voneinander lösten. Sie knabberte an seiner Unterlippe. »Bist du etwa diesem Zeug verfallen?«

»Dem hier bin ich verfallen«, murmelte er und streichelte ihr Ohr mit seiner Zungenspitze. »Und dem hier.« Er bedeckte ihr Gesicht mit vielen kleinen Küssen. »Und diesem.« Jetzt preßte er sein Kinn auf ihr Dekolleté. »Und diesem«, stöhnte er auf an ihren Brüsten. Mit einer Hand umfaßte er sie leicht, dann glitt seine Hand tiefer, über ihren Magen und ihren Bauch und schloß sich über dem Hügel, wo ihr Schoß in ihre Schenkel überging. Er drückte seine Hand fest dagegen.

Erins Knie zitterten, eine Art Rausch breitete sich in ihr aus und machte sie bereit für ihn, kündete von einem unstillbaren Verlangen. Ihr Körper wollte mehr, sie schlang die Arme um seinen Hals und zog ihn an sich.

Er umfaßte ihre Schultern und sah ihr tief in die Augen. »Erin, heute nacht verlange ich mehr nach dir, als ich je in meinem Leben nach einer Frau verlangt habe. Aber ich könnte es nicht ertragen, dich auszunutzen, gerade jetzt, wo du so verletzbar bist. Du hast einen schweren Tag hinter dir, deine Gefühle sind über die Maßen beansprucht worden. Bist du ganz sicher, daß du mich jetzt willst?«

Statt einer Antwort schob sie seine Hände sanft von ihren Schultern. Dann entledigte sie sich mit Schwung ihres Morgenmantels. Er sog scharf den Atem ein, als er ihr Nachthemd sah. Es war das gleiche, das er am ersten Tag in diesem Zimmer in der Hand gehalten hatte. Die blaßblaue Seide ließ ihre Haut durchsichtig schimmern. Die Brüsseler Spitze am Oberteil schloß sich eng um ihre Brüste und überließ nichts der Phantasie.

»Erin ...«, brachte er mit erstickter Stimme hervor.

Seine entwaffnende Bewunderung machte sie kühn. Sie schob die dünnen Träger einen nach dem anderen über die Schultern hinunter. Es dauerte nur einen Herzschlag lang, dann stand sie bis zur Taille entblößt vor ihm.

Er betrachtete sie wie geblendet. Der Schein des Feuers warf einen goldenen Schein auf ihren Körper und zauberte glänzende Lichter in ihr Haar. Sie war die wunderschönste Frau, die er je gesehen hatte. Und auch die zarteste. Wieder fragte er sich, ob sie wirklich existierte.

Um sich davon zu überzeugen, streckte er den Zeigefinger aus und strich damit sanft über ihre Brust. Fasziniert beobachtete er, wie sie sofort reagierte. Er beugte den Kopf zu ihr hinunter und berührte dann die hart aufgerichtete Knospe mit seiner Zunge. Er hörte über das rasende Klopfen seines Herzens hinweg, wie Erin seinen Namen hauchte. Er hatte gewußt, daß es ihm nicht genügen würde, sie nur einmal zu schmecken, deshalb legten sich seine Lippen auf ihren Busen, er saugte daran, und der Geschmack machte ihn schwindlig.

Er stand auf und hob sie hoch, dabei fiel ihr Nachthemd zu Boden. Mit ihr auf dem Arm tat er einige Schritte rückwärts und legte sie dann auf den Teppich vor dem Kamin.

Es überraschte ihn, wie schon zuvor, als sie ihm so offen dabei zusah, wie er sich entkleidete. Zum ersten Mal in seinem Leben als erwachsener Mann war er befangen. Doch ihre Hände, die ihn zu sich zogen, ließen schnell seine Ängste, daß sie ihn vielleicht nicht vollkommen finden könnte, verschwinden.

Er küßte sie leidenschaftlich, preßte ihren sanften Körper an seinen. Im Kamin knisterte das Holz, seine Musik war eine herrliche Begleitung zu ihrem Liebesgeflüster.

Erin hatte nie zuvor diese hilflose Hingabe gefühlt, dennoch genoß sie ihr Ausgeliefertsein. Lance eroberte ihren Körper, ihre Gedanken und ihre Seele, doch sie wehrte sich nicht. Seine Hände und sein Mund waren die Waffen, die er in diesem Turnier gekonnt einsetzte, den Sieg schließlich vollzog er mit unsäglicher Zärtlichkeit.

Er liebte sie auf unterschiedlichste Weisen, die sie sich nie hätte vorstellen können. Er kniete vor dem Eingang zu ihrer Weiblichkeit, streichelte und küßte sie, brachte sie bis an die Schwelle der Erfüllung, dann holte er sie in die Wirklichkeit zurück, nur um sie dann über diese Schwelle hinwegzutragen, wieder und wieder fachte er ihre Leidenschaft an.

Ihre Hände glitten über seinen Körper, sie sah zu, wie sich seine Muskeln unter ihren Fingerspitzen anspannten. Sein mächtiger Brustkorb wölbte sich unter ihrer Berührung. Schüchternheit überkam sie, als sie über seinen Nabel hinweg nach unten strich und dann mit dem gelockten goldenen Haar spielte.

Sein ganzer Körper spannte sich vor Ungeduld. Er wartete. Und als sie dann endlich ankam, stieß er den lang angehaltenen Atem in zitternder Erleichterung aus.

»Ja, Erin. Berühre mich. Du sollst dich nie vor mir fürchten. Nie. Berühre mich. Berühre mich ...«

Seine unzusammenhängenden Worte gaben ihr das nötige Selbstvertrauen und weckten ein Verlangen, das sie zuvor noch nicht gekannt hatte. Sie wurde kühner, ihre Hand schloß sich um ihn, und sie hoffte, ihm damit Freude zu bereiten. Die pulsierende Kraft, die sie unter ihren Fingern fühlte und sein leises Aufkeuchen waren Beweis genug, daß er ihre Verwegenheit begrüßte.

Er legte seine Hand auf ihre und hielt sie fest. »Du verzauberst mich auf eine Art und Weise, die mir noch nie begegnet ist, Erin«, flüsterte er. »Du bist ... du bist ...«

Er konnte den Satz nicht mehr beenden. Ihre Vereinigung war süß und schnell und vollkommen. Einen Augenblick später, als sie in seinen Armen lag, hob er den Kopf und sah ihr in die halbgeschlossenen Augen.

»Du bist ein Wunder.«

11. Kapitel

»Hey, Schlafmütze!«

Erin schmiegte sich an den warmen Körper neben ihr und protestierte mit einem leisen Murmeln. Sie legte ein Bein über den haarigen Schenkel an ihrer Seite.

»Wir stehen lieber auf«, sagte Lance an ihrem Ohr. Doch sofort strafte er seine eigenen Worte Lügen, denn er knabberte genüßlich an ihrem Ohrläppchen.

»Nein«, murmelte Erin in das Kissen, als sie sich noch näher an ihn schmiegte und mit ihren Brüsten über seinen Oberkörper strich.

»Hast du vergessen, daß ich hier ein wichtiger Mann bin?« Seine Hände konnten nicht widerstehen, er mußte dieses verlockende, sanfte Fleisch berühren, das unter seinen Fingern zum Leben erwachte. »Meine Männer warten auf mein Kommando. Ich kann nicht den ganzen Tag mit einem unersättlichen Weib im Bett herumtoben.«

Sie gab ihm einen Klaps auf den nackten Po. »Wer ist hier unersättlich?« Sie hob ein wenig den Kopf, um ihn auf den Hals zu küssen. Gleichzeitig schob sie ihr Knie hoch und bekam auch sofort die erwartete Reaktion zu spüren. Er rollte sie auf den Rücken und küßte sie, trank von ihren Lippen wie ein Verdurstender. Doch als sie dann in seinen Armen weich und nachgiebig wurde, gab er ihre Lippen frei, ließ sie los und legte seine Stirn gegen ihre.

»Du kannst einen Heiligen in Versuchung führen, Erin O'Shea, aber Mist, ich muß wirklich aufstehen. Es ist schon beinahe acht Uhr.« Er schwang die Beine aus dem Bett. Irgendwann in der Nacht waren sie ins Gästezimmer übergewechselt. Jetzt zog er seine Boxer-Shorts an.

Erin, deren Körper noch immer unter den Auswirkungen dieser Liebesnacht glühte, rückte zur Bettkante und schlang ihre Arme um seine Taille, ihre Wange lag an seinem Bauch.

»Lance«, sagte sie weinerlich. »Mußt du denn wirklich so früh aufstehen?« Ihre Hände streichelten seine Hüften und die Rückseite seiner Oberschenkel. Mit den Fingernägeln fuhr sie über die empfindliche Haut der Innenseiten, gleichzeitig drängte sie ihre Brüste gegen ihn.

»Erin ...« Er hielt den Atem an, als er ihre Zungenspitze auf seiner nackten Haut fühlte. Mit aller Kraft versuchte er die Kontrolle, die ihm zu entgleiten drohte, aufrechtzuerhalten. »Erin«, drohte er mit erhobenem Zeigefinger. »Du willst es ja nicht anders.«

Triumphierend sah sie zu ihm auf. »Hmm.« Langsam schob sie die Unterhose, die plötzlich zu eng geworden zu sein schien, wieder über seine Schenkel hinunter.

Er kaute lächelnd auf seinen Mundwinkeln. »Weißt du eigentlich, was mein Motto ist?«

»Nein.« Sie schüttelte den Kopf, und ihr Haar streichelte seine Brust. »Was denn?«

»Man soll den Leuten immer das geben, was sie wollen.« Die Matratze bewegte sich unter seinem Gewicht, als er sich über sie schob und sie hastig in seine Arme zog.

Er ließ sie verträumt im Bett zurück, während er duschte, sich rasierte und anzog. Dann kam er zurück ins Zimmer, beugte sich über sie und küßte sie auf die Wange. »Ich werde uns Kaffee machen.«

Der Blick, mit dem sie ihn ansah, war voller Liebe. Sie nickte. »Ich komme gleich runter«, sagte sie.

Nachem er die Tür hinter sich geschlossen hatte, reckte Erin sich wie eine satte Katze, dann vergrub sie das Gesicht in dem Kissen, auf dem Lance geschlafen hatte; tief atmete sie den Duft ein, der noch darin hing.

War Liebe so? Kannten auch andere Menschen auf der Welt dieses herrliche Gefühl der Erregung, das einem durch den Körper rann und jeden einzelnen Nerv im Körper lebendig machte? Würde ihr Herz diese Hochstimmung immer ertragen können, brennen vor Liebe zu diesem Mann?

In der letzten Nacht hatte er ihre wildesten Phantasien übertroffen, als er ihr zeigte, wozu ein liebender Mann fähig war. Ihre körperlichen Intimitäten hatten keinerlei Scham überwinden müssen. Auch die Dauer ihres Liebesspiels variierte, einmal war es wild und gierig, das andere Mal langsam und zärtlich, und sie zögerten den Höhepunkt so lange hinaus, bis er von selbst über sie hereinstürzte.

Zwischen diesen Ausbrüchen der Ekstase teilten sie sich ihre geheimsten Ängste, Träume und Gedanken mit. Sie erinnerten sich an ihre Kindheit, an Geschichten aus ihrer Jugend und lachten darüber. Kleine Dinge wurden plötzlich überaus wichtig, jeder wollte die Erlebnisse des andern so weit wie möglich nachvollziehen.

In allem, was er tat, spürte Erin Lances Liebe. Jeder Blick, jede Berührung sprach von seinen Gefühlen, auch wenn er ihnen bis jetzt noch nicht mit Worten Ausdruck verliehen hatte.

Als sie aus dem Bett kletterte, trug die Vorfreude, ihn gleich wiederzusehen, viel zu ihrer neu erwachenden Energie bei, und sie wußte, daß seine Liebeserklärung nur eine Frage der Zeit war. Er würde sie nicht mehr so einfach aus seinem Leben verschwinden lassen. Sie mußten einen Weg finden, ihre grundsätzlich verschiedenen Arten zu leben, ihre beiden Karrieren miteinander in Einklang zu bringen. Der gute Wille war vielfach vorhanden.

Lance. Lance Barrett. Lawrence Barrett. Sie liebte diesen Namen und sprach ihn immer wieder laut aus, in der gekachelten Dusche, zum Rauschen des Wassers.

Erin wählte eine schwarze Wollhose, und weil sie sich heute morgen so unwiderstehlich fühlte, zog sie dazu eine rosa Georgettebluse an. Spitzeneinsätze um den Kragen gaben einen verlockenden Blick auf die cremig zarte Haut darunter frei. Sie tupfte sich ein aufregendes Parfum hinter die Ohren und an ihren Hals und gab dann auch frivol etwas davon zwischen ihre Brüste. Sie prickelten noch von den Liebkosungen der Nacht.

Unten sprach sie mit Mike, der Leuten von der Telefongesellschaft dabei half, das rote Telefon abzubauen. Er sah sie an und wünschte ihr fröhlich einen guten Morgen. Ob er wußte, wo Lance die Nacht verbracht hatte? Machte sie sich etwas daraus, daß er es wußte? Nein! Der Duft von frisch aufgebrühtem Kaffee führte sie in die Küche. Lance stand an der Anrichte und bestrich gerade zwei Scheiben Toast mit Butter.

Sie trat hinter ihn und schlang die Arme um seine Taille.

»Guten Morgen, Mr. Barrett«, flötete sie. Ihre Hand schlüpfte unter seinen Gürtel.

»Guten Morgen, Miss O'Shea. Ich hoffe, Sie hatten eine geruhsame Nacht.« Er drängte seinen Po gegen sie.

Erin kicherte. »Geruhsam würde ich nicht gerade behaupten, aber sie war recht angenehm, vielen Dank.« Leise, mit einem verführerischen Unterton in der Stimme, fügte sie hinzu: »Für alles.« Ihre Hand schob sein Hemd in der Hose auseinander, dann berührte sie ihn mit kühnem Griff.

Das Messer, das er in der Hand gehalten hatte, fiel klirrend auf die Anrichte. »Miss O'Shea, ich sollte Sie vielleicht warnen ... ahhh, Erin ... warnen, daß es gegen das Gesetz verstößt, einen Angestellten der Regierung in ... in Verlegenheit zu bringen.« Die Unsicherheit in seiner Stimme paßte zu dem plötzlich pfeifenden Atem.

»Ist das amtlich?« forderte sie ihn heraus.

»Ja.« Er sog scharf den Atem ein. »Oh, bitte sehr«, stieß er zwischen den zusammengebissenen Zähnen hervor. »Du hörst besser auf mit dem, was du da tust, sonst ...«

»Sonst was?« wollte sie wissen.

Er wirbelte herum und schwang einen Arm um sie, zog sie an sich, bis sie fühlen konnte, was ihre suchenden Finger angerichtet hatten. Aus seinen Augen leuchtete ihr das Verlangen entgegen. »Du weißt schon, was sonst passiert«, brummte er. Dann küßte er sie geschwind, doch voller Leidenschaft, auf den Mund und schob sie von sich. Anerkennend betrachtete er sie von Kopf bis Fuß.

»Wie kannst du nur so engelhaft aussehen, wo ich doch weiß, daß unter deinem unschuldigen Äußeren das Herz einer Sirene schlägt?«

Erin stützte beide Fäuste in die Hüften, eine Geste, die den dünnen Stoff der Bluse über ihren Brüsten herausfordernd spannte. »Wie kannst du nur etwas so Hinterlistiges von mir behaupten?« fragte sie hochmütig. »Du mußt wissen ...«

»Was muß ich wissen?«

»Du mußt wissen«, sie lächelte verschmitzt, »daß du mit dieser Behauptung absolut richtig liegst.« Sie hob ihm die Lippen entgegen, als sein Kopf sich zu ihr senkte, doch ausgerechnet in diesem Augenblick läutete es an der Tür.

»Die Türglocke hat dich gerettet, Miss O'Shea, vor einem Schicksal, das dir einiges beschert hätte!«

»Wie schade!«

»Geh und sieh nach, wer es ist. Mike ist beschäftigt, und ich möchte diesen Toast essen. Aus mir schleierhaften Gründen habe ich heute morgen einen Bärenappetit.«

»Dein Appetit erstreckt sich auf Verschiedenstes.« Sie blinzelte ihm zu.

Er gab ihr einen frechen Klaps auf den Po, als sie aus der Küche lief.

Sie lächelte noch immer, als sie die Haustür öffnete. »Bart!« schrie sie entsetzt auf, denn niemand anders als ihr Verlobter stand vor ihr.

»Hi, Süße«, begrüßte er sie ein wenig schüchtern. »Ich wollte dich nicht erschrecken ... hatte auch nicht damit gerechnet, daß du mir die Tür öffnen würdest.«

Erin war kreidebleich geworden, ihr Herz schlug ihr bis zum Hals. Sie hatte schon seit Stunden nicht mehr an Bart gedacht. Oder seit Tagen? Entschieden nicht mehr seit der letzten Nacht. Ihn jetzt so plötzlich vor sich zu sehen, war ein unerhörter Schock.

»Baby, ich weiß, daß du die Hölle durchgemacht haben mußt, aber ich bin so müde. Darf ich reinkommen?«

Erin war noch viel zu benommen, um klar denken zu können. »Oh … aber natürlich«, antwortete sie. »Es tut mir leid. Es … ich bin ganz einfach überrascht dich zu sehen, daran liegt es.«

Er betrat das Haus, und alles schien plötzlich zu schrumpfen. Seine Anwesenheit war überwältigend, er beanspruchte allen vorhandenen Sauerstoff. Erin konnte plötzlich nicht mehr atmen, sie rang nach Luft, um ihre schmachtenden Lungen zu füllen.

»Bart, wie …? Warum …?« Sie brachte keinen zusammenhängenden Satz heraus.

»Meine Süße, ich bin ein wenig ärgerlich auf dich. Warum hast du mir nichts von den Schwierigkeiten erzählt, in die dein Bruder verwickelt war? Ich bin doch ein Champion im Bereinigen von Schwierigkeiten, vielleicht hätte ich euch helfen können. Gestern habe ich die ganze Sache in Houston in der Zeitung gelesen, der Name ist mir förmlich ins Gesicht gesprungen. Dann habe ich schnell einige Geschäftstermine verschoben und mich gestern abend von Jim herfliegen lassen.«

Erin wußte, daß durch Kens Tod die ganze Geschichte mit der Unterschlagung ans Tageslicht gekommen war. Die Nachrichten hatten landesweit darüber berichtet. Eine so ungewöhnliche Sache konnte man gar nicht geheimhalten. Natürlich hatte Bart, der jeden Tag mehrere Zeitungen las, die Tragödie erfahren und sich gleich an den Namen ihres Bruders erinnert. Umgehend hatte er sich von dem Piloten seines Lear Jets nach San Francisco fliegen lassen.

»Warum hast du mir nichts von der ganzen Geschichte verraten, damit ich dir helfen konnte, Süße?«

»Ich habe es eben nicht getan«, fuhr Erin ihn an. Doch als sie sah, daß sie ihn mit ihrer Schroffheit gekränkt hatte, zügelte sie sich. »Tut mir leid, Bart, ich wollte nicht so böse sein. Die letzten Tage waren aufreibend.«

»Ich weiß, Baby. Aber jetzt bin ich ja bei dir. Du brauchst dir keinen Kummer mehr zu machen.« Er legte einen Arm um ihre Schultern und zog sie an sich. In einer fürsorglichen Geste drückte er sie an seine Brust und tätschelte ihren Kopf. »Ich habe dich so vermißt.« Seine Stimme hatte einen Unterton, den Erin sehr gut kannte.

Sie kämpfte gegen die plötzliche Ablehnung, die sie ergriffen hatte. Doch als er einen Finger unter ihr Kinn legte und ihren Kopf zu sich hob, wehrte sie sich nicht. Dies war nicht die richtige Zeit und auch nicht der richtige Ort, um ihn vor die vollendete Tatsache zu stellen, daß sie sich in einen anderen Mann verliebt hatte.

Der Kuß begann mit einer beinahe väterlichen Zärtlichkeit, doch dann wurde er eindringlicher, besitzergreifender. Er hielt sie in seinen Armen gegen seinen massiven Körper gedrückt, so fest, daß sie sich nicht befreien konnte. Bart war nicht dick, doch er besaß stahlharte Muskeln. Ihn zeichnete nicht die sehnige Kraft und Schlankheit eines ... Läufers aus. So wie Lance. Niemand sah so aus oder fühlte sich so an wie Lance.

Lance. Lance. Sie mußte Bart von Lance erzählen. Schmeckte er denn nicht Lances Küsse auf ihren Lippen? Spürte er nicht in ihrem Zögern, daß sie von einem anderen geküßt werden wollte?

Sie rang nach Luft, als Bart sie endlich losließ. »Darauf habe ich schon die ganze Woche gewartet«, erklärte er mit einem glücklichen Lächeln.

Hinter ihnen räusperte sich jemand, und als Erin herumwirbelte, entdeckte sie Lance, der lässig im Türrahmen lehnte. Seine Haltung trog. In den blauen Augen leuchtete ein eisiges Licht, sein Kinn hatte er in dieser arroganten Art gehoben, die sie schon bei ihrer allerersten Begegnung abgestoßen hatte. Die Kiefer waren angespannt, weil er die Zähne zusammenpreßte.

»Wollen Sie mich nicht Ihrem … Ihrem Freund vorstellen, Miss O'Shea?« fragte er gedehnt.

Sie versuchte, ihm in die Augen zu sehen, ihn mit ihren Blicken um Geduld und Verständnis zu bitten, doch er wich aus, fixierte Bart.

»Äh … Bart Stanton, das ist Lance Barrett, er arbeitet im Finanzministerium. Lance hat Kens Fall bearbeitet.«

»Erfreut, Sie kennenzulernen, Mr. Barrett«, begrüßte Bart Lance herzlich, er ging zu ihm hinüber und schüttelte seine Hand mit der ihm üblichen Überschwenglichkeit.

»Stanton.« Lance nickte knapp.

Bart mußte die Reserviertheit bemerkt haben, denn er zog schnell seine Hand zurück und warf Lance einen prüfenden Blick zu. »Es hat da wohl eine ungewöhnliche Wendung gegeben in diesem Fall, nicht wahr, Mr. Barrett?« fragte Bart. »Sind alle Ihre Fälle so interessant?«

»Nein. Dieser hier war ganz besonders … anregend.« Lance warf Erin einen sarkastischen Blick zu, und sie wurde rot bis unter die Haarwurzeln. Seine Wortwahl ließ jede erdenkliche Spekulation zu.

»Ich wünschte, ihr beide würdet über meinen Bruder nicht als ›Fall‹ sprechen!« rief sie in einem Anflug von Selbstverteidigung. »Er ist tot.« Sie barg ihr Gesicht in beiden Händen, um ihnen nicht zu zeigen, wie verletzt sie war von Lances grausamen Worten. Warum benahm er sich nur so? Ein kalter Stein schien sich an die Stelle seines Herzens gewälzt zu haben, das so leidenschaftlich für sie geschlagen hatte.

Bart zog sie wieder in seine Arme. »Es tut mir leid, mein Schatz. Du hast ja recht.« Besorgt tätschelte er ihre Schulter. »Ich würde gern deine Schwägerin kennenlernen. Melanie? So heißt sie doch, nicht wahr?«

Erin hob voller Verzweiflung den Kopf. »Sie ... sie ist nicht da. Sie ist gestern abend weggefahren, gleich nach der Beerdigung.«

»Sie ist weggefahren? Was willst du damit sagen? Sie hat dich hier allein gelassen?«

Erin warf einen erbarmungswürdigen Blick zu Lance hinüber. »Ja.« Als sie sah, daß Bart weitersprechen wollte, unterbrach sie ihn schnell. »Ihre Eltern sind ganz entsetzliche Menschen, Bart. Sie wollte ihnen eine Weile entkommen. Ich kann es ihr nicht verdenken, daß sie abgereist ist.«

»Nun, ich wünschte nur, du wärst hier nicht zurückgeblieben. Hätte ich das gewußt, wäre ich schon gestern abend gekommen, gleich nach der Landung.«

Erins Knie wurden weich bei dem Gedanken, daß Bart hier angekommen wäre, während sie und Lance einander nackt in Armen gehalten hatten, vor dem Kamin. Sie griff nach dem kleinen Tisch, der im Flur stand, um sich zu stützen.

»Ich habe auf sie aufgepaßt, Mr. Stanton«, meinte Lance lakonisch. »Ich bin den größten Teil der Nacht über wach gewesen.«

Die Zweideutigkeit seiner Worte war so offensichtlich, daß Erin schon glaubte, Bart würde es verstehen. Vernichtet schloß sie die Augen.

Offensichtlich hatte Bart diese Zweideutigkeit aber nicht herausgehört. »Süße, du siehst wirklich mitgenommen aus«, meinte er. »Ist alles in Ordnung?«

Als Erin die Augen öffnete, erkannte sie, daß er sich zu ihr herunterbeugte, sein wettergegerbtes Gesicht war besorgt verzogen. »Ja«, stotterte sie. »Ich bin nur ein wenig müde.«

»Jetzt, wo Melanie nicht mehr hier ist, brauchst du doch nicht zu bleiben, oder?« fragte er leise.

Sie blickte zu Lance, dessen Nonchalance sich nicht geändert hatte. Dennoch bemerkte sie, daß er auf dem Sprung war. Sie hob den Blick und sah ihm tief in die Augen, suchte nach einem Anzeichen von Zärtlichkeit, das sie zuvor in ihnen gelesen hatte, doch davon war nichts mehr zu erkennen. Seine Augen blickten unpersönlich und genauso undurchdringlich, als stünde zwischen ihnen eine Wand aus Stahl.

Sie konnte jetzt nicht abreisen! Sie mußte wissen, was er dachte. Die letzte Nacht war der Himmel gewesen für sie, für ihn mußte sich diese Nacht genauso endgültig eingeprägt haben. Er hatte doch nicht nur so tun können, als bedeute sie ihm etwas? Wenn sie jetzt abreiste, würde sie es nie erfahren.

»Bart, ich …«, begann sie.

»Wo ist denn dein Ring?«

Bart hatte ihre Hand genommen und sofort bemerkt, daß

sie den Ring mit dem Diamanten nicht mehr trug. Wortlos blickte Erin zu ihm auf, verzweifelt wühlte sie in ihrem Innern nach einer Antwort. Doch die Antwort kam aus einer anderen Ecke.

»Sie hat ihn meinetwegen ausgezogen.«

Sie und Bart wandten gleichzeitig den Kopf und starrten Lance an. Er sah Erin in die Augen. Würde er Bart von ihnen erzählen? Ja! Es wäre furchtbar, doch ein klarer Schnitt. Er würde offen seine Liebe zu ihr erklären. Ihr Herz schwoll an vor Dankbarkeit.

Doch als sie ihn erwartungsvoll ansah, fand sie einen Blick vor, der nicht warm und liebevoll sanft war, sondern kalt und eisig. Es lag etwas darin ... was? Herausforderung. Er wartete lange, dann verzog er angewidert den Mund und schaute Bart an. »Da wir zu Beginn nicht wußten, welche Ausmaße dieses Verbrechen annehmen würde, fand ich es besser, daß die Damen keinen so wertvollen Schmuck trugen. Deshalb habe ich Miss O'Shea gebeten, zu ihrem eigenen Schutz den Ring abzuziehen.«

Es war eine tollkühne Lüge, doch Bart schluckte sie: »Oh, ich verstehe. Danke, Mr. Barrett.« Er wandte sich Erin zu, die zur Salzsäule erstarrt war. »Wie lange wird es dauern, bis du deine Sachen gepackt hast?«

Noch einmal sah sie zu Lance hinüber, doch der heftete seine Blicke auf den Boden. Er hatte nicht die Absicht, Bart das geringste zu verraten. Seine einzige Absicht war es, Beleidigungen in ihre Richtung auszusprechen, damit Bart als ein Dummkopf dastand und sie sich schämen mußte für das, was sie aus Liebe getan hatte. Sein Spott verkündete ihren Betrug an Bart mit Pauken und Trompeten.

Endlich hob Lance den Kopf und sah sie an. Ihr Herz zog sich schmerzlich zusammen, als sie seinem unerbittlichen Blick begegnete, der ihr deutlich sagte, daß die Intimitäten einer glücklichen Nacht für ihn nicht mehr gewesen waren als ein willkommenes Intermezzo.

Sie ließ den Kopf hängen. »Es wird nicht lange dauern«, und dann stieg sie mit schweren Schritten die Treppe hinauf.

Später konnte sie sich gar nicht mehr daran erinnern, wie sie ihre Koffer gepackt und sich im Gästezimmer umgesehen hatte, ob sie nicht etwas vergessen hatte. Allerdings wußte sie noch, daß sie den Ring aus dem Schmuckkästchen genommen und wieder an ihren Finger gesteckt hatte. Doch ihre Meinung hatte sie nicht geändert. Sie würde Bart niemals heiraten können, aber das mußte warten. Später würde sie es ihm sagen. Der Ring schien sie zu Boden zu drücken, wie ein Würgeeisen um ihren Hals.

Der nächste Gedanke wurde ihr erst bewußt, als sie im Flur stand. »Ich bin mit dem Taxi vom Flughafen gekommen«, hörte sie Bart sagen. »Wir können deinen Mietwagen nehmen und ihn am Flughafen abgeben, ehe wir uns mit Jim treffen.«

»Ja«, antwortete sie gefügig, und es wäre ihr ebenso recht gewesen, zu Fuß nach Houston zurückzukehren.

»Komm, Süße, ich bringe dein Gepäck zum Wagen.«

Er ging mit ihren Koffern die kleine Vortreppe hinunter, und Erin blieb im Flur zurück mit Lance und Mike.

»Auf Wiedersehen, Mike«, sagte sie, es fiel ihr auf, daß sie nicht einmal seinen Familiennamen wußte.

»Miss O'Shea.« Er beugte den Kopf und nickte ihr höflich zu.

Lance kam mit lässigen Schritten näher. Er nahm ihre Hand. Die Mundwinkel hatte er in einem wissenden Lächeln hochgezogen. »Miss O'Shea, ich kann Ihnen gar nicht sagen, was für eine Freude es war ... Sie kennengelernt zu haben.« Seine Blicke glitten über die Stellen ihres Körpers, die er so gut kennengelernt hatte.

Es war eine bestplazierte Beleidigung, mit einem Ruck entriß sie ihm die Hand. Voller Abscheu sah sie zu ihm auf, ehe sie auf dem Absatz kehrtmachte und durch die offene Tür hinausrauschte zum Auto. Lance schloß die Tür nicht gleich, er sah ihr nach, bis der weiße Mercedes hinter der nächsten Kurve seinen Blicken entschwand. Dann sackte er zusammen und lehnte sich an die Wand. Sein verzweifelter Schrei schien aus dem Innersten der Hölle zu kommen. »Gott, nein, bitte. Nein! Wie kann ich das ertragen?«

Mike sah, wie er die blauen Augen gepeinigt zusammenpreßte, er sah die gebleckten Zähne und die geballten Fäuste, die er an die Schläfen preßte. Irrtümlicherweise nahm er allerdings an, daß der Grund dafür die Ankunft der Eltern von Mrs. Lyman war, die gerade um die Kurve bogen, hinter der der weiße Mercedes verschwunden war.

Das Licht der Sprechanlage auf ihrem Schreibtisch blinkte, und ein Summen ertönte. Erin nahm den Hörer ab. »Ja, Betty?« fragte sie.

»Das Mädchen aus der Boutique Vier in Tulsa ist wieder am Apparat. Sie ruft schon zum vierten Mal in dieser Woche an wegen einer Bademodenshow mit den Modellen von der Bill Blass Ferienkollektion.«

Erin rieb sich die Stirn. »Dann sag ihr bitte zum vierten

Mal in dieser Woche, daß Mr. Blass in Europa ist und ich nicht mit ihm reden kann, ehe er zurückkommt.«

Sofort bedauerte sie ihre heftige Antwort und holte tief Luft. »Es tut mir leid, Betty.«

»Du brauchst dich nicht bei mir zu entschuldigen«, wehrte Betty ab. »Geht es dir heute nicht gut?«

»Ich fühle mich nicht ganz auf dem Damm«, gab sie zu.

»Warum legst du dich dann nicht für eine Weile hin?«

»Nein, ich habe zu viel zu tun.«

»Okay«, meinte Betty ohne großen Nachdruck. »Und da wir gerade miteinander sprechen, Lester hat angerufen und darum gebeten, daß er jemanden zu der Show bei den Walshes in Albuquerque mitnehmen darf. Er muß über Nacht bleiben und fürchtet, es wird ihn umbringen, wenn er ohne seinen Lebenspartner auskommen muß.«

Lester war eines der männlichen Models, die Erin ab und zu in ihren Modenschauen einsetzte. »Ist der Lebenspartner männlich oder weiblich?« wollte sie wissen.

Betty lachte leise. »Du kennst doch Lester.«

»Dann sag ihm, daß er sich lieber umbringen soll. Die Walshes sind sehr konservativ, anständig und reich, ich möchte sie als Kunden behalten. Wir wollen da nichts aufs Spiel setzen. Der Lebenspartner, egal ob männlich oder weiblich, bleibt zu Hause.«

»Ich habe ihm bereits gesagt, er soll seine Pistole schon mal laden, doch mußte ich ihm versprechen, dich wenigstens zu fragen.«

Erin lachte und war Betty insgeheim dankbar dafür, daß sie diesen aussichtslosen Tag ein wenig aufgeheitert hatte. »Danke, Betty, du bist wirklich eine Freundin.«

»Und ob ich das bin. Jetzt entschuldige mich bitte, ich muß mit diesem Weib in Tulsa sprechen. Wenn du etwas brauchst, ruf durch.« Sie legte den Hörer auf, und Erin lehnte sich in dem ledernen Bürosessel zurück.

Die weichen Kissen wollten sie allerdings ersticken, deshalb stand sie auf und ging zum Fenster. Sie starrte auf die Skyline von Houston, auf die eine gnadenlos gleißende Sonne aus einem wetterfeuchten Himmel brannte. Das Klima im Juli war entsetzlich mit seiner Gewitterschwüle, man bekam Beklemmungen.

Besonders, wenn man im fünften Monat schwanger war.

Ganz unbewußt rieb Erin mit der Hand über ihren noch immer ziemlich flachen Bauch. Doch da sie noch nie einen Bauch gehabt hatte, kam er ihr wie ein Ballon vor. Die meisten Sachen paßten ihr noch, aber sie zog es jetzt vor, weite Flatterkleider zu tragen.

Wie allem anderen gegenüber in letzter Zeit, so war sie auch ihrer hübschen Umgebung gegenüber völlig apathisch. Ihr Büro war in Elfenbein- und Pfirsichtönen dekoriert. Das elegante Ambiente, das von so viel Geschmack zeugte, sollte die Kunden beeindrucken, und das gelang auch meistens.

Ironischerweise paßte heute ihr Kleid zu der Umgebung. Es war ein weicher Voile-Druck, der die Farben des Raumes trug. Albert Nipon hatte es nicht als Schwangerschaftkleid entworfen, doch diente es seinem Zweck. Es wurde seitlich geknöpft, über die Brust hinunter. Das Oberteil hatte Falten und fiel von der Taille hinab zu einem anmutig weiten Rock.

Die Schwangerschaft bereitete Erin keine Schwierigkeiten, das mußte sie zugeben. Doch immer wenn sie hungrig war, hatte sie dieses lästige Gefühl, bereits voll zu sein. Der

Arzt sah die Ursache darin, daß sie vorher so dünn gewesen war. Sie hatte die morgendliche Übelkeit nur in den ersten Wochen der Schwangerschaft verspürt, doch eine winzige gelbe Tablette vor dem Frühstück hatte geholfen. Sie war jetzt allerdings recht zurückhaltend mit Medikamenten. Seit San …

Ganz gleich, was auch geschah, ihre Gedanken wanderten immer wieder dorthin zurück. Nach San Francisco. Zu Lance Barrett. Und auch zu dem grausam belustigten Gesichtsausdruck und seinem abweisenden Blick, als sie mit Bart abgereist war.

Bart. Der liebe Bart. Warum hatte sie ihm weh tun müssen? Sie erinnerte sich überdeutlich an den Tag, an dem sie ihm den kostbaren Verlobungsring zurückgegeben hatte.

»Was soll das?« Er hatte gestutzt und mit einem ratlosen Gesichtsausdruck auf den Ring geblickt.

»Ich kann dich nicht heiraten, Bart.« Sie durfte nicht länger drum herum reden.

Er hatte seinen großen, schweren Kopf geschüttelt, als wolle er die Gedanken darin auseinanderklauben. »Wie meinst du das, Erin? Warum?«

»Weil ich schwanger bin.«

Er hatte sie verständnislos angestarrt. Es war beinahe so, als würde sie eine Fremdsprache sprechen. Schließlich blinzelte er, dann öffnete er den Mund. »Schwanger?«

»Ja.«

Sie beobachtete ihn und sah, wie seine Benommenheit langsam einem Begreifen wich und sich dann zur Wut steigerte. »Schwanger!?« Diesmal kam das Wort als Schuß aus seinem Mund. »Wie? Wer?« Noch ehe sie ihm antworten konnte, dröhnte seine Stimme: »Antworte mir, verdammt noch mal!«

Sie begegnete seinem Rasen ganz ruhig, die Hände hatte sie fest im Schoß gefaltet. Es war das einzige Anzeichen der Furcht, die sie vor diesem riesigen Bären fühlte, den sie so unerhört gereizt hatte. »Das tut nichts zur Sache, Bart. Das Baby gehört mir und sonst niemandem auf der Welt.«

»Tu nicht so zimperlich, du Schlampe. Es sind noch immer zwei Menschen nötig, um ein Baby zu machen. Sogar so ein ungebildeter Klotz wie ich, von dem du tatsächlich annimmst, er sei allzu töricht, weiß das.« Er packte sie an den Armen. »Wer war dieser Mann, denn bei Gott, ich weiß, daß ich es nicht war! Und nicht etwa, weil ich es nicht versucht hätte!«

»Bart, bitte«, flehte sie. »Du tust mir weh.«

Er blickte auf seine Hände, deren Fingerknöchel hervortraten, so ungestüm hatte er ihre Arme gepackt. »Verzeihung«, murmelte er. Sofort ließ er sie los und stand auf. Betroffen lief er vor dem Sofa in ihrem Wohnzimmer ein paarmal hin und her, ehe er stehenblieb: »Es war Barrett, nicht wahr?«

Sie hob überrascht den Kopf. Woher hatte er das wissen können? Aber es hatte keinen Zweck, ihn anzulügen. »Ja«, gestand sie leise.

»Zur Hölle mit ihm!« fluchte er und schlug mit der Faust in die Handfläche der anderen Hand. »Ich werde diesen Bastard umbringen. Hat er dich vergewaltigt? Wenn er dir weh getan hat ...«

Sie schüttelte heftig den Kopf. »Nein, so war es nicht, er hat mich nicht vergewaltigt.«

Ihre Antwort wirkte wie ein Dämpfer. Ein wenig gefaßter fragte er: »Hat er dich verführt, Süße? Du konntest nicht anders, nicht wahr? War es so, mein Liebling?«

Tränen rannen über ihr Gesicht, doch sie blickte zu ihm auf und gab ihm eine ehrliche Antwort. »Nein, Bart. Ich wußte genau, was ich tat.«

Die massigen Schultern sanken nach vorn, er vergrub seine Hände tief in den Hosentaschen. »Ich verstehe«, war alles, was er sagte. Lange schwiegen sie, Erin schluchzte leise vor sich hin.

»Ich nehme an, dieser Schuft weigert sich, dich zu heiraten. Dieser wertlose Hund. Du brauchst es nur zu sagen, Erin, dann werde ich dafür sorgen, daß sich jemand um diesen Mr. Barrett kümmert. Ich kenne die richtigen Leute, es kostet mich höchstens ein paar Telefonate. Er wird so schnell erledigt sein, daß ...«

Erin sprang von der Couch hoch und zerrte Bart am Jackett. Ihr Gesicht war naß von Tränen. »Nein!« schrie sie. »Nein! Wage es nicht, ihm etwas anzutun. Sag mir, daß du es nicht tun wirst. Gott! Es darf ihm nichts geschehen!« Sie sank gegen ihn, und Bart legte die Arme um sie, hielt sie fest und klopfte ihr beruhigend den Rücken.

»Psst, meine Süße, reg dich nicht auf«, beruhigte er sie. »Ich werde nichts tun, was du nicht willst.« Seine Stimme klang unsicher: »Bist du auch in Ordnung?« Bart Stanton, der Schrecken der Sitzungszimmer, ließ sich von nichts und niemandem einschüchtern, aber bei einer weinenden Frau zerfloß er wie Butter in der Sonne.

Erin löste sich aus seiner Umarmung und nickte. »Ja.« Sie schniefte ein wenig. Dann hob sie den Blick und sah ihn mit umflorten Augen an. »Bart, er weiß es ja noch nicht einmal. Du mußt mir versprechen, daß du es ihm nicht verraten wirst, und du darfst ihm auch nichts tun, unter gar keinen Umständen.«

Er sah sie mit diesem prüfenden Blick an, der ihm den Ruf eines scharfsinnigen Geschäftsmannes eingebracht hatte. »So ist das also«, meinte er langsam und bedächtig. »Du liebst ihn, nicht wahr?«

»Ja«, antwortete Erin ohne Zögern.

Er trat ans Fenster und starrte auf die baumbestandene schattige Wiese draußen. Der Frühling hatte triumphierend Einzug gehalten, alles war üppig und grün, frisch und fruchtbar. Der Gedanke machte ihn ganz krank, doch er mußte aussprechen, was er dachte. »Ich weiß ja, wie du zu deiner Religion stehst, aber vielleicht wäre es vernünftig, wenn man alle Dinge bedenkt, wenn du ... äh ... wenn du eine Operation in Erwägung ziehen würdest.«

Sie wunderte sich nicht über seine Hemmung, das Wort deutlich auszusprechen. Mit einem traurigen kleinen Lächeln schüttelte sie den Kopf. »Nein, Bart. Das hat nichts mit meiner Religion zu tun. Ich könnte so etwas niemals fertigbringen.«

»Aber du wirst das Kind auch nicht zur Adoption freigeben.« Es war keine Frage, sondern eher eine Feststellung, auch kannte er schon ihre Antwort.

»Glaubst du, daß ich mit meiner Herkunft überhaupt so etwas erwägen würde?« ermahnte sie ihn liebevoll. »Nein, Bart, ich werde mein Baby ganz allein großziehen.«

Er baute sich vor ihr auf. Hastig, damit er es sich nicht anders überlegte und sie ihn nicht unterbrechen konnte, kamen die Worte aus seinem Mund. »Liebling, heirate mich. Es ist mir ganz gleich, von wem das Baby ist. Ich habe diese Dinge, die ich eben gesagt habe, gar nicht so gemeint. Ich war einfach nur wütend, meine Süße, da ich mich schon so lange nach dir sehne. Ehrenwort, es macht mir nichts aus, daß du ein Kind bekommst. Himmel noch mal, jeder wird sowieso glauben, daß es mein Kind ist.«

»Aber wir beide würden es besser wissen, nicht wahr?« fragte sie leise. »Ich möchte nicht mit einer Lüge leben müssen, Bart. Und ich möchte es auch für dich nicht.«

»Aber ich liebe dich. Du bist meine Traumfrau, und die Bedingungen, unter denen ich dich haben kann, sind mir ganz gleichgültig.«

Erin seufzte und fuhr ihm mit beiden Händen durch sein dichtes, dunkles Haar. »Ich weiß. Aber meine Antwort lautet trotzdem nein.«

Sie hatte sich ihm verweigert und tat es weiterhin. Bart war nicht mehr so stürmisch wie damals, als er sie zum ersten Mal gebeten hatte, ihn zu heiraten. Aber er blieb trotzdem in ihrer Nähe, als könne er damit einen Gesinnungswandel erwirken.

Doch das war ein Irrtum. Wieder legte sie eine Hand auf ihren Leib, liebevoll strich sie darüber, als der Summer der Sprechanlage sich meldete und sie aus ihren Tagträumen riß.

»Ja, Betty?« fragte sie, während sie auf den Knopf drückte.

»Hier ist jemand, der mit dir sprechen will, Erin. Hast du Zeit?«

»Ja. Wer ist es denn?«

»Ein Mr. Lance Barrett.«

12. Kapitel

Erins Herz setzte einen Schlag lang aus. Es war ganz unmöglich, daß sie sich verhört hatte. Sie schloß die Augen, ein lähmendes Schwindelgefühl ergriff sie, und beinahe wäre sie vom Sessel gekippt. Die Welt um sie herum schwankte wild, ehe sie sich langsam wieder beruhigte. Sie umklammerte die Schreibtischkante und sank dann hintüber.

»Erin, hast du mich gehört?« hakte Betty nach.

»J-ja, ich habe dich gehört.« Was konnte sie tun? Lance war hier. Hinter dieser Tür dort drüben. Sie mußte ihn empfangen. Aber würde sie das durchstehen?

Was wollte er von ihr? Wenn er nun merkte, was mit ihr los war? Was sollte sie ihm sagen? All diese Fragen wirbelten durch ihren Kopf, doch blieben sie unbeantwortet stecken. Sie würde ihm aufrecht gegenüberstehen müssen und konnte nur um Festigkeit beten.

»Schick ihn rein, Betty«, antwortete sie so sachlich wie möglich.

Schnell fuhr sie sich noch einmal mit der Hand durchs Haar und leckte sich über ihre plötzlich spröden Lippen, dann strich sie das Kleid über ihren Brüsten glatt, die durch die Schwangerschaft voller geworden waren. Er durfte das nicht sehen, allerdings war er sehr wachsam und ausgebildet, Dinge wahrzunehmen, die …

Er trat durch die große, doppelflügelige Eichentür.

Wenn Erin geglaubt hatte, daß die Erinnerung sein Bild in ihrem Innern verschönt hatte, so hatte sie sich gründlich getäuscht: Im Gegenteil, er sah in Wirklichkeit sogar noch besser aus; sein Haar war locker gekämmt, ein wenig länger und von der Sommersonne gebleicht.

Die blauen Augen hatten nichts von ihrem strahlenden Glanz eingebüßt, die hellen Brauen standen im Kontrast zu seinem sonnengebräunten Gesicht. Kleine weiße Linien hatten sich um die Augen eingegraben, an die sie sich nicht erinnerte, doch wahrscheinlich stachen sie nur deshalb hervor, weil er so braun gebrannt war.

Wenn möglich wies das Grübchen in seinem Kinn auf noch mehr Arroganz hin als zuvor. Doch er lächelte und Erin entging dabei nicht der Zug von Verletzlichkeit um seinen Mund, den sie im Februar noch nicht bemerkt hatte.

Doch die größte Veränderung an ihm war seine Kleidung. Sie hatte ihn damit geneckt, daß er mit den korrekten Anzügen, den weißen Hemden und den dunklen Krawatten wie ein Uniformierter herumlief. Er hatte sich damit verteidigt, daß es Angestellten der Regierung verboten war, Aufmerksamkeit zu erregen, indem sie sportliche Designer-Anzüge und bunte Hemden trugen.

Sein hellgelbes Hemd war nicht gerade bunt, aber der Schnitt des dunkelbraunen Jacketts stammte sicher nicht aus dem Kaufhaus. Die lohfarbene Hose schmiegte sich eng an seine Oberschenkel und Hüften, man sah, daß sie maßgeschneidert war. Er hatte auf eine Krawatte verzichtet, statt dessen stand der Hemdkragen ein wenig offen, so daß sein dicht behaarter Oberkörper sichtbar wurde.

Ihr Entschluß, kühl und unpersönlich zu bleiben, löste sich in Luft auf, als er mit seiner überwältigenden männlichen Anwesenheit in ihre weibliche Domäne eindrang. Sie war ihm verfallen.

»Hallo, Erin«, er verbeugte sich knapp.

Sie sollte jetzt eigentlich aufstehen und auf ihn zugehen, seine Hand schütteln; aber sie fürchtete sich davor, den Platz hinter ihrem Schreibtisch zu verlassen. Wenn sie aufstand, könnte er ihren Zustand bemerken.

»Hallo, Lance«, erwiderte sie seine Begrüßung freundlich. Ihre Lippen zitterten, doch sie war entschlossen, ihm so zu begegnen, als sei er ein alter Freund. »Komm rein und setz dich«, forderte sie ihn auf und wies auf einen Stuhl vor ihrem Schreibtisch. »Das ist aber eine Überraschung.«

Er verhielt sich genauso zurückhaltend wie sie, als er sich näherte und umsah mit diesen Augen, denen nichts zu entgehen schien. Auch sie würde seinen Blicken nicht entkommen, deshalb war es eine kluge Entscheidung, hinter dem Schreibtisch sitzen zu bleiben.

»Du hast es hübsch hier, Erin«, meinte er und deutete mit einer ausladenden Handbewegung in die Runde. »Ich bin beeindruckt.«

Er lächelte, als er sich setzte, und ihr Herz begann zu rasen. Die Zähne leuchteten in seinem gebräunten Gesicht, was für eine Erscheinung!

»Danke. Wir befinden uns gerade in einer weniger geschäftigen Jahreszeit. Im Sommer geht es hier etwas gemächlicher zu. Wir werden erst wieder viel zu tun haben, wenn unsere Kunden ihre neuen Kollektionen vorbereiten für den Herbst und Weihnachten.« Zu der Zeit würde sie schon hochschwanger sein und die hektische Betriebsamkeit dann wohl nur mühsam ertragen.

»Ich hätte wahrscheinlich vorher anrufen sollen, statt hier einfach hereinzuschneien, aber ich dachte, es wäre besser, wenn ich mich nicht lange telefonisch anmelde.«

Seine Worte waren beinahe die gleichen, die sie zu ihm gesagt hatte, als sie vor dem Haus der Lymans aufgetaucht war. Er sah sie an. Ob sie sich noch daran erinnerte? Ja, das war der Fall, und beide lächelten.

»Du hast recht. Ich bin froh, daß du gekommen bist«, wiederholte sie seine damalige Antwort. Nun lachten sie laut auf. Es folgte ein angespanntes Schweigen, während dessen sie einander ansahen. Lance knöpfte sein Jackett auf, und Erin hatte Zeit, sich wieder zu fangen. »Du siehst verändert aus.«

»Wieso?«

»Deine Kleidung. Sie ist nicht so ... konservativ wie früher.«

Er hatte ihr Zögern bemerkt, jetzt zeigte sich auf seinen Zügen wieder der Sarkasmus, der ihr noch so lebhaft vor Augen war. »Du meinst wohl, sie ist nicht mehr so langweilig, oder?«

Vergnügt stimmte sie ihm zu. »Ja, langweilig. Hat etwa das Finanzministerium neue Uniformen genehmigt?«

Er zuckte die Schultern, ihre Reaktion auf seine nächsten Worte beobachtete er sehr sorgfältig. »Das weiß ich nicht. Ich arbeite nicht mehr für die Regierung.«

Sie war überrascht. »Wie bitte?« Ihre Augen weiteten sich vor lauter Fragen.

»Ich habe schon länger dort aufgehört zu arbeiten.

Eigentlich bin ich heute in meiner letzten offiziellen Mission hier. Ich habe mich mit einem Kollegen zusammen selbständig gemacht.«

»Lance ...« Erin suchte nach Worten. »Ich weiß gar nicht, was ich dazu sagen soll. Bist du glücklich? Ist es das, was du wolltest? Aber du warst doch so gut in deinem Job.«

»Danke.« Er lächelte. »Ich nutze meine Erfahrungen aus der Vergangenheit für das, was ich jetzt tue. Dieser Freund, mit dem ich mich selbständig gemacht habe, hat schon vor einigen Jahren seine Arbeit beim Finanzministerium aufgegeben. Er besucht Banken, Firmen und Konzerne, und hält dort Seminare, wie man Wirtschaftskriminalität verhindern beziehungsweise aufspüren kann. Er bildet die Angestellten dieser Firma aus, wie man mit Kriminellen umgeht, zum Beispiel bei einem Überfall oder so.«

Er schlug die Beine übereinander. »Nun ja, vor einigen Monaten hat er mich angerufen. Seine Firma wuchs ihm über den Kopf. Er konnte nicht alle Kunden zufriedenstellen und wollte wissen, ob ich an einer Mitarbeit interessiert wäre. Er war schon eine Weile aus dem Geschäft mit der Regierung heraus und konnte meine Erfahrungen der letzten Jahre gut brauchen, um seine Geschäftsgrundlagen aufzufrischen.«

Er stellte ein Bein wieder auf den Boden, dann beugte er sich vor. »Erin, ich bin erstaunt, wie lukrativ unser Unternehmen ist. Die Firmen sind bereit, riesige Summen auszugeben, um sich größere Verluste zu ersparen. Wir verdienen eine Menge Geld, aber wir bieten ja auch wertvolle Dienste.«

Seine Begeisterung war ansteckend, und Erin freute sich

über seinen Erfolg. Er war so viel entspannter, weniger auf der Lauer, so hatte sie ihn noch nie gesehen.

»Um die Wahrheit zu sagen«, sprach er weiter, »war ich mit meiner Arbeit sehr unzufrieden nach … San Francisco.« Seine Stimme erstarb, er sah sie eindringlich an.

Es waren zwar mittlerweile fünf Monate vergangen, doch immer noch verspürte Erin einen Kloß im Hals, wenn von Ken die Rede war. Sein Tod, ehe sie ihn hatte kennenlernen können, blieb eine offene Wunde in ihrem Inneren. »Ich glaube, das kann ich verstehen«, murmelte sie.

»Hörst du eigentlich manchmal von Mrs. Lyman?« wollte er wissen.

Erins Gesicht hellte sich auf. »Ja, Melanie ist nach Oregon gezogen und hat Arbeit bei einem Floristen gefunden, für sie der ideale Beruf. Ab und zu schreibt sie mir. Sie hat das Haus in San Francisco verkauft, liebt ihre Arbeit und ihre kleine Wohnung. In der letzten Woche hat sie mich angerufen, ich bin überzeugt, daß sie glücklich werden wird.« Erin lächelte geheimnisvoll.

»Wieso?« fragte er und grinste ein wenig. Er schien sich wirklich dafür zu interessieren.

»Nun ja, da gibt es diesen Mr. Alan Carter, dem eine Baumschule gehört. Er verkauft Blumen an diesen Floristen, bei dem Melanie arbeitet. Wie Melanie sagt, ist er ein ›süßer netter Mann von Ende Zwanzig‹.«

Sie lachten gemeinsam über Melanies Beschreibung. »Er wurde Witwer, als seine Frau vor anderthalb Jahren ganz plötzlich auf tragische Weise umkam, und da ist ein zweijähriger Sohn.«

»Aha!« meinte Lance.

»Melanie hat letzte Woche angerufen und mich gefragt, ob ich glaube, daß es für sie nach Kens Tod noch zu früh wäre, mit Mr. Carter zum Essen zu gehen. Natürlich sei es keine richtige Verabredung, meinte sie. Sie sind einfach zwei einsame Menschen, die zusammen essen gehen wollten. Und dieser kleine Junge, der so niedlich ist, sollte natürlich auch mitkommen. Ich glaube, genauso hat sie es gesagt.«

»Sie ist eine sympathische Frau. Ich hoffe sehr, daß sie glücklich wird«, sann Lance, der plötzlich ernst geworden war.

»Ich glaube, daß Mr. Carter, so ein Mann wie er, genau das ist, was Melanie braucht. Ich bin froh, daß sie nicht mehr in San Francisco ist, bei ihren Eltern.«

»Da stimme ich dir absolut zu.«

Schweigen senkte sich wieder über sie. Sie vermieden es einander anzusehen, obwohl sie sich der Nähe des anderen überaus bewußt waren. In Wirklichkeit bildete diese Nähe eine Art Zweierkabine, jede Bewegung des andern registrierten sie, jeden Atemzug. Die kleinste Nuance in ihren Stimmen entging ihnen nicht, eine belebende Spannung lag in der Luft.

Er hatte gesagt, er sei in seiner letzten offiziellen Tätigkeit hier. Teils aus Neugier und teils aus dem Wunsch, das Schweigen zu brechen, fragte Erin: »Warum bist du gekommen? Hat es etwas mit Ken zu tun? Du hast gesagt, du seist geschäftlich hier.«

»Ja. Ich habe etwas für dich.« Er griff in die Brusttasche seines Jacketts und stand auf. »Warum kommst du nicht herüber?« Er ging zu dem pastellfarbenen Sofa neben dem großen Panoramafenster. Offensichtlich erwartete er, daß sie ihm folgte.

Sie würde aufstehen müssen und sich seinen scharfen Blicken aussetzen müssen, die ihr nicht geheuer waren. Aber wenn sie sich weigerte aufzustehen, würde sie seine Aufmerksamkeit noch anstacheln und das wollte sie auf jeden Fall vermeiden. Sie holte tief Luft und zog so weit wie möglich ihren Bauch ein, dann stand sie mit zitternden Knien auf.

In der Angst, daß ihm jeden Augenblick auffallen würde, daß sie sich in anderen Umständen befand, ging sie zu dem Sofa hinüber, wo er schon auf sie wartete. Erst nachdem sie sich gesetzt hatte, setzte auch er sich ans andere Ende.

»Erin, das hier befindet sich schon seit einigen Monaten in meinem Besitz.« Er zog einen ganz normalen weißen Briefumschlag aus seiner Tasche. »Ehe Mrs. Lyman ihr Haus verkauft hat, hat sie noch einmal Kens Sachen durchgesehen. Alles, wovon sie glaubte, ich könnte es in meinem Bericht verwenden, hat sie mir nach Washington geschickt.«

Er hielt inne und sah in ihre dunklen Augen. »Ich denke, sie hatte nicht die Absicht, mir das hier zu schicken. Wahrscheinlich wußte sie nicht einmal, daß es zwischen die für mich bestimmten Sachen geraten war. Vielleicht hätte ich es ihr zurückschicken sollen, aber ich wußte, daß du es gern hättest, und das wäre sicher auch in ihrem Sinne.«

Erins Neugier war jetzt schon übermächtig. Wenn er die Absicht gehabt hatte, ihr Interesse zu wecken, so war ihm das perfekt gelungen. Er reichte ihr den Umschlag. Es dauerte einen Augenblick, ehe ihre Blicke sich von seinen gelöst hatten und sie sie auf das lenken konnte, was sie in der Hand hielt.

Sie öffnete den Umschlag und griff hinein. Ihre Finger schlossen sich um ein etwas hartes Papier. Als sie es aus dem Umschlag zog, sah sie ein inzwischen vergilbtes Schwarzweißfoto vor sich. Ihr Herz begann lauter zu klopfen, das Blut rauschte in ihren Ohren, und ihr Hals war ganz trocken.

An der Kleidung, die die drei Menschen auf dem Bild trugen, erkannte Erin, daß es vor etwa dreißig Jahren aufgenommen worden sein mußte.

Eine junge Frau saß auf einer Steinbank in einer Umgebung, die ein Park sein konnte. Neben ihrem Knie stand ein schüchtern aussehender kleiner Junge, noch ein Kleinkind. Auf ihrem Schoß hielt sie ein Baby. Runde, dunkle Augen blickten aus dem kleinen Gesicht, ein Spitzenhäubchen saß auf seinem Kopf.

Die Frau starrte direkt in die Kamera, doch sie lächelte nicht. Es war, als würde sie durch den Photographen hindurchblicken. In Gedanken schien sie weit weg zu sein. Ihre Augen hatten einen herzzerreißenden Blick, sie sah dem kleinen Jungen und dem Baby sehr ähnlich. Ihr Gesicht war schmal, beinahe zerbrochen sah sie aus, als hätte sie ihr Leben nicht mehr im Griff. Ihre Unsicherheit wurde auch deutlich in der Art, wie sie den Kopf hielt, in der Art, wie sie das Baby an sich drückte und in der schmalen Hand, die auf der Schulter des kleinen Jungen ruhte. Sie schien Verzweiflung zu verkörpern. Der sanfte Ausdruck in ihrem Gesicht machte ihre Resignation dem Schicksalsschlag gegenüber, der sie augenscheinlich getroffen hatte, noch bewegender.

Schon seit einiger Zeit hatten Tränen Erins Blick verschleiert, dennoch starrte sie weiter auf dieses Foto. Minuten vergingen, während sie jede Einzelheit in sich aufsog, versuchte, durch das Bild hindurch in eine andere Dimension zu gelangen, die Gedanken dieser Frau zu erfassen. Lance störte sie nicht, er rührte sich nicht einmal. Er wagte kaum zu atmen.

Schließlich sah Erin zu ihm auf. Gott, sie ist so wunderschön, dachte er. Auch wenn ihr Gesicht jetzt naß war von Tränen, so war sie doch die wundervollste Frau, die er je gesehen hatte. Es hatte ihn beinahe übermenschliche Kraft gekostet, durch die Tür dieses Büros zu gehen. Als er sie zum letztenmal gesehen hatte, hatten diese dunklen Augen Giftpfeile auf ihn abgeschossen. Ein vernünftiger Mann hätte sich zurückgezogen und alles auf sich beruhen lassen.

Aber er war nicht vernünftig. Nein, nicht Lance Barrett. Es war beinahe so, als könne er sich selbst nicht genug strafen. Er mußte sie einfach wiedersehen, mußte sich davon überzeugen, daß das, was in San Francisco geschehen war, nur eine flüchtige Verzauberung gewesen war. Affären wie diese waren zum Scheitern verurteilt, sie waren zu heftig und deshalb auch schnell verflogen. So wurde es doch in diesem Lied gesungen, nicht wahr? Er würde sie wiedersehen, und dann könnte er sie für immer aus seinen Gedanken verbannen.

Aber eine innere Stimme hatte ihm gesagt, daß es nicht so sein würde. Irgend etwas war im letzten Februar mit ihm geschehen, seitdem hatte er sich verändert. Er hatte sich verliebt.

Er hielt sich ständig vor, daß er zu alt war, um sich wegen einer Frau zum Narren zu machen. Wegen jeder kleinsten Unaufmerksamkeit fuhr er seine Männer an, ließ seinen

Grant an ihnen aus. Einer von ihnen war sogar mit einem gebrochenen Kiefer wieder aufgewacht, nur weil er Lance geraten hatte, ein Intermezzo mit einem netten Weibsbild würde sicher seine Laune heben. Er konnte weder schlafen noch essen. Seine Familie und auch seine Freunde begannen ihm aus dem Weg zu gehen. Doch sie konnten ihn nicht mehr verachten, als er selbst es schon tat.

Erin hatte ihn in die Hölle geschickt. Nun, er hatte sie durchlitten, und es hatte ihm nicht gefallen. Das erste Stückchen Himmel, das er seit den letzten fünf Monaten gesichtet hatte, war ihr Anblick jetzt, als er eben durch diese Tür getreten war.

Verdammt! Es ging ihm jetzt sogar noch schlechter als zuvor. Der ganze Mann bestand aus Aufruhr, nur weil er in ihrer Nähe war. Er wollte ihr seine Liebe erklären, wagte es aber nicht.

Sie duftete köstlich und schien von innen nach außen zu strahlen. Ihre Lippen waren feucht geöffnet, er konnte sogar ihre rosige Zungenspitze sehen, hinter der Reihe perlweißer Zähne. Gott, er wünschte, er könnte sie mit seinen Lippen erfühlen, in seinem Mund, er wollte sie schmecken.

Als Erin ihn jetzt mit ihren tränenschimmernden Augen ansah, brauchte er seine gesamt Selbstkontrolle, um sie nicht in seine Arme zu reißen und nie wieder loszulassen. Sie war so ganz anders, als er sie im Gedächtnis hatte, und doch so vertraut. Sie war die erste Frau, die ihn vollkommen geliebt hatte, einzigartig zu ihm paßte. Sie war Erin O'Shea. Seine Erin.

Aber da war noch etwas …

»Auf der Rückseite steht ein Text«, sagte er sanft.

Erin drehte das Bild herum und las laut: »Kens Mutter Mary Margaret Conway und seine Schwester. Sie starb zwei Wochen, nachdem das Bild aufgenommen wurde, an Tuberkulose. Das kleine Mädchen war bereits adoptiert, als wir Ken bekamen. Gott schütze sie alle.« Das Bild war mit einem Datum versehen und mit ›MRL‹ unterzeichnet.

»Das sind die Initialen von Kens Adoptivmutter. Vermutlich bekam sie das Bild, als sie Ken aufnahm. Ich habe es in einem Umschlag gefunden, auf dem in Kens Handschrift stand: ›Papiere meiner Mutter‹. Wahrscheinlich hat er selbst sie auch erst bekommen, nachdem sie gestorben war.«

»Dann wußte er also von mir.«

»Ich denke schon.«

Wieder flossen Erins Tränen. »Lance, das ist meine Mutter«, flüsterte sie und strich mit einem Finger über das Bild. »Mary Margaret Conway. Ich kenne jetzt ihren Namen.«

»Und sie hat dich geliebt. Wahrscheinlich wußte sie, daß sie sterben würde, und hat dich deshalb in das Waisenhaus gebracht, damit du gut versorgt würdest.«

»Mein Vater?« Sie sah erwartungsvoll zu ihm auf.

Doch Lance schüttelte traurig den Kopf. »Ich weiß es nicht, Erin. Aber jetzt hast du wenigstens einen Namen. Das ist ein Anhaltspunkt, wenn du noch einmal mit einer Suche beginnen möchtest.«

Sie seufzte, doch war es kein trauriger Laut. Ein Gefühl der Ruhe und Zufriedenheit überkam sie. »Ich weiß es nicht. Vielleicht später einmal. Doch für den Augenblick genügt mir das hier. Es ist sogar mehr als genug. Ich ...« Sie hielt inne, die Gefühle überwältigten sie, und ihre Nerven wollten sie schon im Stich lassen. »Ich weiß nicht, wie ich dir danken soll.« Langsam hob sie den Blick und sah ihn an, sie bemerkte einen eigenartigen Glanz in seinen Augen.

»Es war das mindeste, was ich für dich tun konnte, Erin. Ich habe mich dir so verbunden gefühlt, als du deinen Bruder verlorst. Und dieses Bild, das mir in die Hände fiel, wollte ich dir unbedingt bringen. Ich denke, Mrs. Lyman wird nichts dagegen haben.«

Ganz unbewußt waren sie ein Stück zueinander gerückt, die bestehenden Anziehungskräfte taten ihre Wirkung. Der frische Duft seines After-Shave stieg ihr in die Nase, erfüllte ihren Kopf und machte sie ganz benommen. Sein starker, kräftiger Körper versprach Trost für einen Menschen, der sich nach diesem Trost sehnte und ihn brauchte. Für einen Menschen, der von unlösbaren Problemen zugedeckt war. Für einen Menschen, dessen Welt vor fünf Monaten einstürzte und jeden Tag ein wenig weiter zerbröckelte.

»Erin«, sagte er mit rauher Stimme. »Erin ...«

Die Tür wurde aufgerissen, und Bart kam hereingaloppiert. »Süße, ist alles in Ordnung mit dir?« Er warf Erin einen schnellen, prüfenden Blick zu, ehe er Lance anstarrte, der vom Sofa aufgesprungen und gefährlich nahe vor ihm zum Stehen gekommen war. »Was, zum Teufel, wollen Sie hier?« verlangte Bart zu wissen.

»Das geht Sie einen Dreck an«, erwiderte Lance trügerisch ruhig.

»Nur weiter so«, forderte Bart ihn heraus. »Ich sollte Sie zu Brei schlagen.«

»Sie können es gerne versuchen«, bot Lance ihm voller Sanftmut an.

Erin blieb auf dem Sofa sitzen. Sie war viel zu aufgewühlt,

um aufzustehen und sich zwischen die beiden Männer zu werfen. Ihr Kopf dröhnte und sie hatte einen säuerlichen Geschmack im Mund. »Bitte, bitte, ihr beiden.«

»Hat er dich aufgeregt, meine Süße? Du hast geweint.« Bart sank vor dem Sofa in die Knie und legte beide Hände auf die von Erin.

»Nein, er ...«, begann Erin.

»Weshalb ich Erin sehen wollte, hatte einen ganz privaten Grund, das geht Sie gar nichts an, Stanton«, brauste Lance auf.

»Alles, was mit Erin zu tun hat, geht mich etwas an«, bellte Bart und stand wieder auf.

»Nicht das, was sie und ich einander zu sagen haben.« Erin kannte den Ton von Lances Stimme nur zu gut. Er war wütend, und der kalte, knappe Ton traf sie wie Hagel im Winter. Seine Augen blickten eisig.

Bart war kein Feigling, aber er erkannte Lance als würdigen Gegner an. Er zog sich ein wenig zurück. »Dann werden wir es Erin überlassen, was sie dazu zu sagen hat.« Für den Bruchteil einer Sekunde ließ er Lance aus den Augen und wandte sich an Erin. »Süße, hast du Mr. Barrett noch etwas zu sagen?«

Die Bedeutung seiner Frage entging Erin nicht. Sie wußte, daß er sie in diesem Augenblick fragte, ob sie Lance etwas von dem Baby sagen wollte. Gott, was sollte sie nur tun?

Sie wollte es ihm so gern eröffnen. Sie wollte sehen, wie ein glückliches Strahlen auf seinem Gesicht diesen furchterregenden Ausdruck ablöste, mit dem er Bart jetzt betrachtete. Es wäre das Wundervollste auf der ganzen Welt.

Aber durfte sie dieses Risiko eingehen? Was sollte sie tun, wenn er sie danach nur mit Verachtung strafte? Angenommen, er würde sie dafür schelten, daß sie keine Pille zur Schwangerschaftsverhütung genommen hatte? Könnte sie es ertragen, wenn er sie aus einem Schuldgefühl und aus einem Gefühl der Verantwortung heraus gönnerhaft behandelte? Würde er sich verpflichtet fühlen, ihr gegenüber das ›Richtige‹ zu tun?

Du sollst dich nie vor mir fürchten, Erin. Nie ...

Nein. Sie konnte ihn nicht in die Falle locken, indem sie ihm von ihrer Schwangerschaft erzählte. Sosehr sie nach ihm verlangte, sie wollte ihn nicht unter diesen Bedingungen haben. Hinterhältige Frauen hatten diesen Trick benutzt, solange man denken konnte. Es war die ultimative Waffe, um einen Sieg zu erringen – die Trumpfkarte.

Sie liebte Lance. Das war eine unbestreitbare Tatsache. Doch er hatte seiner Liebe zu ihr nie Ausdruck verliehen. In all den Stunden voller Leidenschaft, die sie in San Francisco miteinander verbracht hatten, hatte er nie die Illusion von Liebe in ihr entfacht.

Perfekt, perfekt ... ich werde auf dich warten ...

Ihre Anziehungskraft auf ihn war rein körperlicher Natur. Gewiß, es war ein verzehrendes Gefühl, aber Erin, die sich immer nach den starken Bindungen einer Familie gesehnt hatte, die voller Liebe zusammenhielt, genügte das nicht.

Ich weiß nicht, was mit mir los ist ...

Sie sah zu ihm auf und war gefangen von der Kraft seiner Augen. Sie schienen bis in ihre Seele zu blicken und ihren Geist zu berühren. Lange und tief versanken sie ineinander, denn Erin wußte, es würde das letzte Mal sein. Es würde ihr für den Rest des Lebens genügen müssen.

Du hast zwei wirklich sehr weibliche Eigenschaften, Erin O'Shea …

Schließlich senkte Erin den Blick und schüttelte den Kopf. »Nein, ich habe nichts mehr zu sagen.«

Eine stickige Stille hängte sich über alle, sie wurde hier oben so dicht, daß die Geräusche des Verkehrs, viele Stockwerke unter ihnen auf den Straßen von Houston, heraufdrangen. Erin schloß die Augen vor dem Schmerz in ihrem Herzen, als sie hörte, wie Lance sich umwandte und zur Tür ging. Das leise Klicken der Tür, die hinter ihm ins Schloß fiel, war wie eine Gewehrkugel, die ihr Leben beendete.

Sie sank auf dem Sofa zusammen und gab sich ganz ihrem Elend hin, das sie förmlich betäubte. Bart begann sich Sorgen um ihre Gesundheit zu machen. Er versuchte in seiner liebevollen, ein wenig ungeschickten Art, sie zu trösten, doch das gelang ihm nicht. Schließlich schlug seine Verzweiflung in Wut um, und er befahl: »Also, Erin, ich möchte nicht, daß du dein Baby verlierst, also reiß dich zusammen!«

Mehr noch als seine Worte war es die Tatsache, daß er sie mit ihrem Namen angesprochen hatte, die Erin aus ihrer Starre holte, so daß sie sich aufsetzte und die Tränen zurückdrängte.

»So ist es schon besser«, brummte er.

»Du hast mich mit meinem Namen angesprochen, Bart.«

»Tue ich das sonst nicht?« Er sah sie verwirrt an.

Sie lächelte gutmütig und legte eine Hand an seine Wange. »Nein«, flüsterte sie.

Er stand auf und entfernte sich ein paar Schritte von ihr.

»Süße, es fällt mir schrecklich schwer, dir das zu sagen, aber ich finde, du solltest Barrett erzählen, daß du ein Baby von ihm bekommst. So, wie er dich eben angesehen hat, habe ich geglaubt … es war, als ob … nun ja, du weißt schon. Es war, als würde er dich lieben. Ich werde hinter ihm herlaufen und ihn zurückholen.«

»Nein, Bart. Ich kann es ihm nicht sagen.«

Langsam und zögernd widersprach er ihr. »Er hat ein Recht, es zu wissen, mein Schatz. Das Baby ist auch sein Kind.«

Sie biß sich auf die Lippen. Daran hatte sie noch gar nicht gedacht. »Mmh. Er wird es erfahren müssen, irgendwann einmal, aber jetzt noch nicht. Vielleicht, wenn es auf der Welt ist, kann mein Anwalt es ihm …« Sie hielt inne, sie hatte keine Energie mehr.

»Du weißt, daß ich nach wie vor bereit bin, dich zu heiraten.« Bart räusperte sich. »Aber vielleicht wirst du deine Meinung ändern? Ich liebe dich.« In seinen Augen lag ein Ausdruck unsäglicher Traurigkeit.

»Ich mag dich auch sehr gerne, Bart. Du bist der beste Freund, den ich habe«, versicherte sie ihm.

»Ich weiß.« Er schnaufte freudlos. Nach einer Weile fragte er: »Soll ich den Arzt rufen, damit er dir ein Beruhigungsmittel gibt? Du siehst so aus, als könntest du es gebrauchen.«

Erin lachte nervös auf. »Nun, in diesem Fall täuscht mein Aussehen nicht, denn genauso fühle ich mich.« Als er besorgt die Stirn runzelte, winkte sie rasch ab. »Nein, ich brauche kein Beruhigungsmittel. Es war ein ereignisreicher Tag. Ich möchte nur nach Hause und mich ins Bett legen.«

»Soll ich dich begleiten?«

»Nein, es wird schon gehen.«

Sie machten sich zusammen auf den Weg. »Warum ist Barrett überhaupt gekommen?« wollte Bart plötzlich wissen.

Erins Finger schlossen sich um den Umschlag mit dem Bild, das eine solche Kostbarkeit für sie bedeutete als einziges Andenken an ihre Mutter und ihren Bruder. Dazu war es das einzige Geschenk, das sie je von Lance bekommen hatte. Eine Weile wollte sie es ganz für sich allein behalten.

»Es hatte etwas mit einer unerledigten Sache in Kens Fall zu tun«, antwortete sie ausweichend.

Erin war ausgelaugt von der Hitze und erschöpft von dem Aufruhr der Gefühle am heutigen Tag, als sie ihr Haus durch die Hintertür betrat. Sie bemerkte, daß die Petunien in dem Blumenbeet die Köpfe hängen ließen, weil sie Wasser brauchten. Wenn sie noch einen Rest Pflichtbewußtsein besäße, würde sie den Pflanzen Wasser geben, doch ihre Kräfte hatten sie verlassen.

Sie stellte die Klimaanlage an, die sie in dem alten Haus hatte einbauen lassen. Mit schleppenden Schritten ging sie die Treppe hinauf in ihr Schlafzimmer und stellte dort den Ventilator an, der die stickige Luft ein wenig herumwirbelte, ehe die Raumtemperaturen sanken.

Sie zog sich um und wählte ein lose fallendes Sommerkleid mit schmalen Trägern. Der blaßblaue Chiffon hüllte sie ein wie eine Wolke. Sie konnte keine enge Kleidung mehr ertragen, deshalb zog sie auch ihre Strumpfhose und die andere Unterwäsche aus und schlüpfte in ein Bikini-Höschen.

Allein der Gedanke an Essen ließ eine Woge von Übelkeit

in ihr aufsteigen, doch dann ging sie hinunter in die Küche und goß sich ein Glas Eistee mit Zitronensaft ein.

An der Tür des Wohnzimmers blieb sie stehen und sah sich um. Sie liebte dieses Zimmer. Die Wände waren in einem dunklen Beige gestrichen, das sehr gut zu dem weißen Holz und den Fensterläden paßte. Das Sofa und die Sessel waren auch weiß, doch auf ihnen lagen bunte Kissen in allen Schattierungen von Blau, Grün und Orange, und gegenüber befand sich der gemauerte Kamin. Im Haus gab es insgesamt drei.

Lance hatte ein Feuer angezündet in jenem unbenutzten Kamin, damals in der Nacht. War das Feuer für sie angezündet worden? Hatte er sich gewünscht, sie würde herunterkommen ...?

Hör auf!

Sie sank in einen der Sessel und legte die Füße hoch. In ihrer Hand hielt sie das Foto, das Lance ihr heute gebracht hatte. Während sie an ihrem Tee nippte, starrte sie auf das Familienbild. Morgen würde sie einen goldenen Rahmen dafür kaufen und es aufstellen. Was für einen sollte sie wählen? Etwas Viktorianisches mit Filigranarbeit an den Ecken? Oder vielleicht etwas Schlichtes, damit die Aufmerksamkeit nicht von dem Bild abgelenkt wurde?

Zum ersten Mal in ihrem Leben hatte sie das Gefühl, ein Erbe zu besitzen. Sie sollte zufrieden sein.

Das war sie auch. Beinahe. Wäre da nicht ein gebrochenes Herz und der Gedanke an diesen Mann ...

Sie stöhnte auf, als es an der Tür läutete. Wahrscheinlich war es der Zeitungsjunge, der die Rechnung für diesen Monat kassieren wollte. Mit schweren Gliedern erhob sie sich und schleppte sich zur Haustür.

Lance stand auf der Veranda, zwischen den beiden großen Töpfen mit den Geranien zu beiden Seiten der Tür. Er hatte sein braunes Jackett ausgezogen und noch einen Knopf seines Hemds geöffnet, außerdem die Ärmel hochgekrempelt.

Sie zuckte zurück vor dem in Harnisch geratenen Eindringling.

»Zieh dich aus.«

Sie starrte ihn benommen an. Ihre Ohren spielten ihr wohl einen Streich. »Wie bitte …?«

»Ich sagte, zieh dich aus.« Er schob sich an ihr vorbei und strebte auf das Wohnzimmer zu. »Und wenn du es nicht tust, werde ich es tun.« Sie schloß die Tür und ging hinter ihm her. Der Ton seiner Stimme ließ keinen Widerspruch zu, und sie zweifelte keinen Augenblick daran, daß er seine Drohung wahr machen würde.

Nun, so leicht ließ sie sich nicht ins Bockshorn jagen. Sie machte ein paar Schritte auf ihn zu und hob trotzig ihr Kinn. »Wenn du das willst, dann mußt du mich zuerst umbringen.«

»Du solltest mich lieber nicht herausfordern«, knurrte er. »Ich stehe sowieso kurz davor, dir deinen hübschen Hals umzudrehen.«

»Was habe ich denn getan, daß du so schrecklich wütend auf mich bist?« Ihr Herz raste. Ob er etwas wußte? Natürlich wußte er es. Ihm entging doch nie etwas!

Mit zusammengekniffenen Augen sah er sie an. Die goldenen Wimpern formten einen anmutigen Bogen. »Ich konnte nicht genau herausfinden, was es war in deinem Büro, aber ich wußte, daß sich etwas geändert hatte. Ich wollte gerade ins Flugzeug steigen, als es mir wie Schuppen von den

Augen fiel.« Sein Gesicht hatte plötzlich jedes Anzeichen von Verärgerung verloren. Der Wechsel war so abrupt, als hätte er eine Maske abgelegt. »Erin ...«

Er beendete den Satz nicht. Statt dessen kam er herbei und streckte die Hand aus, um sie zu berühren. Wie im Reflex legte sie zum Schutz eine Hand auf ihren Leib. Doch er schob ihre Hand entschlossen beiseite und legte seine Hand an diese Stelle.

Ihr Bauch, den er als flach und elastisch kannte, war jetzt leicht geschwollen und ein wenig rund. Er machte noch einen Schritt auf sie zu, seine Hand lag noch immer auf ihrem Bauch, und er stieß in einem Seufzer den lang angehaltenen Atem aus. Sie entdeckte einen Schatten in seinen Augen. »Stanton?« fragte er.

Ihre Lippen zitterten, als sie zu lächeln versuchte. »Nein, Lance.«

In seinen blauen Augen stand die Frage riesengroß, und sie antwortete ihm, indem sie ihre Augen zustimmend schloß.

Langsam, als sei sie zerbrechlich, schloß er sie in seine Arme und drückte sie zögernd an sich. Er lehnte seine Stirn an ihre. »Himmel, Erin, warum hast du mir das nicht gesagt? Wolltest du etwa mein Baby zur Welt bringen und es mir verheimlichen? Warum?«

Nie zuvor hatte sie Lance so verwirrt gesehen. Er sah sie kopfschüttelnd an – also doch nicht aus Stahl? Ein Mann mit Herz und Seele?

Sie schmiegte sich in seine Arme. »Glaubst du denn, ich hätte das gewollt? So etwas kann man nicht einfach in einem Brief oder am Telefon mitteilen. Soweit ich wußte, würde ich dich nie wiedersehen. Ich wollte es dir sagen, nachdem das

Baby geboren war, aber bis dahin kam es mir wie ein Risiko vor.«

»Risiko?« Er schob sie ein Stück von sich, hielt sie an den Schultern fest. »Was denn für ein Risiko?«

Erin vermied es, ihn anzusehen. »Lance, ich wußte nicht, wie du reagieren würdest, wenn ich dir von ... dem Baby erzählen würde. Es hätte ja auch sein können, daß du wolltest, daß ich ...« Er verstand ihre Andeutung, auch ohne daß sie die Worte aussprach.

»Und das hättest du nicht tun können.« Es war keine Frage, sondern eine Feststellung.

»Niemals!« rief sie aus.

»Warum nicht?«

Nervös kaute sie an ihrer Lippe. »W-weil meine Religion so etwas nicht erlaubt.«

»Aus keinem anderen Grund?«

»Doch. Ich glaube, so etwas könnte ich überhaupt nicht tun.«

»Gibt es noch einen Grund, der dich davon abgehalten hat, mein Baby abtreiben zu lassen?« Sein Klammergriff um ihre Schultern unterstrich die Bedeutung seiner Worte.

»Nein«, antwortete sie ausweichend. Doch er glaubte ihr nicht.

»Es muß noch einen Grund geben, Erin. Sag ihn mir.«

»Nein.«

»Sag ihn mir, verdammt!« schrie er sie an.

»Weil ich dich liebe!« schrie sie zurück.

Die Worte schienen in dem stillen Haus von den Wänden widerzuhallen, beide waren außer Atem geraten.

Im nächsten Augenblick hatte er sie schon in seine Arme

gerissen. Mit einem Arm umschlang er sie, die andere Hand vergrub er in ihren Locken und drückte ihren Kopf an sich. Erin fühlte seine Lippen in ihrem Haar.

»Erin, Erin, weißt du eigentlich, was wir beide einander angetan haben? Wenn ich daran denke, daß du die ganze Zeit allein gewesen bist, wo ich hätte bei dir sein müssen. Ich habe es mir so sehr gewünscht, Gott, wie habe ich mich danach gesehnt, und mit dem Baby hat das gar nichts zu tun.«

Sie legte die Arme um seine Taille und schmiegte sich an ihn, wollte in ihm zur Ruhe kommen. »Was willst du damit sagen, Lance?«

»Als du mich in San Francisco verlassen hast, da habe ich geglaubt, ich müßte sterben vor Heimweh nach dir. Weil ich dich so sehr liebte.« Er beugte sich zu ihr und küßte sie auf den Hals. »Aber ich mußte dich gehen lassen. Als du die Möglichkeit hattest, Stanton von uns zu erzählen, hast du es nicht getan. Ich glaubte, du wolltest mit ihm zurück nach Houston fahren und mich vergessen.«

»Oh, Lance. Du warst damals so sarkastisch und so grausam, so abweisend. Ich dachte, du hättest mich nur zu deiner Unterhaltung benutzt und wärst jetzt froh, daß Bart gekommen war und dich von mir befreite.«

Er preßte sie noch fester an sich und sagte ihr damit, wie sehr sie sich geirrt hatte. »Mein Benehmen war doch nur ein Versuch, mich abzuschotten. Ständig habe ich meine Liebe zu dir bekämpft, und ich fürchtete mich davor, daß du herausfinden könntest, daß ich mich in dich verliebt hatte. Immer habe ich mir vorgestellt, wie ihr beide, du und Stanton, euch über mich lustig machtet.«

Er preßte seine Lippen auf ihre schmalen Schultern. Sie

zog das Hemd aus seiner Hose und schob ihre Hände darunter, massierte seinen muskulösen Rücken.

»Erinnerst du dich noch an Higgins?« fragte er. »Er war der Mann hier in Houston, mit dem ich mich damals deinetwegen in Verbindung gesetzt habe. Er hat mir ständig von dir berichtet. Von ihm wußte ich auch, daß du Stanton nicht geheiratet hast.«

»Aber warum bist du dann nicht schon viel früher gekommen?«

»Du kannst das wahrscheinlich nicht verstehen, aber ich konnte nicht zu dir kommen, ehe ich dir nicht etwas zu bieten hatte.«

Er ließ sie los, ging zur Couch hinüber und setzte sich, die Hände verschränkte er zwischen den Knien. »Als ich dich kennenlernte, warst du eine erfolgreiche Frau und um so vieles wohlhabender als ich. Ich habe dich dafür bewundert, denn ich bin bei weitem nicht der Männerprotz, den du in mir zu wittern scheinst, Erin.« Er grinste sie an, wurde aber gleich wieder ernst. »Ich konnte dir nicht meine Liebe erklären und dich bitten, mich zu heiraten, wenn ich nicht einmal ein Haus für dich hatte, sondern nur meine kleine, verstaubte Wohnung in Washington. Ich sah vorerst keine Zukunft, wenigstens keine, die ich dir bieten konnte. Ich wollte nicht zu dir kommen, ehe ich mir eine Position in der Gesellschaft geschaffen hatte und mehr Geld verdiente.«

Sie setzte sich neben ihn und legte einen Arm um seine Schultern. »Das war mir doch ganz nebensächlich. Es hätte mir niemals etwas ausgemacht, das habe ich dir auch gesagt.«

»Nun, mir hat es aber etwas ausgemacht.« Er zog sie in

seine Arme und holte tief Luft. »Willst du mich heiraten, Erin? Ich bin natürlich bei weitem nicht so reich wie Stanton, aber …«

Sie legte ihm einen Finger auf die Lippen. »Du hast mir das gegeben, wonach ich mich auf dieser Welt am meisten gesehnt habe.« Sie nahm seine Hand und legte sie auf ihren Leib, dabei lächelte sie ihn strahlend an.

»Seit Jahren schon, eigentlich seit Joseph gestorben ist, habe ich nach etwas gesucht. Ich habe wie besessen gearbeitet, weil ich glaubte, der berufliche Erfolg sei mein Ziel. Aber das stimmte nicht. Ruhelos habe ich dann nach Ken gesucht, und ich bin sehr glücklich, daß ich jetzt so viel über sein Leben mit Melanie weiß. Und dir verdanke ich es, daß die bedrückenden Fragen über die Frau, die mich geboren hat, endlich beantwortet sind. Ich weiß jetzt, warum sie mich in das Waisenhaus gegeben hat, deshalb habe ich meinen Frieden gefunden. Aber Lance …« Ihre Stimme brach, sie sprach weiter, voller unterdrückter Gefühle. »In Wirklichkeit wußte ich nicht, wonach ich überhaupt suchte, bis ich dich fand.«

Er küßte sie, seine Lippen schlossen sich über ihren, voller Wonne genoß er dieses Gefühl, das ununterbrochen seine Gedanken erfüllt hatte. Sie öffnete ihre Lippen seiner suchenden Zunge und erwiderte seinen Kuß mit der gleichen Leidenschaft.

Als sie sich voneinander lösten, meinte er: »Ich habe mir einige Häuser in Georgetown angesehen, aber dieses hier gefällt mir am besten.« Dabei betrachtete er gar nicht ihr Haus, schaute statt dessen auf ihre Brust und fuhr mit der Fingerspitze dem Ausschnitt ihres Kleides nach.

Sie versuchte, sich ihre Erregung nicht anmerken zu lassen. »Würde das bedeuten ...? Ich meine, könnten wir wirklich hier leben, trotz deiner Arbeit?«

»Alles, was ich brauche, ist ein Telefon und ein Flugplatz in der Nähe.« Er zwinkerte: »Wann kann ich einziehen?«

Sie wußte, daß er wahrscheinlich beruflich und auch im persönlichen Bereich ein Opfer brachte. Er tat es für sie, und dafür liebte sie ihn um so mehr. »Sobald du eine ehrbare Frau aus mir machst«, antwortete sie.

Wieder fielen sie sich in die Arme. Seine Hand glitt an ihrer Seite hinunter, und er streichelte ihre Schenkel.

Genüßlich knabberte sie an seinem Hals. »Wirst du mit mir nach Shreveport fahren, um meine Mutter kennenzulernen?« fragte sie leise, dann hob sie den Kopf und sah ihn an. »Lance, sie weiß noch nichts von dir und auch nicht von dem Baby. Ich wollte nicht, daß sie sich Sorgen macht, bis ich nicht eine vernünftige Lösung meiner Probleme vorzuweisen hatte.«

»Und diese vernünftige Lösung bin ich?« Er tat, als sei er beleidigt, doch lächelte dabei. Seine Finger spielten mit dem Spitzenbesatz am Bein ihres Höschens.

»Wenn wir es ihr sagen, wird es wahrscheinlich eine Blitzhochzeit geben.« Sie nahm sein Gesicht in beide Hände.

»Vor Blitzen habe ich mich noch nie gefürchtet«, winkte er ab und preßte seine Lippen wieder auf ihre.

»Meine Arbeit wird es wohl mit sich bringen, daß ich vorläufig noch viel unterwegs sein muß, bis ich andere Leute ausbilden kann, die die Seminare für mich halten.«

»Dann komme ich mit«, erklärte sie begeistert.

»Nein, das wirst du nicht. Du bleibst zu Hause und kümmerst dich um das Baby.«

»Das Baby packen wir in eine Reisetasche. Ich will auf keinen Fall eine dieser Frauen werden, die ihren Ehemann opfern, weil sie sich um ihre Kinder kümmern. Ich werde dich begleiten.«

Er begann zu lachen, und sie runzelte die Stirn, weil er lachte, während es ihr doch ernst war. »Was ist denn daran so komisch?«

»Du. Ich weiß gar nicht, wie ich auf den Gedanken kommen konnte, daß du sanft und nachgiebig werden würdest, wenn ich dich erst einmal geheiratet hätte. Du forderst mich permanent heraus.«

Sie stieß ihn von sich. »Das ist nicht wahr!«

Er lachte noch mehr. »Siehst du! Schon wieder!«

»Ich werde dir zeigen, wie es aussieht, wenn ich dich herausfordere, Mr. Barrett!« rief sie und sprang von der Couch auf. Ehe ihm eine Entgegnung einfiel, lief sie nach oben. Im nächsten Augenblick hörte er, wie eine Tür hinter ihr ins Schloß fiel.

»Diese Frau ruiniert mich«, murmelte er und fuhr sich durchs Haar. Er stand unten an der Treppe und blickte nach oben, dann überzog plötzlich ein breites Grinsen seine Miene. »Aber wenigstens werde ich dann glücklich zugrunde gehen.« Er hatte sein Hemd schon ausgezogen, noch ehe er die erste Stufe betrat.

Alle Türen im ersten Stock standen offen, bis auf eine. Es dauerte nur eine Minute, bis er das getan hatte, was er tun mußte und bis er diese Tür schwungvoll öffnete. Wie ein siegreicher Wilder stand er im Türrahmen. Seine Nacktheit war seine Waffe, und diese Waffe ließ ihn noch wilder erscheinen.

Erin, die wartend auf dem Bett lag, brach in Gelächter aus. Sie hatten den gleichen Gedanken gehabt, denn auch sie trug nur noch ihren Slip.

Mit einem arroganten Lächeln kam er auf sie zu. Die Matratze bewegte sich, als er sich darauf kniete. »Du findest das alles wohl sehr lustig, nicht wahr?« fragte er.

Sie lächelte ihn schelmisch an, dann rückte sie so nahe an ihn, daß sie ihn berührte. »Was glaubst du wohl?« kokettierte sie.

Ohne lange Umstände schob er zwei Finger unter das Band ihres Slips und zog ihn über ihre Beine hinunter. Er hatte die Absicht gehabt, sie noch ein wenig auf die Folter zu spannen, aber als er ihren Körper betrachtete, der durch die Schwangerschaft erblüht war, brachte er das nicht fertig.

Er hob den Blick: »Du bist so wunderschön.«

Er schob sich über sie und verspürte wieder einmal diesen Jubel der perfekten Harmonie ihrer Körper, sie paßten zusammen wie die Teile eines Puzzles.

»Wie ist es nur möglich, daß menschliche Haut so samtig sein kann?« murmelte er und barg sein Gesicht in ihrer Achselhöhle. Bis zu ihrem Hals bedeckte er ihren Körper mit Küssen, dann schlossen seine Lippen sich über ihren. Sie verschmolzen miteinander, ihre Zungen umspielten sich, bis der Kuß drängender und heißer wurde und kein Raum mehr war für etwas anderes als für den Taumel ihrer Gefühle.

Atemlos zog Lance sich nochmals ein Stück von ihr zurück, um sie zu betrachten. Die Veränderung ihrer Brüste lockte ihn. Sanft strich er darüber. »Tun sie weh?« fragte er besorgt.

Sie kuschelte sich eng an ihn. »Nicht sehr.«

»Ich möchte dir sozusagen nicht zu nahe treten.«

»Das tust du auch nicht. Du erleichterst mich höchstens.« Sie legte beide Hände unter ihre Brüste und hob sie ein wenig hoch.

Seine Lippen berührten sanft die empfindliche Haut. Dann streichelte er die rosigen Spitzen mit seiner Zunge. Erin bog ihm ihren Körper entgegen, und er bemühte sich, das schmerzliche Verlangen in ihrem Innern mit seinen streichelnden Händen zu stillen. Doch das genügte nicht.

Er rutschte ein wenig an ihr herunter und legte dann seinen Kopf dorthin, wo sein Baby heranwuchs. Zart küßte er ihren Leib. Erin vergrub die Finger in seinem von der Sonne gebleichten Haar und zog ihn noch näher an sich. Mit vielen kleinen Küssen bedeckte er ihren Leib, bis die Leidenschaft die Oberhand über seine Zärtlichkeit gewann.

»Lance«, keuchte sie, als seine drängenden Lippen das geheimnisvolle Delta liebkosten, hinter dem sich der Quell ihrer Weiblichkeit verbarg.

Er ergötzte sich an ihr. »Erin, Erin, du bist so süß, daß ich süchtig nach dir werden könnte.«

Sein Name kam wie ein Schluchzen über ihre Lippen: »Lance, bitte …«

Er schob sich über sie und drängte ihre Schenkel auseinander. »Erin, du mußt es mir sagen, wenn ich …«

Sie erstickte seine Worte mit ihrem Kuß. Ihre Hände auf seinen Hüften überzeugten ihn davon, daß er nicht zaghaft zu sein brauchte. Er akzeptierte das, was sie ihm so willig bot, beide Hände schob er unter ihren Körper und hob ihn hoch, um sie zu lieben.

Sie gaben sich den Freuden hin. Ihre Beine waren noch

umeinander geschlungen, Erin lag auf ihm, ihr Kopf ruhte an seiner Brust. Sie stützte sich auf einen Ellbogen und zupfte an seinem Vlies. »Lance, du hast schon wieder ein graues Haar!«

Er lachte leise. »Seit ich dich kenne, ist es ein Wunder, daß sie nicht schon alle ergraut sind.«

Sie barg ihr Gesicht in dem hübschen Fell und küßte ihn. Gedankenverloren strich er über ihr Haar. »Erin, was hast du gefühlt, als du herausfandest, daß du schwanger warst? Warst du entsetzt? Oder warst du glücklich?«

Sie hob den Kopf, all ihre Liebe leuchtete aus ihren Augen. »Ich war begeistert, Lance. Es war eine so wundervolle Entdeckung, und ich ... ich ... ich kann es gar nicht erklären. Wundervoll ist nicht genug, um zu beschreiben, was ich fühlte. Und ich war überrascht. Als ich die ersten Symptome verspürte, hat es noch Tage gedauert, ehe ich überhaupt begriff, was mit mir los war.«

Lance lachte. »Miss O'Shea, hast du denn nicht gewußt, daß das, was wir beide miteinander getan haben, zu einem Baby führen konnte?«

Als Strafe für seine Unverschämtheit knallte sie ihm einen Kuß auf sein Ohr. »Natürlich wußte ich, daß so etwas passieren konnte! Es war nur einfach so, daß wir ... äh ... ich meine, als du ... nun ja, ich habe einfach nicht daran gedacht.« Ein wenig schüchtern fügte sie hinzu: »Wenn ich dich liebe, Lance, kann ich an nichts anderes mehr denken.«

Zweifelnd umfaßte er ihr Gesicht und erforschte ihren Blick. »Erin, liebst du mich?«

»Das habe ich dir doch schon gesagt.«

»Dann wiederhole es«, befahl er.

Sie lächelten beide und erinnerten sich an den Tag, an dem er sie mit Fragen bombardiert hatte, in dem kleinen Arbeitszimmer bei den Lymans. Genau wie damals, so antwortete sie ihm auch jetzt aufrichtig. »Ich liebe dich, Lance.«

Und in dem Bruchteil der Sekunde, ehe er sie küßte, fühlte er ein eigenartig feines Zucken an ihrem Bauch. Doch Erin hatte sich gar nicht bewegt. Was um alles in der ...?

Seine blauen Augen weiteten sich überrascht, als er begriff, was es gewesen war. »Ist das ...?«

Erin strahlte ihn an und wiegte den Kopf, ihre Lippen trennte kaum mehr als ein Hauch. »Ja, mein Liebster«, flüsterte sie. »Er kann es genausowenig erwarten, seinen Daddy bei sich zu haben, wie ich.«